講談社文庫

梟の系譜

宇喜多四代

上田秀人

講談社

目次

伯耆
因幡
但馬
出雲
丹波
美作
備中
備前
播磨
摂津
備後
安芸
和泉
淡路
讃岐
上月城
播磨
赤松
別所
織田
姫路城
三木城
黒田
摂津
瀬戸内海
淡路

（制作）ジェイ・マップ

十六世紀中頃　中国地方勢力図

梟《ふくろう》の系譜

宇喜多四代

第一章　流転

一

晦日《みそか》に月は隠れる。備前《びぜん》の沃野《よくや》は漆黒の闇に包まれていた。

「大殿さま」

夜半を過ぎたころ、宇喜多和泉守能家《うきたいずみのかみよしいえ》の寝所に、慌ただしく家臣が駆けこんで来た。

「高取山《たかとりやま》より松明《たいまつ》が出ましてございまする」

尾根《おね》続きの高取山城には、宇喜多家と並んで浦上《うらがみ》家の重臣である島村豊後守《しまむらぶんごのかみ》がいた。

「そうか」

備前砥石《といし》城の本丸御殿で、能家は静かに吐息を漏《も》らした。

「愚か者らしく、細かい知恵は回ると見える」

小さな声で、能家が罵《ののし》った。

「興家《おきいえ》と八郎《はちろう》をこれへ」

能家が、息子と孫を呼ぶように家臣へ命じた。

「お呼びでございましょうや」

待つほどなく、興家、八郎の親子が、居室へと入ってきた。

「うむ。もう少しこちらへ」

能家が、満足に動かぬ右手で二人を近くへ招いた。

八年前、次男四郎《しろう》を播磨国《はりまのくに》での戦いで失った能家は、その衝撃で中風《ちゅうふう》を発症した。備前の守護代《しゅごだい》浦上家を支えてきた重臣筆頭とはいえ、まともに歩くことさえできなくなれば引退する他はなく、能家は家督を嫡男興家へ譲り、居城砥石城の奥深くでひっそりと隠居生活を送っていた。

「宇喜多もこれまでのようだ」

ゆっくりと能家が告げた。

「どういうことでございましょう」

「高取山城から、兵が出た」

「父上……」

興家が絶句した。

砥石城のある砥石山と高取山は、間に谷を一つ挟んだだけで隣り合っている。下り登りがあるとはいえ、半刻（約一時間）少しあれば来られた。

「先代は大器でござったが、ご当代は遠く及ばぬ。島村も同じだがの」

能家の言う先代とは、浦上掃部助村宗《かもんのすけむらむね》のことだ。守護であった赤松《あかまつ》家の宿老であったが主家へ叛旗《はんき》を翻《ひるがえ》し、備前半国を手にするほど勢いをもった。しかし、管領細川《かんれいほそかわ》家の内紛に手を出し、河内堺《かわちさかい》の戦いで討ち死にした。その村宗の跡を継いだのが、当代の宗景《むねかげ》である。

もっとも宗景の家督相続がすんなりいったわけではなかった。宗景には政宗《まさむね》という兄がいた。村宗が死んだ直後、浦上家は政宗が継いだ。政宗は主家でもあった赤松家との関係を修復するなど、浦上家の安定に尽くした。そこへ、因幡《いなば》から尼子晴久《あまこはるひさ》が進出してきた。

その尼子への対応を巡って浦上家が二つに割れた。尼子と手を組み、備前と播磨を維持しようとする政宗と、安芸《あき》の毛利《もうり》に後詰めを頼んで反抗しようとする宗景である。

　このとき宇喜多能家は、宗景にしたがい、尼子勢を追い返した。

「どのような理由があろうとも、領地へ他家を引き入れるわけにはいかぬ。ゆえに儂《わし》は、宗景さまの下知で尼子勢と戦った。だが、宗景さまへ仕える気はなかった。浦上の家督は長兄である政宗さまが継ぐべきだと考えていたからじゃ。村宗さまは、世継ぎが誰とはっきりとされなかったが、政宗さまを廃されはしなかった。これは、政宗さまが浦上の当主として十分でなくとも、足りぬわけではないとの証《あか》し。しかし、跡継ぎというだけの確証がなかった。そこに宗景さまは食いつかれた」

　能家が淡々と言った。宗景は、備前と播磨の国境に近い天神山《てんじんやま》城を拠点として、吾《われ》こそ跡継ぎなりと宣し、兄へ叛旗を翻した。当然、跡継ぎを自任している政宗が許すはずもなく、何度も戦いはおこなわれた。だが、戦力は拮抗《きっこう》しており、決着は付かなかった。

　毛利の後ろ盾を願ったとはいえ、兵を求めなかった宗景と尼子の力を借りて宗景を滅ぼそうとした政宗との差が、能家の態度を決めた。

「乱世じゃ。親子兄弟が争うのは当然のこと。弟は、一門とはいえ、家臣と同じ。戦場で命を賭《か》け、それでいてさしたる報酬も与えられぬ。どれほど手柄を立てようとも、当主をこえることはない。旗立てて当然だが、時期が悪すぎる。ようやく備前を抑えたばかりで、播磨にはまだ赤松が残り、備中《びっちゅう》の尼子、安芸の毛利、瀬戸内《せとうち》の水軍衆と四面楚歌の状況に変わりはない。今は、浦上のなかでもめている場合ではないのだ。しかし、それを理解しても己《おのれ》の内に納めるだけの器量が政宗さま、宗景さまにはなかった」

大きく能家が嘆息した。

事実、浦上政宗、宗景の兄弟には人望がなかった。尼子の侵略に備前の国人《こくじん》領主たちが立ちあがったのは、能家が大将として出たからである。将軍にまで名前を知られた不敗の名将宇喜多能家が、立ち向かうと宣したからこそ、備前は一枚岩となり、尼子の大軍を追い払えたのであった。

「いや、わかっていながら、受け入れるだけの、下風に立つだけの、度量をお持ちではなかったのだ」

「おじいさま」

八郎が声を出した。

「一家に二人の当主は成りたちませぬ。お二人がぶつかるのは遠からず起こったことでございましょう」

「そうじゃな。八郎は聡《さと》いの」

満足そうに能家がうなずいた。

「そして、戦《いくさ》は始めたかぎり勝たねばなりませぬ」

「うむ。八郎の言うとおりじゃ。だがの……」

じっと能家が八郎を見た。

「いかに勝つためとはいえ、してはならぬことがある。その最たるものが隣国の力を借りることじゃ。考えてもみよ。どこに我が家の兵を犠牲にし、矢や兵糧《ひょうろう》を費《つい》やして、なんの見返りも求めぬ者がおる」

「おりませぬ」

八郎が首を振った。

「力を借りれば、代償を払わねばならぬ。その代償はかならず、家を滅ぼす。八郎、返せぬ借りは作るな」

「……はい」

祖父に諭された孫がうなずいた。

「なればこそ、儂は尼子を引き入れようとした政宗さまに逆らった」

「では、おじいさまは宗景さまにとって、お味方でございましょう」

「いいや。儂は、尼子を追い返した後、宗景さまのもとへ伺候しておらぬ。儂は、どちらの味方もするつもりはなかった。政宗さまも宗景さまも、亡くなられた大殿の血を引いておられるのだ。どちらにも傾けぬ。だが、これは、儂が宗景さまを浦上の当主として認めておらぬととられても当然なのだ。そして、宗景さまは、従わぬ儂を切り捨てることにされた」

「どうしてでございまするか、宇喜多は浦上家の要《かなめ》でございましょう」

聞いていた八郎が、祖父へ問うた。

興家の嫡男である八郎は、まだ六歳でしかなかったが、表舞台を退いた能家から直接薫陶《くんとう》を受け、武将としての片鱗《へんりん》を見せるようになっていた。

「八郎、宇喜多は大きくなりすぎたのだ」

寂しげに能家が答えた。

「儂が当主であれば問題ない。おこがましいが、それだけの功をなしてきた。だが、今は戦場に立つどころか、起居さえ人手を借りねばならぬ状態じゃ。そして、興家では、この大きくなりすぎた宇喜多を支えきれぬ」

能家が興家を見た。

「…………」

情けなさそうな顔で興家がうなずいた。

浦上家の当主である宗景は、砥石城からほど近い天神山城に在している。その天神山城へ興家も伺候していなかった。武将としての覇気に欠ける興家では、宗景の前でうまく身をこなすなどできないと、能家が砥石城へ留めていたためである。

「兄政宗さまを播磨へ追いやって、浦上家の当主と宣した宗景さまにしてみれば、なかなか膝《ひざ》を屈せぬ宇喜多が、目障りになった。そこへ、いつまで経っても宇喜多の下に立たねばならぬ島村の不満が火をつけた」

「島村と宇喜多は、城も領地も隣り合っておりまするのに……」

「先代の島村弾正《だんじょう》とは、ともに戦った仲じゃ。赤松から浦上を独り立ちさせるために、戦場を二人して駆けた」

懐かしそうな顔を能家が見せた。

「だが、その弾正は摂津《せっつ》天王寺《てんのうじ》の戦いで討ち死にしてしまった。その跡を継いだ豊後守は、儂だけが生き残っていることが気に入らぬのだ。なぜ、能家は天王寺へ駒を進めなかったのか。儂が天王寺に出ておれば、浦上は負けず、弾正は死なずにすんだとな」

苦い口調で能家が言った。

たしかに能家と弾正は浦上村宗を支える両輪と言われていた。家中での序列も等しく、与えられた領地もほとんど同じであった。

その均衡が、島村の当主弾正が死亡したことで崩れた。浦上村宗の命で天王寺へ出陣し、播磨守護の赤松家と争い、当主村宗、宿老弾正が枕を並べて討ち死にしたのだ。

主君に殉じた島村家の相続には、誰も異議は唱えなかった。しかし、跡を継いだ豊後守が若いぶん、どうしても能家より軽く見られる。それが豊後守にはたまらなかった。

「ゆえなき恨みでございましょう」

「ああ。だが、それこそ人なのだ。八郎、妬心《としん》というものは、どれほどの人物であろうともなくすことはできぬ」

「…………」

諭すような祖父の言葉に、八郎は黙った。

「大殿さま、そろそろ」

家臣の一人が遠慮がちに告げた。

「そうであったの」

首肯した能家が、興家と八郎を強い目で見た。

「おまえたちは、城を出よ」

「なんと」

「そんな……」

興家と八郎が絶句した。

「父上を置いて逃げるなどできようはずもございませぬ」

強く興家が首を振った。

「儂はこの身体《からだ》じゃ。逃げられぬ」

「今から兵を集めれば……」

興家が提案した。数万貫の所領を持つ宇喜多家の動員兵力は数千におよぶ。

「間に合わぬ」

能家が否定した。

どこでも同じだが、将兵は普段、城の外に居住して、田畑を耕している。急ぎ招集をかけても、数をそろえるには相当なときが要った。ましてや夜である。皆、昼の野良仕事で疲れて寝入っている。今から呼んだところで、間に合うはずはなかった。

「では城に籠《こ》もり、朝まで……」

「宇喜多の血を絶やす気か」

まだ言いつのろうとした興家を厳しい声で能家が叱《しか》った。

「ならば、八郎は落としまする。ですが、わたくしは父上とともに残りまする。宇喜多の当主はわたくしでございますれば」

「たわけが。当主なればこそ、生きねばならぬ。当主が討ち取られては、それこそ宇喜多の名は地に落ちる」

「わたくしにこれ以上の生き恥をさらせと仰せられまするか」

能家の言葉に、興家が激昂《げきこう》した。能家と比べられ、凡庸と嘲笑《ちょうしょう》されている興家にとって、親を見捨てて逃げたという評判は耐え難いものになる。

「恥くらいなんじゃ。生きておれば雪《そそ》ぐ日も来る。死に恥さえさらさねばよい」

興奮する興家へ能家が言った。

「死に恥とはなにか。村宗さま、弾正がさらしたものよ。名を継ぐ子供を一人前にできなかった。これほどの恥はない。儂に死に恥をかかせる気か」

能家が強い眼差《まなざ》しで興家を見た。

「六歳にしては大人びているとはいえ、八郎はまだ幼い。導いてやる者がおらねば、将来ろくな者にならぬ。興家、そなたに武将の器量はなかった。だが、八郎にはある。八郎は死んだ四郎と似ておる。きっとよい武将となろう。そなたの仕事は、八郎を育てあげることよ。将来八郎が、一廉《ひとかど》の武将となったとき、興家、そなたの生き恥は雪がれ、儂は死に恥をかかずにすむ。辛い年月を耐えねばならぬとは思う。これも、宇喜多のためじゃ。了見せい、興家」

「……父上」

泣きそうな顔で興家が能家を見つめた。

「家臣をつけてやることはできぬ。大人数で落ちれば、どうしても痕跡《こんせき》が残る。となれば島村は追っ手を出す。反撃するだけの力を持っていると危惧《きぐ》してな」

「家臣たちはどうなさるおつもりで」

「好きにさせる。いつか、宇喜多の家が再興したとき、戻って来てくれることを願い、それまでは、雌伏《しふく》してもらう」

能家が告げた。

「行け、もう余裕はないぞ」

「父上」

「おじいさま」

「儂は、よい孫を持てた。八郎よ、父のいうことをよく聞き、立派になれ。そしていつか、儂の仇《かたき》をとってくれ」

八郎へ能家が頼んだ。

「きっと」

涙を浮かべながら、八郎が誓った。

「さらばじゃ」

急げと能家が手を振った。

「…………」

去りがたい二人を家臣たちが、取り囲んで連れ出していった。

「供してくれるのか」

残った家臣たちへ、能家が声をかけた。

「まったく戦いもせず、大殿さまの首を取られたとあっては、我ら家臣、表を歩けませぬ」

最初に島村勢の動向を知らせた家臣が述べた。

「それに、いささかなりとても抵抗いたさば、殿と若殿が逃げられるときを稼げましょう」

別の家臣が言った。

「すまぬな」

能家が頭を下げた。

「なにより、大殿最後の戦いとならば、お供せずにはおれませぬ」

「ふふふ。数えきれぬほど戦場を駆けたの」

「はい」

なつかしそうに家臣たちが目を閉じた。

「負け戦だけはございませなんだ」

「であったの」

主従が顔を見合わせた。

「これが最初で最後の負け戦だの」

「そうなりまするな」

おもしろそうに年老いた家臣が口にした。

「ならば、能家最後の戦、見せてくれようぞ。表門を引き開け、かがり火を焚《た》け」

「よろしいので」

防備を捨てると言った能家へ家臣が驚きを見せた。

「これだけの人数で砥石城を守ることなどできまい。ならば、少しでも相手の足を止めるべきよ。味方へ夜襲を仕掛けるなどという姑息《こそく》な奴らどもじゃ。肚《はら》など最初から据《す》わっておるまい。すでにことが露見して、待ち伏せされているのではないかと、なにか罠《わな》が仕掛けられているのではと、勝手に疑心暗鬼となってくれよう」

「なるほど。ただちに。おい」

「はっ」

二人の家臣が走っていった。

「で、我らは」

「ここで迎え撃つ。城中にある弓や槍、刀を集めよ」

「承知」

家臣たちが手配に散った。

「弾正、互いに息子の育てかたをまちがったな」

一人になった能家が呟《つぶや》いた。

「いや、おまえは正しかったのか。邪魔な者は排除する。血で血を洗う乱世にふさわしい。だがの、乱世でなければ、きさまの息子などより、はるかに興家が優秀であった。興家、そなたは百年生まれるのが早かった」

武には才を見せなかった興家が、治世算勘《さんかん》にすぐれていることを能家は知っていた。

「八郎、そなたに宇喜多の家を残してやれなんだ」

能家の目から涙が落ちた。

「息子四郎を失い、今また長男と孫を苦難の旅へ追いやらねばならぬこととなった。国を守り、備前きっての武将と讃《たた》えられた儂の一生は、なんのためにあったのか。まさにうたかたの夢でしかなかったわ」

肩を落として能家が嘆息した。

能家の計略にはまり、貴重なときを費やした島村勢だったが、いつまでもだまされてはいなかった。罠がないと知った島村勢が、砥石城へと突入した。

「ござんなれ」

奥へ向かう廊下で宇喜多の家臣が待ち構えていた。

「手向かいせねば、命は取らぬ」

「黙れ、夜盗のまねしかできぬ卑怯者《ひきょうもの》どもが」

島村勢の説得に応じる者はいなかった。

「後悔するな」

戦いが始まった。

「大殿さま……」

残っていた宇喜多家臣たちの必死の抵抗も数の優位には勝てず、ついに居室へ島村勢が踏みこんだ。

「和泉守どの、首級《しるし》ちょうだいつかまつる」

「雑兵《ぞうひょう》ばらにくれてやる首は持たぬ。帰って豊後守へ伝えよ。和泉守の最期をな」

動きのままならない腕で小刀を腹に突き立てて、能家は引いた。

「ぐ……」

苦痛を押し殺しながら、能家が腹を割いた。

「和泉守のはらわたじゃ、喰《く》らうがいい」

己で内臓を取り出して、能家が投げた。

「ひっ」

島村勢が、数歩さがった。

「…………」

朽ち木が倒れるように能家が崩れ落ちた。

「く、首を」

「よせ、恨み腹の祟《たた》りを城へ持ち帰る気か」

顔を見合わせた島村勢の腰は引けていた。切腹のおり、内臓を引きずり出すことを恨み腹といい、相手へ死しても祟るとの意志表示であった。

明日をも知れぬ乱世に生きる者たちは、迷信深い。大将が戦をおこなう日さえ、神社や寺で吉日を占わせるのだ。端武者《はむしゃ》たちが験《げん》を担ぐのは当たり前であった。

「行くぞ」

「他の一族はどうする。逃げた者を追わずともよいのか」

撤退を告げた同僚に、別の島村勢が聞いた。

「宇喜多に残ったのは、役立たずの当主と十に満たぬ子供ぞ。気にするほどのこともあるまい。家臣たちのほとんども城の異変に駆けつけてさえ来ぬ。これを見ても当主に人望がないことはわかろう」

「それもそうだな。殿より命じられたのは、和泉守どのが命だけであったし」

「戻ろうぞ。なにやら、寒気がするわ」

「おう。城に帰って清めの酒でも飲むか」

半数近くにまで数を減らした島村勢は、死した仲間の遺品を持って砥石城を去った。

砥石城を脱出した興家と八郎は、島村豊後守の居城高取山城を迂回《うかい》して、吉井《よしい》川沿いを下った。

「夜を徹して歩くぞ」

興家が言った。

二人について砥石城を出た家臣たちは、追っ手の目をごまかすため、四方へと散らばっていった。

「…………」

急ぎ足で進みながらも、ときどき八郎は後ろを振り返って砥石山を見た。

「父上、火があがりませぬ。何事もなかったのではございませぬか」

砥石山は、黒々としたまま沈黙していた。

「八郎」

足を止めた興家が、砥石山と繋《つな》がる高取山を指さした。砥石城とは逆に、高取山城は暗闇のなかで浮かぶようであった。

「灯りがついておろう」

「はい」

「この夜更けに、灯りをつけている。あれは、夜襲を警戒しておるのよ。どういうことかわかるな。島村は、宇喜多の反撃へ対処しているのだ」

「…………」

「対して砥石山には灯りがない。それはもう人がおらぬということなのだ」

「父上……」

涙声を八郎は漏らした。

「この風景を忘れるな」

興家が足を止めた。

「敗者はすべてを奪われる。これが乱世じゃ」

「忘れませぬ」

応えながらも八郎は、父興家が泣いていることに気づいた。

「儂が情けないばかりに……」

「……父上」

八郎も泣いた。

「かならず、かならずや、八郎が砥石の城を取り返して見せまする」

力強く八郎は宣した。

「…………」

無言で興家が、背を向けた。

「行くぞ」

短く声をかけて、興家が足を速めた。


翌日、天神山城で浦上宗景は、昨夜の顚末《てんまつ》を島村豊後守から聞かされた。

「和泉守は死んだのだな」

「まちがいなく」

力強く島村豊後守が首肯した。

「よかったのか」

宗景が、確認するように訊《き》いた。

「宇喜多の名前は大きいぞ。尼子が来たときも、和泉守が出るというので、地侍たちが味方したのだ」

尼子を引き入れる原因となった兄政宗は、その勢力を大きく減らしたとはいえ、未だ播磨国にあって虎視眈々《こしたんたん》と復権を狙っている。

「大事ございませぬ。宇喜多の一族に砥石城を与えてやれば、人心は落ち着きましょう」

「一族というと、大和守《やまとのかみ》か」

「さようでございまする」

島村豊後守がうなずいた。

大和守とは、能家の末弟浮田《うきた》大和守国定《くにさだ》のことである。本家は宇喜多、分家は浮田と区別する決まりがあり、国定は浮田と名乗り、浦上宗景の家臣となっていた。

「それしかないか。でも、よいのか。豊後守。大和守に砥石城を預けるとなれば、そなたには、なにも残らぬぞ」

己の腹心へ城を渡すという島村豊後守へ、宗景が問うた。

「城の代わりに、豊原《とよはら》庄をいただきたく」

遠慮することなく島村豊後守が願った。

豊原庄は、砥石城や高取山城の目の前に拡がる水田地帯である。吉井川を抱え、水の苦労もなく、その収穫は備前有数であった。

「豊原、すべてをか」

苦い顔を宗景がした。

豊原一帯を島村豊後守が領したとなれば、その総石高は主君である宗景をもしのぐことになる。

「すべてとは申しませぬ。一部は殿へお返しいたしますゆえ、それを大和守へお与えになられればよろしいかと」

「……わかった」

浮田への褒賞《ほうしょう》まで決めた島村豊後守の態度に、宗景が表情をゆがめた。

「どうして興家を逃がした」

宗景が厳しい口調で詰問した。

「はい」

平然と島村豊後守がうなずいた。

「後々の禍根とならぬか」

「興家には覇気も人望もございませぬ。その証拠に宇喜多の家臣たちは城を守ることなく、逃げだし、能家の首を差し出しましてございまする」

「それでも宇喜多の名前は旗となるぞ。興家が兄政宗のもとへ走り、散った家臣どもに集合をかけるなど、ややこしいこととなる前に片付けておくべきであろう」

根絶やしにするべきと宗景が言った。

「興家はそのような策を思いつくほどの器量を持ちませぬ。なにより、一度敵対した宇喜多を身内に取り入れるほど、政宗さまは度量のあるお方ではございますまい」

嘲笑《ちょうしょう》を島村豊後守が浮かべた。

「…………」

「ご案じなされますな。手抜かりはいたしませぬ。すでに、播磨との国境に人を出してございまする。見つけ次第始末するように申しつけておりますれば」

黙った宗景に、島村豊後守が安心させるように言った。

「そうか」

「わたくしにすべてをお任せくださいませ。この豊後守、殿のために備前一国だけでなく、備中も播磨も平らげてご覧にいれましょうほどに」

島村豊後守が胸を張った。

「頼もしいことを言う。さすがは、備前一の武将と言われた弾正の息子じゃ」

宗景が島村豊後守を褒めた。

「せねばならぬことがございますれば、これにて御免《ごめん》を」

島村豊後守が立ち去った。

「しくじったか」

一人になった宗景が呟いた。

「儂より能家の名前が大きくなったゆえ、豊後守のやることを許したが……あやつめ、儂を飾りにするつもりでおる。戦場に立てなくなった老いぼれを殺したくらいで、驕慢《きょうまん》になるとは。早まったな。能家の寿命まで待ち、興家を懐柔して宇喜多の兵をこちらに引き入れるべきであったわ」

宗景が吐き捨てた。

「このままでは、浦上家は豊後守の思うがままとなりかねぬ」

兄と家督を争った宗景である、野心は十二分に、猜疑心《さいぎしん》は他人の倍持っていた。

「かといって、今豊後守を除けば、我が家は倒れる」

宇喜多と島村によって、浦上家は支えられてきた。その一柱を切り取ったばかりで、残った柱に斧《おの》を打ちこむなど、浦上の滅びを呼ぶだけである。

「しかし、豊後守に匹敵するような者はおらぬ」

二つに割れた浦上家に、かつての力はなかった。地侍たちも政宗と宗景、どちらに付くかで迷っているのだ。島村を滅ぼせるだけの力を有する者は、宗景の近くにいなかった。

「興家を生かしたのが、かえって僥倖《ぎょうこう》となるやも知れぬな」

宗景が独りごちた。

二

島村豊後守の追っ手を警戒して、興家と八郎は眠ることなく進んだ。

吉井川の河口から海沿いへ出た二人は、東ではなく西を目指した。

「播磨へ行くのでは」

八郎は疑問を呈した。

「誰もがそう思うであろう。父が宗景さまに誅殺《ちゅうさつ》されたのだ。敵対している政宗さまのもとへ駆けこみ、その力にすがろうとするとな。豊後守も気づかぬほどの馬鹿ではない。播磨との間は街道も海も封鎖されているはずじゃ」

興家が答えた。

「浅慮でございました」

説明を聞いた八郎は、頭《こうべ》を垂れた。

「相手の裏を読み、その隙《すき》を突く。嫌なことだが、生き抜くにはせねばならぬ」

ため息を興家がついた。

「おじいさまは、島村に裏をかかれたのでございまするか」

「いいや。おじいさまは気づいておられた」

興家が首を振った。

「ではなぜ……」

わからぬと八郎は問うた。

「八郎、考えてみよ。もし、島村の襲撃を待ち構えていて撃退したとしよう。そのあとどうなる」

師のように興家が訊いた。

「どうもございますまい。島村は宇喜多に膝を屈するだけ」

心持ち胸を張って八郎は述べた。

「たしかにな。浦上の重臣を襲ったのだ。宗景さまにしても、いかに了承の上しているとはいえ、失敗されてはかばいようもない。島村は宇喜多に詫《わ》びとして、所領の幾ばくかを譲渡し、逼塞《ひっそく》することになろう」

同意するように興家が語った。

「ならば……」

「だがな、それは下策なのだ」

叫ぶような八郎を興家が抑えた。

「島村がなぜ宇喜多を仇《かたき》としたか。それは、宇喜多の勢力が島村をしのいだからだ。ともに合戦で一族を失ったとはいえ、こちらは当主の次男、あちらは当主だ。どちらの被害が大きいかわかろう。四郎を死なせたことで父は隠居したが、それでも島村は宇喜多の下風に立たざるを得なくなった。その不満が、今回の騒動のもとだ。これを押さえつけてみよ、溜《た》まった不満はもっと大きくなり、爆発することになる。そうなれば、島村は宇喜多を滅ぼすまで止まらぬであろう」

「……滅ぼす」

八郎が震えた。

「そうじゃ。我らが逃げ出すことさえできぬように、十分な手配りをし、そのうえ、家臣たちも含めて皆殺しぞ」

「皆殺し……」

言葉を繰り返すしか八郎にはできなかった。

「父が十分なころであれば、こちらから島村を滅ぼすこともできた。しかし、中気《ちゅうき》を患った父は戦場に出られぬ」

「おじいさまが策を立てられ、兵たちが従えば、島村ごときものの数ではございますまい」

八郎は述べた。

「戦はそう簡単なものではない。いつなんどき不測のことが起こるやも知れぬ。臨機応変に対応できねばならぬのだ。なにより、大将が一人後ろにいて、兵たちが命を賭けて戦ってくれるわけもない」

「………」

興家が諭すように言った。

「では、父上さまが出られれば」

「それができれば、このようなことにはなっておらぬ」

小さく興家が首を振った。

「父上」

「元服さえまだだった四郎を天王寺の戦へ出さねばならなかったのも、島村の策に甘んじてのらなければならなかったのも……儂がふがいないからよ」

興家が唇を噛《か》んだ。

「儂はな、戦が怖い」

囁《ささや》くような声で興家が言った。

「目の前で人が死に行くのを見るのが怖いのだ」

「…………」

八郎は、無言で父を見た。

「初陣《ういじん》はよかった」

夜の浜を歩きながら、興家が話し始めた。

「武家の初陣は、形だけのものだ。かならず勝てる相手を選ぶ。儂のときも毛利にそそのかされた地侍の討伐であった。百ほどの相手に三千。毛利の後詰めが来る前にことはすんだ。二度目、三度目もそうであった。儂も勝ち戦に慣れた。そんなときよ、やはり毛利の言葉にのった瀬戸内水軍が、乙子《おとご》へと攻めかかってきた。乙子は知ってのとおり、吉井川の河口を扼《やく》する小山の砦《とりで》よ。ここが落ちれば、水軍どもが吉井川を遡上《そじょう》するのを防げぬ。備前きっての沃野を蹂躙《じゅうりん》されることとなる。村宗さまは、ただちに父へ兵を出すよう命じられた。当然、そのなかには儂もいた」

思い出すかのように、興家が目を閉じた。

「驕《おご》っていたのだろうなあ。儂は。水軍衆など陸にあがれば、まともに槍も遣えまいとなめてかかった。兵を預けられた儂は、乙子砦を囲んでいる水軍衆を一蹴するつもりで、父の制止もきかずに突っこんだ」

「…………」

八郎は息を呑《の》んだ。

「水軍衆は強かった。少し考えればわかる。揺れる船の上で弓を撃ち、敵船に乗りこんで戦うのだ。最初に弓で射すくめられた儂らは、機先を制せられてなすすべもなかった。儂の目の前で、初めて与えられた兵たちが、腹を突かれ、首を切られて死んでいった。皆、死ぬ直前に儂を見ていくのだ。もちろん、声など聞こえぬ。いや、断末魔だけしかない。だが、その瞳は、おまえのせいで、死なねばならぬとの恨みに満ちていた。儂にはそう見えたのだ」

「父上……」

いつの間にか興家が足を止めていた。

「幸い、父が駆けつけてくれたおかげで、儂は死ななかった。だが、儂の率いた数百は、ほぼ全滅だった」

肩を落として興家がうつむいた。

「それ以来、儂は戦えなくなった。戦場に立つと、かつての光景が脳裏によみがえり、身体が硬くなって動けなくなるのだ。これでは、この乱世で武将として生きて行くことはできぬ。儂は弟の四郎に家督を譲り、僧門にでも入るつもりであった。だが、その四郎が元服前に討ち死にしてしまった。そして父が倒れた。儂は否応なく宇喜多の家督を継がざるを得なくなった」

ゆっくりと興家が顔をあげた。

「名将の誉れ高かった前当主は、中気で役に立たなくなり、当主は戦場で小便を漏らすような臆病者《おくびょうもの》。その上、跡継ぎの息子はまだ六歳。主君である宗景さまも、宇喜多の名声をこころよく思っておられぬ。島村にしてみれば好機到来であったわけだ」

興家が自嘲《じちょう》した。

「そんな……」

いきなり平穏を奪われた八郎が、唖然《あぜん》とした。

「八郎よ。これでよかったのだ」

「どういう意味でございまするか」

「これも父の策よ」

「おじいさまの……」

八郎が息を呑んだ。

「島村弾正どのが死したときより、この日が来ることを父は知っておられた。豊後守の野心をな。ゆえに、滅びを選ばれたのだ。八郎を残すために」

「わたくしを」

「そうだ。そなたは、儂と違い、武将としての器量がある。おそらく元服までに、四郎以上の覇気を表すであろう。そうなれば、そなたは島村にとって大きな障害となる。父だけでなくそなたも邪魔となる。それを防ぐには、そなたがまだ幼いうちにことを起こさせるしかなかったのだ」

噛んで含めるように興家が教えた。

「よいか。父は、そなたを生かすために死なれたのだ。心に刻め。なにがあっても命を粗末にするな。ふたたび宇喜多の家名をあげるまでは、どのようなことにも耐えよ。それが、死した祖父への供養だと思え」

強い口調で興家が述べた。

「……八郎」

「はい」

うつむいていた八郎は呼びかけられて父を見た。

「これは儂の願いじゃ。いつかかならず、島村を滅ぼしてくれ。儂にはできぬ。そなたに押しつけることはすまぬと思うが、儂は我慢ならぬ。共に手を取り、浦上を守《も》り立てていくべき味方の宇喜多を襲うなど、武将の誇りもない」

「……はい」

「儂は、そのためにはどのようなことにも耐え、そなたを一人前にしてみせる」

「お願いいたしまする」

父の言葉に八郎は、頭をさげた。


日中は追っ手の目を気にして、岩陰、破船に身を隠し、夜動くという手間をかけて、八郎と興家は、備後随一の湊《みなと》、鞆《とも》の浦《うら》へと落ちた。

鞆の浦には、瀬戸内を航行する船の多くが立ち寄る。荷揚げする人足や、商品を運ぼうとする商人なども集まり、海辺に張りついたような湊は人であふれていた。

「しばらくここに身を潜める」

興家は鞆の浦にある寺の一つを訪れた。

「仕官を求めて、旅をしている者でござる。しばしの間逗留《とうりゅう》を許されたし」

幾ばくかの金を差し出した興家へ、住職はこころよく応じた。

「もっと遠くに離れずともよろしいのか」

人目を避けての逃避行は、八郎を萎縮させていた。

「ここでよいのだ。ここならば、人の出入りも激しく、よそ者が目立たぬ。そして、いざとなれば、海を渡って四国、九州へ逃げることも容易じゃ。なにより備前がどうなるのか、様子を見なければならぬ。摂津や安芸へ出てしまえば、状況が摑《つか》みにくくなろう」

息子へ興家は説明した。

「状況を知ってどうなるのでございましょう。砥石城は落ち、宇喜多の家は滅びました」

八郎は、力なく言った。

「現状を知らねば、逃げることもできまい。どちらから追っ手が来るのかわからねば、どこへ行けばいいのかも判断できぬぞ」

興家が諭した。

「人と物のあるところには、噂《うわさ》も集まる。明日より、湊を歩き、耳をそばだてるぞ。今日は早めに休む」

告げた興家が横になった。

滞在が認められたとはいえ、夜具などは貸し与えられなかった。八郎と興家は、本堂の片隅の板の間で眠りに就いた。

翌朝目覚めた二人は、寺を出て湊へと向かった。

「父上、腹が空きました」

数日まともな食べものを口にしていない八郎は、不満を漏らした。

「うむ。なにか購《あがな》うとしよう」

興家も同意した。

荷揚げの船が停泊する岸には、船の水主《かこ》たちを相手にする商売人が朝から荷を出していた。

――ゆでた餅《もち》はどうじゃ。

――干物を買うていきやせ。

八郎は足を止めた。

「餅がよいか」

「はい」

父の言葉に八郎は目を輝かせた。

興家が求めた餅に食らいつきながら、八郎はあたりを見回した。

「なんとも人が多うございまする」

「であろう」

やはり餅を食しながら、興家がうなずいた。

「人の集まるところには、物も噂も集まる。子供のころ、父にそう教わったものだ」

興家が言った。

「おじいさまに」

「うむ。儂はな臆病者であったゆえに、武将として戦場のありさまを八郎へ教えてやることはできぬ。ただし、父から学んだことを伝えることはできる」

遠い日を思い出すかのように、興家が天を仰いだ。

「聞き逃すなよ」

「はい」

腹がくちくなった八郎は、元気よく答えた。

しばらく様子を見ていた興家が、船着き場で休んでいる水主《かこ》たちへ話しかけた。

「備前のほうで戦があったと聞いたのだが……」

「……備前で……おい、誰か知っているか」

年嵩《としかさ》の水主が、仲間の顔を見た。

「いいや。聞いてねえな。太助《たすけ》、おめえ、室津《むろつ》の湊から来たんだろ、なにか耳にはさんでねえか」

問われた別の水主が首を隣に向けた。

「なんも聞いてはおらんぞ」

室津から来た水主が首を振った。

「さようか。すまなんだの」

礼を述べて興家が引いた。

「父上……」

「みょうじゃの」

少し離れたところで興家が首をひねった。

「宇喜多といえば、備前で名の知れた武門である。その宇喜多が滅ぼされたとなれば、周辺への影響は大きい。それなのに平穏すぎる」

「どういうことでございましょう」

八郎も首をひねった。

「わからぬ。しばし様子を見るしかないな。寺へ戻ろう」

興家が八郎を促した。

数日、湊を歩き回って話を聞いた興家と八郎だったが、なにも得ることはできなかった。

「どうなっておるのだ」

疲れ果てた興家が、寺の本堂で独りごちた。

「宇喜多の価値はそこまで低かったのか」

興家が嘆息した。

備前に宇喜多あり。

宇喜多能家の采配《さいはい》は、山陰を抑える尼子、安芸と長州を支配する毛利を抑え、その力を備前へ及ぼさせなかった。

その能家が殺され、砥石城は落城したのだ。それこそ湊の話題は、これ一色になってしかるべきであった。

「そんなはずはない」

落ちこみかけた興家が、気を入れ直した。

今まで以上に興家は噂の収集に奔走した。

ことから十日目、ようやく興家のもとへ、宇喜多の始末が聞こえた。もたらしたのは、寄宿している住職であった。

「ずいぶんと宇喜多さまのことを気にされておられるようでございますな」

一日湊を歩き回り疲れて帰ってきた興家と八郎を出迎えた住職が話しかけた。

「…………」

興家が警戒した。

「ご懸念なく。御仏《みほとけ》に仕える身でござれば、俗世とのかかわりに興味はございませぬでの」

住職が手を振った。

「じつは手紙が参りましての」

反応しない興家を気にせず、住職が語り始めた。

「修行時代の同門が備前の西大寺《さいだいじ》で住職をしておりましてな。よく近辺の消息を記してくれましてな」

「……それで」

内容に興家が興味を持った。

「宇喜多家で家督相続があったようで」

「家督相続だと」

「そんな」

思わず興家と八郎が驚愕《きょうがく》の声をあげた。

「まあまあ、落ち着かれよ。その様子を知らぬ者が見れば、宇喜多さまとかかわりがあるように思いまするぞ」

笑いながら住職がなだめた。

「これはすまぬ」

「………」

興家が詫び、八郎は口をつぐんだ。

「いやいや。で、続きじゃが……宇喜多能家さまが亡くなられて、その跡を弟の浮田大和守さまが継がれたとのことじゃ」

「大和守が跡を……」

聞いた興家が絶句した。

「そんな……」

八郎も顔色を変えた。

「落ち着け、八郎」

興家が八郎をなだめた。

「申しわけありません」

八郎は、沈黙した。

「能家さまには、跡継ぎがおられたはずだが……」

「武将の才なしとして、浦上宗景さまが家督を許されなかったと」

さりげなく住職が告げた。

「……父上」

我慢できなくなった八郎は、声をあげた。

「黙れ、八郎」

厳しい声で興家が叱った。

「しかし……はい」

父の手が強く握りしめられているのを見て、八郎は引いた。

「それで家中はおさまったのでございまするか」

当主の交代は、どことも争乱のもととなる。

「平穏とはいかなかったみたいでございまするが、騒動というほどではなかったようでござるな。一部の家来衆が浪人されたとのことで」

住職が答えた。

「一部の……」

興家が嘆息した。

「まあ、乱世でござるからな。生きていくためには目をつぶらねばならぬ場合もございましょう。どれ、遅くにおじゃまをいたしましたな。おやすみなされ。南無阿弥陀仏」

　手を合わせて念仏を唱えた住職が、去っていった。

「父上さま」

　二人きりになったとたん、八郎が父の顔を見上げた。

「……父上」

　興家の身体が小さく震えていることに、ようやく八郎は気づいた。

「なにさまのつもりだ。分家筋の分際で」

　小さいながらはっきりとした怒気をこめて興家が吐き捨てた。

「本家を守り立てるために分家がある。宇喜多の家が、一族で名字を変えているのは、本家と分家の差を明確にするため。わかっていて宗景の甘言に、いや、島村豊後守の策にのったか、大和守」

　興家が叔父を罵った。

「…………」

「家中の者どももそうだ。宇喜多の本家を簒奪《さんだつ》した者の門前へ馬を繋《つな》ぐなど、長年の恩を仇で返すも同然」

　興家の憤懣《ふんまん》があふれた。

「八郎」

「は、はい」

不意に呼びかけられた八郎は、あわてて返事をした。

「かならず思い知らせてやれ。浦上、島村、そして大和守を許すな」

「はい」

八郎も同意した。

「儂のすべてを、そのために遣ってくれる」

復讐の思いを興家が口にした。

翌朝、目覚めた八郎は、旅の支度を始めている父に驚いた。

「ここを出るぞ」

息子が起きたことに気づいた興家が宣した。

「えっ」

急なことに八郎は対応できなかった。

「この寺を出る。準備をいたせ」

もう一度興家が言った。

「急になんでございましょう」

「儂らのことが明るみに出たからだ」

問われた興家が答えた。

「昨夜、住職がなぜあのような話を聞かせたのか、それを考えてみよ。少なくとも儂らが宇喜多ゆかりの者でなければ、意味のないことであろうが」

「……たしかに」

八郎の頭が覚めた。

「しかし、あの住職がわたくしどもを売りわたすようなまねをされるとは思いませぬ」

「住職はせぬだろう。だが、他の者はどうかわからぬ」

「他の者は、わたくしどものことを知らぬはず」

父の言葉に八郎は反発した。

「儂がうかつだった」

興家が首を振った。

「状況がわからぬことに焦りすぎ、訊いて回るなど少し目立ちすぎたのだ。その結果が昨夜の住職の対応だ」

大きく興家が嘆息した。

「…………」

ようやく八郎も理解した。

「確証までもたれてはいないだろうが、宇喜多ゆかりの者とは思われておろう。そのうち、先夜のことがはっきりと聞こえてくれば、当主とその息子が落ち延びたと知れよう。となれば……」

「わたくしたちのことを、島村へ告げる者が……」

「出て来る。いや、もっとたちが悪いかも知れぬ。我らを捕まえて、島村へ差し出そうとする。あるいは首を……」

「…………」

八郎は息を呑んだ。

「逃げねばならぬ」

「はい」

急いで八郎も身のまわりの用意に取りかかった。

「行きなさるか」

不意に退去する旨を告げた興家へ、住職は淡々としていた。

「お世話になった」

住職への礼もそこそこに、興家と八郎は寺を後にした。

興家と八郎は、噂から逃れるため、鞆を離れた。かといって、行く当てなどあるわけもなかった。砥石城から抜け出すときに所持していた金子《きんす》は、幾日も持たず、あっという間もなく、なくなった。

八郎はもちろん、興家も宇喜多家という枠のなかで生きてきたのだ。いまさら、商いができるはずもなく、また、どこかの武家へ仕えることもできなかった。金を使い果たした後は、宿を取るどころか、食べものを手にするのも難しくなった。

「なにかできることはないかの」

他人の手伝いで一日の糧《かて》を得ようとする興家へ世間は冷たかった。

――そんな細い手足でなにができるというんだ。

――じゃまするな。

辞を低くして頼む興家にかけられるのは、拒否の言葉だけであった。

「なにかあったときは、頼む」

犬を追うように払われても、興家は我慢していた。

「父上、宇喜多の当主ともあろうものが、あのような下賤の輩《やから》に頭を下げられるなど……」

まだ幼い八郎は我慢できなかった。つい数ヵ月前までは、砥石城の嫡孫として、多くの家臣たちから傅《かしず》かれてきた子供には、父親の態度が卑屈に見えてしかたなかった。

「生きていくためじゃ。しかたない」

興家が首を振った。

幼い八郎を抱えて、興家の苦労は続いた。ろくに食事もできないことで、体力を失い、とうとう興家は手伝い仕事さえできなくなった。

「なにか食べるものを与えてはもらえぬか」

ついに親子は物乞いをするまでに落ちぶれた。

「……父上。備前に知れた宇喜多の当主が……」

情けなさに八郎は泣いた。

「このようなまねをするくらいならば、死んだほうがましでございまする」

「頼む。儂はよい。子供にだけでもなにか」

止める八郎の手を振り切って、興家は続けた。

――少ないけどね。

――なにもないよ。

哀れんで食料を分けてくれる者もいないわけではなかったが、そのほとんどは冷たい拒絶であった。

――これでもくらえ。

なかには腐ったものを投げつけてくる者もいた。

「すまぬな」

頭から腐った野菜を垂らしながらも、興家は耐えた。

「ほれ、にぎり飯じゃ」

八郎を村はずれに待たせていた興家が、手のひらほどの大きさのおにぎりを一つ持って戻ってきた。

「…………」

空腹だった八郎は、雑穀だらけのにぎり飯をむさぼった。

「……父上のぶんは」

食い終わってようやく八郎は気づいた。

「儂は、向こうで馳走《ちそう》になった」

小さく興家が笑った。

この日の食料はこのにぎり飯一個だった。

手にはいる日もあればない日もある。そんなことが続いたある日、八郎は待てと父から命じられたのを無視して、興家の後をつけた。

「もしかしたら、父上はもっと食べているのかも知れない」

八郎は空腹が満たされることのない日々に、とうとう心の隙間を作ってしまっていた。

ふらつきながらも興家は、村中の家、一つ一つを廻《まわ》り、頭を下げ、ものを請うた。半日近くを費やして、やっと一握りの飯をもらえた興家は、それを大切そうに両手で囲むと、おぼつかない足で、八郎が待っているはずの村はずれへと向かい始めた。

「八郎」

村はずれにいるはずの息子の姿がないことに、興家がとまどった。

「父上」

興家の背中へ、八郎は声をかけた。

「おお。食べものぞ。さあ、喰《く》え」

振り向いた興家が飯を差し出した。

「父上のぶんは……」

「儂は、先に喰った。気にせず、全部食べよ」

興家が小さく笑った。

「嘘をつかれるな。父上は、なにも食べておられませぬ」

激しく八郎は首を振った。

「そうか、見ていたのか」

八郎の態度から、興家が悟った。

「父上が食べておられぬのに、わたくしは何も知らず……」

「子はの」

感情を露わにする八郎へ、興家が静かに語り出した。

「……子は希望なのだ」

「希望……」

ほほえみながら言う興家に、八郎は激情の収まりを感じていた。

「親はどうしたところで、先に死ぬ。これは摂理なのだ。そして、親がいた証しとして子が残る。立派な子が残れば、親に未練はない。儂が飢えて死んだところで、そなたさえ生きていてくれれば、宇喜多興家の血は続く」

「血は続く」

「それにな……」

いっそう笑みを深くして、興家が言った。

「子ほど愛しいものはない。そなたもいつか親になったときにわかる」

「父上……」

興家にすがって八郎は、号泣した。

このときの飯の味を八郎は生涯忘れることはなかった。

三

「やむをえぬ。西大寺へ行こう」

数日、なにも施しをもらえなかった興家が、ついに決心した。

「西大寺。備前へ戻ることになりますが、よろしいのでございまするか」

八郎は危惧《きぐ》した。

備前第一の霊場とされる西大寺は、真言宗《しんごんしゅう》の寺院で八百年近い歴史を誇る名刹《めいさつ》である。浦上の領地のなかにあるが、広大な寺域と寺領を持ち、領主である宗景でさえ簡単に手出しできないだけの力を擁《よう》していた。

「危険ではあるが、このまま野宿を続けるわけにはいかぬ」

年端もいかぬ八郎に、雨露さえしのげない野宿はきつい。八郎の体力が限界に来ていることを興家は見抜いていた。

八郎を連れて、興家は西大寺を目指した。

「頼るすべがある」

興家が訪ねたのは、西大寺の端にある古ぼけた宿坊であった。

「御免」

「どなたかの」

訪《おと》ないの声に、応じたのは尼僧であった。

「乳母《うば》よ」

尼僧を見た八郎は、歓喜の声をあげた。

「……八郎さま」

尼僧も目を見張った。

出てきた尼僧は、八郎の乳母であった。

「よくぞ、ご無事で」

八郎へ乳を与え、育ててくれた乳母は砥石城落城のおり、供をしてくれようとした。それを女連れでは逃げ足が鈍るうえ、万一追っ手に追いつかれたとき、乳母を巻きこむことになると興家が断っていた。そのとき、乳母は能家の菩提《ぼだい》と八郎の末を願って西大寺で出家すると言っていた。その言葉を興家は覚えていた。

「殿さま」

裸足《はだし》で玄関の土間へ降りた乳母が、膝を突いた。

「やめてくれ。もう、おまえにそうしてもらう身分ではなくなった」

興家が首を振った。

「なにをおおせられまするか」

きっと乳母が顔をあげた。

「殿さまこそ、宇喜多の正統。そして八郎さまはお世継ぎさまでございまする」

乳母が涙を流した。

「……乳母よ。まだそう言ってくれるか」

乳母が八郎の顔をよく見るために屈《かが》んだ。

「なんと痩《や》せられて……八郎さま」

乳母が八郎の身体を抱きしめた。

「このようなところでは、お話もできませぬ。どうぞ、汚いところではございまするが、おあがりくださいませ」

「そうさせてもらおう。足の埃《ほこり》をよく払うのだぞ」

興家が八郎をうながした。

「はい」

続く野宿と旅で興家と八郎の衣服は汚れきっていた。

「わたくしの帷子《かたびら》しかございませぬが、お召し替えをなされませ。お脱ぎになった服は、あとで洗っておきますほどに」

手に帷子を二枚持って乳母が勧めた。

「世話になる」

興家が頭を下げた。

「どうぞ、ここでよろしければ、いつまでもご逗留《とうりゅう》くださいませ」

笑顔で乳母が、首肯した。

その日、八郎は、乳母の懐《ふところ》に抱かれて久しぶりの熟睡をした。

「勉学をなされませ」

数日経ってようやく体力を回復した八郎へ、乳母が述べた。

「西大寺にはたくさんの学僧がおられまする。いずれ宇喜多の当主となられる八郎さまは、勉学を身につけられなければなりませぬ」

「勉学などより、槍《やり》や剣を学ぶべきではないのか」

「いいえ、違いまする。八郎さまが端武者の家柄であれば、なによりも刀槍の術を鍛錬なさるべきでございましょう。なれど八郎さまは、大将となられるお方。大将が自ら槍を振るうような羽目に落ちれば、戦は負けでございまする」

「ううむ」

乳母に言われて八郎は、祖父能家の最期を思い出した。

「大将は、前へ出ることなく策を練ればよいのでございまする。策があたれば寡兵よく大軍を破りまする」

「策か」

「はい」

繰り返した八郎へ、乳母が同意した。

八郎の乳母は、宇喜多の家臣の寡婦であった。子供を身ごもっているときに戦で夫を失い、乳が出たことから、八郎の乳母に選ばれた。だけに、負け戦の悲惨さを乳母はよく知っていた。

「策を立てることを学ぶには、まず古今の軍学書を紐解《ひもと》くことから始めなければなりませぬ。それには、まず文字を知らなければ」

「であるな」

興家もうなずいた。

もちろん、砥石城でも八郎への教育は始まっていた。戦場を退いた能家が、八郎の師となって文字を教え、軍学の代わりとして戦話を聞かせていた。

しかし、まだ六歳でしかない八郎への指導は始まったばかりであった。ようやく仮名文字を覚え、漢字も少し読めるようにはなっていたが、とても古書を理解するところまではいっていない。

「儂が教えてもよいのだが、やはり親子では甘えも出よう」

乳母の提案に興家ものった。

西大寺に落ち着いて数日後、乳母に連れられた八郎は、一人の僧侶へ師事を願い出た。

「宇喜多興家が一子、八郎でございまする」

教えを請う礼儀として、八郎は素性を隠さず告げた。

「……宇喜多和泉守どのが嫡孫か。生きていたとはの」

聞いた僧侶が、驚いた。

「愚僧は、両海《りょうかい》じゃ。世俗の名は忘れた」

合掌して、僧侶も名乗った。

「ふむ……」

じっと両海が八郎の顔を見つめた。

「なにか」

八郎は問うた。

「島村豊後守、いや、浦上宗景どのは、しくじったの」

「どういう意味でございましょうや」

両海の言葉に八郎は首をかしげた。

「馬小屋で飼えばこそ、駿馬も乗りこなせる。野に放てば、決して人になつかぬもの」

「…………」

「八郎よ」

「はい」

「十五歳になるまで才気を表に出すな。ただ、人の話を聞くだけに徹せよ。策を思いついても口にするな。それを守れるか」

きびしい口調で両海が述べた。

「どういう意味でございましょう」

わからないと八郎は尋ねた。

「若くしての才は、他人のそねみを買う。己で己を守れるようになるまで、目立つことは、不慮を呼ぶ。まして、そなたは守ってくれる家族も、家臣も失ったのだ。己一人では、なにごともなせぬ」

「わたくしには父が、乳母がおりまする」

八郎は反論した。

「いいや、おらぬ」

静かに両海が首を振った。

「なにを」

「大きく息を吸え。心を乱すな。人の話を聞けと申したばかりぞ」

両海がたしなめた。

「愚僧の言ったことを思いだしてみよ。一言一句違《たが》えずにだ」

早速両海の指導が始まった。

「若くしての……」

目を閉じて八郎は、復唱した。

「わかったか。儂は守ってくれる家族と言ったのだ」

「ですから、わたくしには……」

「たわけがっ」

すさまじい声で両海が怒鳴った。

「…………」

思わず八郎は、身をすくめた。

「おぬしは、なんだ」

両海が問うた。

「いや、なんになろうとしておる」

質問の仕方を両海が変えた。

「武将であろう」

八郎が答えるよりも早く、両海が言った。

「はい」

「では、もう一つ問おう。宇喜多の家を再興したいのか」

「したい。いえ、いたしまする」

決意を八郎は述べた。

「お祖父さまより、かならず宇喜多の家名をあげてくれるようにと、遺言で託されましてございまする」

能家末期《まつご》の願いは、八郎の脳裏に深く刻まれていた。

「和泉守どのも、むごいことをなさる」

「なにか」

興奮している八郎は両海のつぶやきを聞き逃した。

「いや、気にせずともよい」

小さく両海が首を振った。

「宇喜多の家を再興する。それは、おぬしが当主となると言うこと。ならば、興家どのは隠居よな。わかるな。興家どのは、守ってくれる家族ではなく、おぬしが守らなければならない家族なのだ。乳母も同じ。おぬしはもう乳を与えられている赤子ではない。赤子ならば乳母に守られて当然だが、そうではなかろう」

「……はい」

八郎は理解した。

「おぬしの不利がわかったであろう。徒手空拳《としゆくうけん》どころではない。すでに荷物を背負わされた状況なのだ。聞けば、砥石城を継いだ浮田大和守にしたがうのをよしとしなかった家臣たちが、何人も退身したというではないか。その者たちの心意気もおぬしは引き受けねばならぬ。まだ六歳の身でそれほどのものを持たされるのは、哀れであるが、これもおぬしの前世からの運命《さだめ》」

「運命……」

「うむ」

両海が首肯した。

「抗《あらが》うか。したがうか。運命に対するには、その二つしかない」

諭すように両海が言った。

「宇喜多の家を再興せず、このまま市井に埋もれて過ごすか、一所懸命に努力を重ね、宇喜多の名前をふたたび備前であげるか。今、ここで決めよ」

「もちろん、宇喜多の名をあげまする」

祖父の無念が八郎を縛《しば》っていた。

「よいのだな。酷なことを言うとわかっていながら、再度問う。退くことは許されぬ。おぬしが休めるのは、死ぬとき。茨《いばら》の道とわかっていても、進むのだな」

「はい」

両海の確認に八郎ははっきりとうなずいた。

「よかろう」

こうして、両海と八郎の師弟関係が定まった。

両海の教えは文字軍学だけではなかった。まだ幼い八郎に、槍を持たせ、弓を引かせた。

「将たるもの、軍の後ろにあって機を見るが仕事。前へ出て敵兵とやり合うのは猪《いのしし》武者《むしゃ》であり、将の器にあらず。されど、槍の動き、弓の飛びかたを知らずして、兵を動かすことなどできぬ」

両海は八郎の手の皮がむけても、鍛錬を続けさせた。

「家臣の苦労を知らずして、思いに応えられるはずもなし」

稽古《けいこ》槍を軽々と扱いながら、両海は遠慮なく八郎をたたきのめした。

「はい」

毎日青あざを作りながらも、八郎は耐えた。

「よし、しばし休息じゃ」

「ありがとうございまする」

午後から二刻（約四時間）ほどの鍛錬を、ようやくこなせるようになった八郎は、息を荒らげながら、一礼した。

「汗をふけ。身体を冷やすな。武将にとって、軍略よりもたいせつなものは、身体じゃ。どれほど策が優れていても、すぐ病で倒れるような将に、兵はついてこぬ」

「わかりましてございまする」

座りこみたいのを我慢して、八郎は身体を拭いた。

「師僧は、かつて武士だったのではございませぬか」

かねてからの疑問を八郎は口にした。

「俗世のことか」

「お教え願えまするか」

八郎は頼んだ。

「ふん。聞くほどのことではないぞ」

両海がつまらなそうに言った。

「まあ、主家と儂の名前は申さぬが、おぬしの見抜いたとおり、愚僧の前身は武家よ」

断りを入れてから両海が話し始めた。

「何代続いたかはわからぬが、儂の家は、とある西国の守護大名に代々仕えていた」

両海の自称が、変化したことに八郎は気づいた。

「主家の支配は十ヵ国をこえ、なかなかの勢力を誇っていた。近隣の大名どもは、主家へ誼《よしみ》を結ぼうとし、辞を低くした。逆らう者が四隣から消え、戦がなくなった。いや、あっても小さな規模のものだけになり、支配している国人衆だけで終わるような状況が何年も続いた。さて、戦うことを忘れた武家はどうなるか」

八郎へ両海が問うた。

「衰退……」

「違うな」

両海が否定した。

「雅《みやび》に走るのよ」

「……雅」

「そうじゃ。力を持ち、逆らう者がいなくなった武家は、公家になろうとする。力でなりあがった身を恥じ、血筋で尊ばれる身分にな。血筋で尊ばれるようになれば、下克上に遭わぬ。子のできが悪かろうとも血筋であれば、当主として支えてもらえる。

もちろん、公家になれるわけなどない。なれないとわかっていれば、どうするか。まねをすることになる。我が主君も重職も都にあこがれ、衣食住全てを雅風に変えた。剣を握った手に筆を持たせて歌を詠み、馬に乗った足へ沓《くつ》を履《は》いて鞠《まり》を蹴る。こうやって日々を過ごすようになった」

「…………」

無言で八郎は両海を見つめた。

「初めのころはよかった。雅に身を任せていたのが、当主と重職だけですんでいたからな。だが、当主や重職が歌や芸事に重きをおきだすと、それを利用して出世しようとする輩が出てくる。そして数名が抜擢《ばってき》されるとそこまでよ。下々までが、崩れるように武を捨て、雅へと傾く。家中あげて歌じゃ、踊りじゃ、蹴鞠《けまり》じゃと毎日毎日遊びほうけた」

「遊びほうけるのでございまするか」

「うむ。武を忘れた大名など、何の役にもたたぬ。経を忘れた坊主よりもたちが悪い。雅に戯れている間に、戦って勝てぬからこそしたがっていた国人領主たちが少しずつ力を蓄えていく。そして謀叛《むほん》を起こす。そのころには、大名に征伐するだけの力はなくなっている」

「うううむう」

八郎はうなった。

「儂は、その家中でも身分の軽いほうであった。歌を詠むだけの才もなく、蹴鞠に興じるだけの金もなかった。ゆえに雅に染まらずともすんだが、主家が衰退したことで、禄《ろく》を失ってしまった。奪われた土地のぶんだけ、家中から侍は放逐《ほうちく》される。儂もその一人として、浪々の身となった。雅ごとをしなかったために、上役の機嫌を損ねていたのだ」

一度両海が言葉を切った。

「禄を失えば、喰っていくことはできぬ。新たな主君を求めるか、帰農するか、商いに身をおくか、僧籍に入るかしなければ生きていけぬ。だが、もう主君をいただく気はなくなっていた。槍で仕えていた儂を、歌が詠めぬというだけで放逐してくれたのだ。主君の気まぐれで、生きていく術《すべ》を奪われるのは、二度と御免じゃ。かといって、銭勘定はできぬ、田も持っていない。つまりは、坊主になるしかなかったのだ」

「…………」

「武士とはつまらぬものだ。命を奪うことで生きていく。後生など望むべくもない」

両海が続けた。

「だが、武士も要《い》り用なのだ。この乱世の原因を作ったのは武士じゃ。将軍によって統一された太平の世を、己の手にいっそうの権を欲しがった強欲な管領《かんれい》が、殺し殺される地獄に変えた。しかし、この地獄を終わらせることのできるのも、武士なのだ。ただ一人、強力な武力を持って他者を押さえつけることのできる覇者、あらたな天下人が出たとき、ようやく乱世は終わる。もっともこれは力なき者が力ある者に支配される世の到来でしかないが、それでも殺されるよりはましである。八郎」

「はい」

声をかけられて八郎は返答した。

「武士として生きるならば、覚悟をせい。生き残るためには、女子供でさえ殺す。修羅になる覚悟をな」

「…………」

八郎は音を立てて唾《つば》を飲みこんだ。

第二章　雌伏

一

備前《びぜん》は中国有数の穀倉地帯である。秋の風が吹くころになると、見渡すかぎり黄金《こがね》色に染まる。

その年の収穫を決める稲刈りが始まると、どことも戦《いくさ》は控えるようになり、一時《いっとき》の平穏を百姓を初めとする庶民は謳歌《おうか》した。

しかし、八郎と興家は違った。

「八郎」

いつものように朝餉《あさげ》をすませて、両海のもとへ出向いた八郎は、苦渋に顔をゆがめた師の出迎えを受けた。

「どうかなされましたか」

半年ほどの間に、大きく成長した八郎は、両海へ事情を問うた。

「ここを離れよ」

短く両海が命じた。

「おぬしたちがここにいることを、島村へ報《しら》せた者がおる」

「…………」

聞いた八郎は絶句した。

「情けなきよな。仏道の根本は慈悲。救いを求めてきた者をその懐に抱えこみ守るのが、本道じゃというに……」

両海の声は沈んでいた。

「だが、御仏に仕える身とは申せ、世俗とのかかわりを断つことはできぬ」

「はい」

それは八郎も理解していた。だからこそ、髪を下ろしたにもかかわらず、乳母は八郎と興家の面倒を見てくれている。

「島村がどう動くかはわからぬ。なれど、このまま放っておいてはくれまい」

「なぜでございましょう。今まで追っ手らしき者を出してさえいないようでございまするが」

八郎は疑問を呈した。

「興家どのとおぬしが、あてどもなくさまよっているならば、相手になどするまい。だが、おぬしは西大寺に居着いてしまった」

両海が八郎を見つめた。

「西大寺は、備前第一の霊場。庶民の信仰も厚く、備前の守護を自任している浦上家でさえ、うかつに手出しはできぬ。金もあり、僧兵も多い。大名に等しいのだ。その西大寺と宇喜多が結びつく。もともと宇喜多の名前は備前で大きい。その宇喜多の後ろ盾に西大寺がなったとすれば、どうなる」

「馬鹿にできぬ力となりまする」

「うむ。いかに、おぬしが優れていようとも、一人ではなんにもできぬ。今のおぬしならば、雑兵三人に囲まれれば死ぬしかない。だが、西大寺と宇喜多の名前があれば、あっという間に数千の兵を集められよう。島村とすれば、危ない火種は小さいうちに消しておくべきと考えるのは当然。このままここにいては、襲われることとなろう」

整然と両海が説明した。

「わかりましてございまする」

八郎は首肯するしかなかった。

「おぬしには、まだまだ教え足らぬ。途中で投げ出すのは本意にあらぬが、いたしかたない」

「今までありがとうございました」

深く八郎は礼を述べた。

「数ヵ月とはいえ、師と弟子の縁を結んだのだ。師として最初で最後の餞《はなむけ》をくれてやろう」

両海が懐から一枚の手紙を出した。

「これは……」

「福岡《ふくおか》の豪商阿部《あべ》善定《よしさだ》どのへの書状よ」

怪訝《けげん》な顔をした八郎へ両海が言った。

「阿部善定……」

初めて聞く名前に八郎は首をかしげた。

「福岡は知っておるか」

「あいにく」

砥石城から鞆《とも》、そして西大寺しか八郎は知らなかった。

「ふむ。福岡はの、ここより東に行ったところ。砥石城や高取山城よりはかなり北になる。吉井川と山陽街道の交わるところで、商売往来の盛んな土地だ。阿部善定は、その福岡で一番の豪商よ」

両海が語った。

「阿部善定と拙僧は、少しかかわりがあってな。西大寺まで出てきたとき、阿部善定は、我が宿坊に滞在する。拙僧も喜捨を求めに福岡へ出向いたおりは、阿部善定のもとで寄宿する。そういう仲だと思ってくれればいい。先祖はかの足利尊氏《あしかがたかうじ》が、九州征伐に出向く途中、滞在したほどの家でな、善定も他人《ひと》の世話の好きな男よ。きっとおぬしと父御の面倒も見てくれよう」

「よろしいのでしょうか、宇喜多とは縁もゆかりもないお方でございまするが」

「気になるならば、出世払いをすればよい。いつか、宇喜多の旗を備前にふたたび揚げたとき、数倍にして報いればいい」

懸念する八郎へ、両海が助言した。

「福岡は、鞆ほどではないが人の出入りは多い。なにより金が動く。金をさげすむな。人を雇うにしても、武具を購《あがな》うにしても、金がなければならぬのだ。戦は金でするものだと覚えておけ」

「はい」

「商いのことは、善定から学ぶがいい。さあ、行け」

両海が手を振った。

「ご恩は決して忘れませぬ」

両手をついて八郎は感謝した。

「忘れてよい。坊主は無縁じゃ。拙僧と八郎は、ただ袖《そで》を触れあっただけ。今後は拙僧もそなたのためになにもせぬ。そして、おぬしも西大寺での日々は忘れろ」

淡々と両海が別れを口にした。


「ふがいない」

西大寺を離れなければならなくなった理由を聞いた乳母が、憤った。

「殿と若殿さまを島村へ売るなど……」

「いたしかたない。弱い者は生きていけぬ。これも乱世のならいじゃ」

興家がなだめた。

「浦上さまも浦上さまじゃ。大殿さまのおかげで、天神山城を維持できたも同然じゃというに、恩を仇で返すようなまねをなさる」

乳母の怒りは浦上宗景へと向かった。

「家臣といえども信用できぬ。そうせねば、生きていけぬ。浦上もそうである。主君である赤松家を追い出して、備前を我がものとした。同じことを己がされぬという保証はない」

「でも、宇喜多は、裏切りなどなされませぬ」

「それは、おまえがよく我らのことを知っておるからじゃ。宗景どのに宇喜多の忠誠を教える前に、先代村宗さまが討ち死にしてしまった。その直後に兄政宗どのと戦わねばならなくなったのだ。村宗さまの代では、若と呼んで宗景どのを持ちあげていた家臣が、政宗どのに与《くみ》し、敵となって襲いかかってきたのだ。疑心暗鬼となって当然よ」

納得しない乳母を興家が説得した。

「わかりましてございまする。宗景さまが、宇喜多のことをご存じないならば、わたくしがお教え申しましょう」

「なにを言い出すのだ」

八郎は驚いた。

「わたくしは、還俗《げんぞく》いたしまして、浦上家の奥へと仕えまする。幸い、わたくしの遠縁に当たる者が、宗景さまの奥方さまのもとにお仕えしておりますゆえ、その伝手《つて》を頼めば、どうにかなりましょう」

「危ないまねはせずともよい」

八郎の乳母だったとわかれば、警戒される。

「大事ございませぬ。わたくしの顔を知っておる者など、おりませぬ。見つかったところで、女一人。殺されることはございますまい」

「だが……」

「さあ、お急ぎくださいませ。無駄なときを過ごしていては、島村の追っ手が参るやも知れませせぬ」

乳母の決意は翻らなかった。

「無理はするな」

乳母を残して、八郎と興家は西大寺を逃げるようにして去った。

「福岡か。寄る辺《べ》が在れば、これほどのところはないな」

夜の街道を急ぎながら、興家が漏らした。

「父上……」

疑問を顔に浮かべた八郎へ、興家が語った。

「福岡は山陽道の宿場というだけではない。すぐ隣を吉井川が流れている。陸と舟。これは、鞆の湊同様逃げる手段がいくつもあるということだ。播磨へも、備中へも、安芸へも行ける」

「なるほど」

興家の言葉に八郎は納得した。

「さすがは両海師」

別れた師の気遣《きづか》いに、あらためて八郎は感激した。

「急ごう。なんとか明日中には、福岡へ入っておきたい」

「はい」

八郎も同意した。

足を速めたおかげで、翌日の朝には福岡へ着いた。

「大きい」

福岡の町を見た八郎は感嘆した。

街道の両側に多くの露店が並んでいた。

――米買わんか。米じゃ。

「都の布ぞ。公家衆がお使いになっているはやりの色はどうかの」

「京は山崎の油座でございよい油しかあつこうておりませんぞ。灯明《とうみよう》にしてもすすが出ぬ」

物売りたちが声をあげていた。

「ほう。あそこにあるのは、面ではないか」

一軒の店へ興家が気を止めた。

「面を売る店があるとは。福岡の豊かさが知れる」

米や油と違って、面は生活にかならず要りようなものではない。それを商う店があるというのは、買う客がいるとのことだ。面を買うだけの余裕が福岡にはあるとの証明であった。

「ざっと見て四十数軒か、店は」

「父上、あの船着き場にもございまする。あれは魚でございましょうや。干した蛸《たこ》が売られておりまする」

「干した蛸か。瀬戸内とのつきあいもここにはあるか」

興家も感心した。

「見物はあとにしよう。暗くなる前に訪れねばな。さすがに日が落ちてから見も知らぬ者と会ってはくれまい」

「はい」

うなずいた八郎は、露店に見入っていた中年の男に声をかけた。

「ちと尋ねたい」

「へい。なんでございましょう」

中年の男が、両刀を差した八郎と興家を見て、小腰を屈《かが》めた。

「阿部善定どののお屋敷を存じおるか」

八郎の問いに中年の男が背筋を伸ばした。

「……阿部さまのお屋敷でございますか。あそこに大榎《えのき》がありまするが、おわかりになりましょうか。あの左手にある大屋根がそうでございまする」

いっそうていねいな口調になって中年の男が説明した。

「かたじけない。父上、参りましょう」

礼を言って、八郎は興家を促した。

「うむ」

興家が歩き出した。

阿部善定の屋敷は、広壮なものであった。蔵が見えているだけで三つ、店の間口も三間（約五・四メートル）以上あった。

「ごめん。阿部善定どのはご在宅か」

店の入り口へ踏みこんで、興家が問うた。

「失礼ながら、どちらさまでございましょう」

初老の男が、近づいてきた。

「これをお渡しいただければ」

八郎が両海からもらった手紙を渡した。

「……両海和尚さまからのお手紙でございまするか。しばし、お待ちくださいませ。おい、お客さまへ、白湯《さゆ》をお出ししなさい」

対応を命じて、初老の男が店の奥へと消えていった。

「どうぞ、こちらへおあがりくださいませ」

若い男が八郎と興家を、店の片隅にある板の間へと案内した。

「世話になる」

二人は板の間へ腰を下ろした。

白湯が冷める前に、初老の男とともに、壮年の男が姿を見せた。

「阿部善定にございまする。宇喜多さまで」

「宇喜多興家でござる。これは、嫡男の八郎」

腰をあげて興家が挨拶を受けた。

「このようなところでは、お話もできませぬ。どうぞ、奥へ。庄兵衛《しょうべえ》、離れの用意をしておきなさい」

「はい」

初老の男が主の言葉にうなずいた。

「お疲れでございましょう」

興家と八郎を上座にすえて、阿部善定がねぎらった。

「突然の来訪、申しわけなく思う」

軽く興家が詫《わ》びた。

「いいえ。ご事情は知っておりまする。ご不幸なことでございました」

阿部善定が、一礼した。あれから半年以上が過ぎている。さすがに砥石城でのできごとも、世間に知られていた。

「…………」

無言で興家と八郎も礼を返した。

「いかがでございましょう。わたくしどもにお世話をさせていただけませぬか」

顔をあげた阿部善定が言った。

「そうしていただけるとありがたい」

興家が頭を下げた。

「いえいえ。両海和尚のお手紙に、八郎さまはまれに見るご才気で、いずれ備前一国はおろか、天下に名の知れた武将となるであろうと記してございまする。それほどのお方のお世話ができるとあらば、名誉なこと。どうぞ、我が家と思《おぼ》し召して、いつまでもご逗留《とうりゆう》くださいませ」

ほほえみながら、阿部善定が申し出た。

「かたじけない」

もう一度興家が礼を口にした。

「いつか、このご恩はきっと」

八郎も頭《こうべ》を垂れた。

「どうぞ、頭をあげてくださいませ。まずは、湯をお使いになられて、それまでにお部屋の用意もできましょう。お二人には庭の奥の離れをお使いいただきまする」

阿部善定が手を叩《たた》いた。

すぐに襖《ふすま》が開いて、一人の若い女が顔を出した。

「なにか」

「お二人を湯殿へな」

「はい」

言われた女が首肯した。

「この者は、わたくしの娘で、市《いち》と申しまする。一度縁づいたのでございますが夫に死なれ、出戻っておりまして。今後、お身のまわりのことをさせますゆえ、どうぞ女中代わりにお遣いくださいませ」

娘を阿部善定が紹介した。

「砥石城主の宇喜多興家さまと、ご子息八郎さまじゃ。今宵《こよい》より、当家にご滞在くださる」

「市でございまする。どうぞ、よしなにお願い申しあげまする」

ていねいに市が手をついて名乗った。

備前で名の知れた豪商、阿部家の賑《にぎ》やかさは相当なものであった。朝早くから夜遅くまで、誰かしらの出入りがあった。

二

「よろしゅうございますかな」

阿部家に逗留しはじめて十日ほど経った日、阿部善定が宇喜多親子のいる離れへとやって来た。

「これは、阿部どの。どうぞ」

夕餉《ゆうげ》にはまだ早い、興家と八郎は離れで無為なときを過ごしていた。

「御免《ごめん》を」

離れへ入ってきた阿部善定が、興家の顔を見た。

「なにかござったのか」

興家が問うた。

「さきほど、報せてくれる者がありまして。八日前、西大寺に島村の兵が来たそうでございまする」

「……来たか」

「くっ」

阿部善定の報告に、興家と八郎がうめいた。まさに、間一髪であった。

「両海師の身に……」

「大事はございませぬ。いかに島村とはいえ、西大寺を敵とすることはできませぬ。境内へ押し入るなど論外、まして僧侶方への無体などとんでもない。お二方の行方をしつこく調べていたとのことでございますが、なにも得られず、二日ほどで、去っていったとのこと」

「さようでございましたか」

ほっと八郎は息をついた。

「お報せ、かたじけのうございました」

あらためて八郎は礼を述べた。

「いえいえ。幸い、福岡にはいろいろなところから人が参りまする。噂《うわさ》もなにかと集まりますゆえ、またなにか耳にすることがございましたら、お話をさせていただきまする」

手を振って阿部善定がたいしたことではないと述べた。

「ところで、なにかご不便なことはございませぬか」

阿部善定が問うた。

「いや、至れり尽くせりで、なんの不満もござらぬ」

興家が首を振った。

「八郎さまは」

まだ六歳の八郎も、阿部善定は一人前の扱いをしてくれた。

「お願いが一つございまする」

「なんなりと」

「商いを教えていただきたい」

八郎は願った。

「……商いを。八郎さまは商人《あきんど》となられるおつもりでございまするか」

阿部善定の声が重く変わった。

「違いまする」

はっきりと八郎は首を振った。

「これからの戦は、金の多寡《たか》で決まる。そう両海師が言われておりました」

「両海和尚が。ふむ」

しばし阿部善定が思案に入った。

「宇喜多家再興の大望をあきらめ、商売人の豊かさに目を奪われただけならば、失礼ながら、お二方をこの屋《おく》より追い出させていただくところでございました。人と水は低きに流れる。そのようなお方をお支えするほど、わたくしも酔狂ではございませぬ。なれど、八郎さまは、戦のためだとおっしゃる。承知いたしましてございまする。庄兵衛に申しておきますゆえ、いつからでも店へおいでくださいませ」

「無理を引き受けてくれたこと、うれしく思う」

八郎は頭を下げた。

「さっそくだが、今からでもよいだろうか」

「どうぞ。では、わたくしとともに」

立ちあがった阿部善定について、八郎は店へと出た。

「主より承りました。商いのことをお学びになりたいとか」

「うむ。といっても、金儲《かねもう》けをしたいわけではない。ものの動きや、値付け、客への対応、奉公人の遣いかたなどを教えてもらいたい」

八郎は庄兵衛に告げた。

「ほう」

庄兵衛が目を少し大きくした。

「わけを聞かせていただけますかな」

「客の対応や奉公人の遣いかたは、説明せずともよかろう」

「はい。客への対応は他の大名方との応接に、奉公人の遣いかたは家臣の方々への接しかたに繫《つな》がりましょう」

うなずきながら庄兵衛が答えた。

「さすがは、大店《おおだな》を預かるだけのことはある」

「他人さまより、少しだけ長生きと苦労をしただけでございますよ」

褒《ほ》められた庄兵衛が照れた。

「残りだが、ものの動きは、戦の準備が始まったかどうかを知るのに使える。米を買い集めている大名がいれば、流通する量は減る。西からの米が来なくなれば、毛利が戦の用意を始めたとわかる」

「なるほど」

「値については、いまさらであろう。足らなくなれば値は上がる」

「はい」

庄兵衛がうなずいた。

「失礼ながら、そのお歳でこれだけのことをご存じとは」

「両海師の受け売りだ」

感心された八郎は、真実を語った。

「いえいえ。聞かされたことを覚えているのと、使えるのはまったく別でございます。承知しました。わたくしのわかるかぎりをお教えしましょう」

満足そうに首肯した庄兵衛が請け合った。


連日、八郎は、店のなか、外へと庄兵衛について動いた。

「今日は米が届くことになっております」

庄兵衛が店の前で述べた。

「備中から吉井川を使って運ばれてくるのでございまする」

「船か」

「さようで。米のように重いものは、人手で運ぶとなるとかなりの労を使いまする。荷車に載せるだけ載せたとしても十俵《ぴょう》が限度。それを運ぶのに引き手と後押しで二名の人が要り用となりまする。対して船ならば、大きさにもよりまするが、荷車の倍を一人の船頭で運べまする。そのうえ、船は早うございまする」

「その差は大きいな」

説明を聞いた八郎は、驚いた。

「ただ、船には大きな欠点がございまする」

「欠点……」

「海と川のないところに、船はいけませぬ」

「当然だな」

「あと、船着き場のないところでは、荷揚げが難しゅうございまする」

「たしかに」

「もう一つ、船は流れに逆らってものを運べませぬ」

「当然だが、それでは、米を運んできた船はどうやって帰るのだ」

八郎は疑問を呈した。

「ご覧になりまするか」

実際に見たほうがいいだろうと庄兵衛が船着き場へ八郎を誘った。

阿部善定の屋敷から町外れの船着き場までは、少しある。歩きながら庄兵衛が街道沿いに出ている露店を指さした。

「あの露店は他国者《よそもの》でございまする。あれは地の者で」

「よくわかるな」

的確な庄兵衛の指摘に、八郎は驚いた。

「簡単なことでございまする。土地の者は、重いものを商えまするが、流れ者は、荷を担いで動かねばなりませぬゆえ、どうしても軽いもの、かさばらぬものを扱うようになりまする」

笑いながら庄兵衛が種明かしをした。

「なるほど」

「もちろん、地の者でも軽いものを商う者は多うございまするが、荷の量が違いまする。地の者は、家が近いので、荷をいくらでも出し入れできまする。顔見知りに店番を頼むことも容易。ですが、他国者はそうはいきませぬ。荷を一度で持ち帰らねば、盗られまする」

「盗まれるか」

「はい。商いは銭を使った戦でございまする。吾《われ》の財を守るのは己だけ」

「一つ訊《き》いてもよいか」

「なんなりと」

「なぜ他国者は、この福岡へ居着かぬのだ。ここに家を持てば、移動せずとも商いができよう。近隣と顔見知りになれば、ものを盗られることもなくなるはずじゃ」

「流れで商いをする者は、その多くが国におられなくなったか、大きな利を求めておるかのどちらか」

八郎の質問に答えながら、庄兵衛が止めていた足を動かした。

「国におられなくなった者は、いつ追っ手が来るかわかりませぬゆえ、一ヵ所に落ち着くことはできませぬ。また、利を多く求める者は、商品が高値で売れるところを探して動きますので、居着きませぬ」

「ふむ」

「そして流れ者は、商品の責を負わずともすみまする」

「責を負わぬとは……」

庄兵衛の言葉に八郎は首をかしげた。

「買った壺《つぼ》が、すぐに割れたとか、購入したものが腐っていたとか、そういう苦情を受ける前に、土地を離れるからでございまする。わたくしどものように、地で商いをしておりますものは、なにかあればお金を返したり、別の商品と交換したりいたしますが、流れ者は、そのようなことをいっさいいたしませぬ。明日客にそっぽを向かれても、別の土地へ移ればすむからで」

苦い顔を庄兵衛がした。

「流れ者を信用すると、ろくなことがございませぬ」

庄兵衛が断じた。

「………」

己も流れ者に近い八郎は、沈黙した。

「船が着いたようでございまする」

「おおっ」

言われて船着き場を見た八郎は、その喧噪《けんそう》に目を剝《む》いた。

「じゃまだ、どきやがれ」

米俵を左右の肩に担いだ人足が、船板を渡りながら、船待ちをしていた人々を怒鳴りつけた。

「こぼれ米を拾うんじゃないよ。これは、船着き場のものだ」

貧しい者が、米俵から落ちた米を拾おうとしたのを、船着き場の持ち主が追い払う。

「通るよ」

そんななかへ庄兵衛があっさりと割りこんだ。

「これは、庄兵衛さま」

船着き場の主が小腰を屈めた。

「船主はどこだい」

「どうも。ご依頼の米でございまする」

船頭も兼ねる船主が、近づいた。

「中身を確かめさせてもらうよ」

懐から鏝《こて》のようなものを出しながら、庄兵衛が言った。

「どうぞ。おい」

船主が人足に合図し、庄兵衛の前へ米俵が立てられた。

「八郎さま、こちらへ」

庄兵衛に招かれて、八郎は側へ寄った。

「商人がまずしなければならないのは、納められた商品の確認でございまする」

言いながら庄兵衛が、鏝のようなものを俵に刺し、すぐに抜いた。鏝のうえには米粒が一握りほど載っていた。

「ご覧を」

米粒のいくつかを庄兵衛が、八郎の手のひらへ置いた。

「欠けもないね。色もいい」

「もちろんでございますとも。阿部さまへお納めする米でございまする。吟味をつくしたもので」

庄兵衛の評価に、船主が胸を張った。

「たしかに、よさそうだ」

八郎でさえわかるほど、よい米であった。

「剝いてごらんなさいませ」

率先して庄兵衛が米の殻を外した。

「……なりもいいな」

「ご満足いただけましたか」

窺うように船主が訊いた。

「この俵はな」

庄兵衛が冷たく言った。

「あちらの運び終えた俵も見せてもらおうか」

「……えっ」

船主の顔色が変わった。

「どこに回した」

感情のこもっていない声で庄兵衛が問うた。

「…………」

つごうの悪くなった船主が黙った。

「阿部を騙《かた》って、吉井川を使っての商売を続けられると思っておるらしいの」

庄兵衛があきれた。

「取引はなかったことにさせてもらおう。主よ」

船着き場の主を庄兵衛が呼んだ。

「今後、この者に船着き場を使わせるな」

「へい」

庄兵衛に言われた船着き場の主がうなずいた。

「さっさと米を積みなおして出て行きやがれ」

船着き場の主が、船主へ手を振った。

「待ってくれ」

顔色を変えた船主が庄兵衛へすがった。

「船着き場を使えなくされては、商売ができない。わかった。米は引き取る。だから、それだけは勘弁してくれ」

「どこだ」

もう一度庄兵衛が訊いた。

「備中《びっちゅう》の三村《みむら》さまが、米を集めておられる」

船主が告げた。

「三村宗親《むねちか》さまがか」

庄兵衛が確認した。

三村宗親は備中国の国人領主である。周防《すおう》の太守大内左京太夫義興《おおうちさきょうだゆうよしおき》が、足利第十代将軍義稙《よしたね》を奉じて京へ進軍したおりに随伴したほどの力を持ち、備中では守護代の石川《いしかわ》氏や荘《しょう》氏らと勢力を三分していた。

「そういえば、三村さまは、近年石川さまや、荘さまの領地へ手出しをされていると聞く」

「詳細は知らないが、三村さまが、備中の米を買い集められているのは確かだ。五分のせて買っている」

許してもらおうと船主が必死で告げた。

「そうか。わかった。米は買おう。ただし、最初の約束の半値だ」

「半値では、損しかでない」

大仰に船主が悲鳴をあげた。

「重い米を載せたまま、船を備中へ戻すのなら、止めぬが」

「……くうう」

船主が唸《うな》った。

「……それでよろしゅうござる」

しばらく苦吟した船主が肩を落とした。

「荷揚げを続けよ」

船着き場の主が声をあげた。

「……たしかに」

金を受け取った船主が、不満を隠して岸を離れた。

「ああやって川の流れに逆らうのでございますよ」

庄兵衛が示したさきで、舳先《へさき》に結びつけた縄を人足が引っ張って、船を上流へと進めていた。

「人の手で引いていくのか」

八郎は驚いた。

「流れが強く、引ききれないところなどは、船を陸揚げして、担ぎあげて参るのでございますよ」

　庄兵衛が教えた。

「不便なものだな」

「それでも陸路を運ぶより、船のほうが儲けが大きいので。おい、米を店まで運んでおいておくれ」

　話をしながら、庄兵衛が手配をした。

「一つ教えてもらいたい。どうして質の悪い米とわかっていて買ったのだ」

　気になっていたことを八郎は質問した。

「備中でまもなく戦が始まりまする」

「らしいの」

「今は十月、稲刈りを終えたばかり。百姓たちの手がもっとも空く時期でございまする。すなわち兵を集めやすいとき」

　庄兵衛が述べた。

　大名にしても、国人領主にしても、普段から大量の兵を抱えているわけではなかった。戦のたびに、要り用なだけの兵を領内から徴集するのである。百姓仕事の忙しいときはどうしても男手が足りなくなるため、大きな戦をおこすことは難しい。しかし、秋から冬にかけての農閑期は、領内の百姓すべてを動員することさえできる。それだけ戦の規模は大きくなり、長引いた。

「三村さまは、最近力を増してこられておりまする。近隣の国人領主たちを取りこみ、今では守護代の石川さまにまさるとも劣らぬ勢い。いや、すでに凌駕《りょうが》していると申してよろしいでしょう。石川さまは縁続きの荘さまと手を組んでようやく三村さまに対抗しているというのが、現状」

「三竦《さんすく》みの状態ではなくなったと」

「はい。どれ、店へ戻りましょう」

いつまでも船着き場で話しておられるほど庄兵衛は暇ではなかった。

「その三村さまが、荘さまのご一門へ娘御をお輿《こし》入れされたとか」

「石川の後ろ盾を三村が外したのだな」

歩きながら八郎は考えた。

「好機到来か。三村は石川を完全に滅ぼすまで戦をする気か」

「おそらく」

「しかし、庄兵衛。少しおかしくはないか。石川と荘を合わせてようやく三村を抑えていたのだろう。その荘が三村へ付いたとなれば、石川が滅ぶのにときはかかるまい。たとえ荘が、三村にも石川にもつかず、傍観者となったにしても、結果は同じ。戦は長引くまい」

「さすがでございますな。まだお小さいのにもかかわらず、そこまでお考えとは」

庄兵衛が感心した。

「一筋縄ではいかないということでございますよ」

「……そうか。荘は三村に付いたわけではないと。三村の懐柔策を受け入れねば、矛先が向いてくる。かといって、ここで石川を見捨てれば、その所領まで手にしてより強大となった三村から襲われる」

「はい」

うなずいて庄兵衛が足を止めた。いつのまにか店に着いていた。

「商いというのは、戦と違い、一手先を見るだけではだめなのでございまする。三手先を読んでおかなければ、足をすくわれまする」

「では、今回のことはどうやって知ったのだ」

届いた米を店の奉公人に命じて蔵へと移させている庄兵衛へ、八郎は問うた。

「商売人というのは、ものの動きで世のなかを見まする。この時期米の値段がどう変化するかは、一年の商いの根本となりますので、あちらこちらへ人をやって、調べさせておりまする」

庄兵衛が軽く一礼した。

「ああ。その米は余りよくないから、さっさと売りに出すよ。蔵の奥ではなく、手前にね。太助、播磨へ米を買いに行きなさい。三分ていどならば高くてもかまわないから」

ときどき奉公人へ、指示しながら庄兵衛が続けた。

「備中の米があがりすぎていたのでございますよ」

「どういうことだ」

「三村さまと石川さまだけの戦いならば、荘さまの領地の米の値はあがらぬか、あがったところで周囲に引きずられるていどで終わらなければなりませぬ。しかし、周囲と同じように高騰した」

「荘が三村に味方して戦うからかも知れぬではないか。戦いに兵糧はつきものぞ」

「戦について、わたくしは何も知りませぬが、援軍の費《つい》えは呼んだほうが持つ決まりではございませせなんだか」

「そうなのか」

いかに宇喜多の跡取りとはいえ、まだ初陣さえしていないのだ。八郎は初めて戦の決まりごとの一つを知った。

「たしかそうであったはずでございまする」

「米があがるというのは、戦の準備」

「武具を扱う商人が、出入りしているとの噂もございまする」

庄兵衛が付け加えた。

「荘も戦をするつもりだというわけか。三村の手助けでないとすれば……」

「戦は長引きましょう。となれば、米はいくらでも要りましょう。戦の最中だけではございませぬ。どちらかといえば、終わってからのほうが、求められることになりまする。戦は非常のこと。窮乏に耐えるのもそのうち。しかし、終わってしまえば、人は日常へと戻りまする。となれば、腹一杯喰いたくなるのが人情」

「そこまで読んで、さきほどの米を」

商人の恐ろしさを八郎は知った。

三

庄兵衛のもとで八郎が学んでいる間に、興家にも変化があった。

年の明けた天文《てんぶん》四年（一五三五）。まだ若い興家は、八郎が日中いないこともあってか、身のまわりの世話をしてくれる市に手をつけたのだ。

男と女のすることは、身分の差があろうとも同じである。興家の寵愛《ちようあい》を受けることで、市の態度が変わり、やがて離れに居着くようになった。こうなれば、二人の仲は誰の目にも明らかとなった。

「申しわけないことである」

話をしに来た阿部善定に興家が頭を下げた。

「いえ。お詫びいただくことではございませぬ。市ももう大人でございまする。ただ、こうなりました以上、市を娶《めと》っていただきたくお願いいたしまする」

阿部善定が要望を伝えた。

かつての宇喜多家ならば、いかに福岡を牛耳る備前有数の商人である阿部家の娘であっても妻として迎えることはなかった。しかし、備前の名門宇喜多家の当主とはいえ、今は家を失った浪人でしかない。

「承知いたした」

衣食住を頼っている相手の言葉である。興家に拒むことはできなかった。

こうして、阿部善定の娘と興家は夫婦となった。夫婦の居場所は相変わらず、離れである。かなり広い離れとはいえ、間数は一つしかなかった。そこで、興家、市、八郎が起居するのだ。なにかと軋轢《あつれき》が生じるのは当然であった。

「八郎さまをどうか」

市が父に願ったのも、無理のないことであった。

「庄兵衛、おまえからなんとか言っておくれではないか」

困った阿部善定が、庄兵衛に下駄《げた》を預けた。

「かわいそうなことをおっしゃる」

庄兵衛が渋った。

「まだ八郎さまは、七歳になられたばかりでございますぞ」

「わかっておる。わかっておるが、しかたないではないか。夫婦となれば、密《みそ》かごともおこなう。そこに八郎さまがおられてはのう。八郎さまもおつらかろう」

阿部善定が言いわけした。

「……いたしかたございませぬな」

肩を落として庄兵衛が嘆息した。

「八郎さまへの援助、すべてわたくしにお任せくださいますか」

「任せる」

はっきりと阿部善定が首肯した。

「では、お請けいたしまする」

条件をつけて、ようやく庄兵衛が納得した。

「八郎さま」

店先で、仕入れられた商品を見ていた八郎は、呼ばれて振り向いた。

「少しよろしいでしょうか」

「うむ」

庄兵衛に促されて、八郎は店の外へと出た。

「どこへ行くのだ」

「…………」

八郎の問いにも庄兵衛は無言であった。

黙々と二人は歩き、吉井川のほとりに出た。

「……八郎さま」

「なんだ」

やっと庄兵衛が口を開いた。

「お移りを願わなければならなくなりました」

「島村の追っ手が来たのか」

大きく八郎は息を吸った。

「いいえ。そのご心配は要りませぬ。福岡は阿部が抑えておりまする。その阿部の客を売るようなまねをするものなど、おりませぬ」

庄兵衛が否定した。

「興家さまと市さまがご夫婦となられました」

「めでたいことだ」

八郎は顔をほころばせた。

「ご夫婦というのがどういうものか、八郎さまはおわかりでございましょうか」

「男と女が一緒になることだろう」

質問の意図がわからぬと八郎は首をかしげた。

「一緒になるというのは、ともにいるというだけではございませぬ。男と女は子を作るものでございまする」

「うむ」

知っていると八郎はうなずいた。

「では、どうするかはご存じでございまするか」

「一緒にいればできるのではないのか」

問われた八郎は答えた。

「いいえ。男と女は……」

ゆっくりと庄兵衛が語った。

「…………」

八郎は頰《ほお》を染めた。

「それを他人に見られたいとは思いますまい」

「庄兵衛」

重い声で八郎は呼んだ。

「市が嫌じゃと言ったか」

「……はい」

確認された庄兵衛が認めた。

「どうすればいい」

感情を隠した声で、八郎は尋ねた。

「お移り願いまする」

今度は要請ではなく、決定を庄兵衛が口にした。

「わかった」

八郎は首を縦に振った。

庄兵衛が新しく八郎の預け先としたのは、福岡から半里（約二キロメートル）ほどはなれた下笠加《しもがさか》村の尼寺、大楽院《だいらくいん》であった。

「ここの庵主は、わたくしの妹でございまして。なんのお気遣いも無用でございまする」

大楽院へ八郎を案内した庄兵衛が言った。

「ここから福岡までならば、小半刻（約三十分）もあれば来られましょう。まだまだ八郎さまにはお見せしたいことがたくさんありますので」

「頼んだ」

八郎はすなおに受けた。

居場所を変えてからも、八郎は毎日阿部善定の店へ通い、庄兵衛から商いというものを教えてもらっていた。庄兵衛は八郎が不足を感じないよう、手厚い援助を与えた。

「備中の戦は長引いておりまするようで」

庄兵衛が帳面を見ながら、八郎へ語りかけた。

「三村は勝っておらぬのか」

「少し石川の領地へ食いこみはしたようでございまするが」

「やはり荘は、石川に与し、三村に敵対したか」

「はい」

「そういえば、あのくず米がないようだが」

「戦が長引いたおかげで、備中の米が不足し、値段が跳ねあがりましたゆえ、売りましてございまする」

あっさりと庄兵衛が述べた。

「儲けたのか」

「それほど大きな儲けではございませぬが、そこそこには」

「安いときに買って高くなったら売るか」

「商いの基本でございまするが、お武家さまには向きませぬ」

庄兵衛が語った。

「うむ。いくら米の値段が上がったからといって、城の兵糧を売るわけにはいかぬ」

八郎は理解していた。

「そのとおりでございまする。敵がわざと高値で米を買い占め、城の備蓄をなくしてから攻めてくるということもございますゆえ」

弟子へ教えるように庄兵衛が告げた。


そうこうしているうちに一年が経ち、興家と市の間に男子が産まれた。

「この子は六郎《ろくろう》じゃ」

興家によって、生まれた男子は六郎と名付けられた。

「これが弟……」

産屋《うぶや》を訪れた八郎は、小さな命に感動していた。

「そうじゃ。おまえとは血を分けた弟ぞ。かわいがってやってくれ」

うれしそうに興家が頼んだ。

八郎には姉二人と、妹二人がいた。姉二人は、人質として天神山城に預けられており、妹二人は、砥石城へそのまま残され、今では浮田大和守のもとで扶育されていた。

ともに八郎と深く触れあうことはなかった。

八郎にとって、六郎は初めて間近で見る兄弟であった。

「吾が兄ぞ。はやく大きくなってくれよ。ともに宇喜多の家を興そうぞ」

「気の早いことを言うの」

興家が笑った。

「六郎に危ないまねはさせたくございませぬ」

産屋で寝ていた市が、口を挟んだ。

「そういうわけにはいかぬ」

小さく興家が首を振った。

「宇喜多の血を受けて生まれた以上、武将となるのは運命《さだめ》ぞ」

「武将などといわれても、城も領地も兵もないではございませぬか」

顔色を変えて市が反論した。

「今はない。だが、いずれ持つ」

八郎は断言した。

「六郎を犠牲にしてでございまするか」

市が言い返した。

「落ち着かぬか。そなたは、まだ産後で血がうわずっておるのだ」

興家がなだめた。

「八郎」

「はい。では、これにて」

頼むような父の眼差《まなざ》しを受けて、八郎は産屋を後にした。


六郎を産んだ後、間を置かずして、市はふたたび懐妊した。

「弟たちを頼む」

しかし、興家は二人目の子の誕生を見ることなく、死の床についた。

砥石城を落ちてからの後、無理な逃避行を繰り返したことで、興家の体調は崩れていた。福岡に落ち着いたことで少し持ちなおしたのだが、次の冬をこすことはできそうになかった。

「父上」

病室となった離れで、八郎は父の姿に涙した。

「そなたを一人前の武将にする前に、儂《わし》の寿命が尽きたわ。子の成長を見られぬのが無念よ」

病床で細く興家が言った。

「そのようなことを仰せられず、気をしっかりと」

「最期くらいは、己《おのれ》に判断させてくれぬか」

「えっ」

八郎が驚いた。

「もういいだろう。儂は三人も宇喜多の血を引く男子を作った。臆病者、役立たずと家臣にまで軽く見られながら、それでも耐えた。子なくして、儂が死んでしまえば、宇喜多正統の血は絶える。戦場で手柄を立てられなかったぶんをこれで補った。疲れた」

語っているうちにだんだんと興家が激してきた。

「父上」

見たこともない父親の様子に八郎が戸惑った。

「八郎」

一転して落ち着いた興家が八郎を見た。

「儂は八郎がうらやましい。武将としての才を持つおまえが。八郎を恨めたら、憎めたらどれほど楽であったか。だが、できぬ。おまえは、儂の息子なのだ。前にも言ったな。子供は夢だと。おまえがいるだけで、儂はこの世にいた証しを得た」

「…………」

「儂の果たせなかった夢を……」

大きく興家が咳きこんだ。

「父上、もうそれ以上は……無理をなさってはお身体《からだ》に障りまする」

「宇喜多の旗をかならずもう一度立ててくれ」

興家は八郎の慰めを無視した。

「八郎の元服さえ見られなんだ。あの世で父に叱《しか》られようなあ」

興家最期の言葉であった。

俗名宇喜多興家、戒名露月光珍《ろげつこうちん》、天文五年（一五三六）まだ早い春、偉大すぎる父をもった武将の最期は、参列する家臣さえない寂しいものであった。

父興家を福岡の妙興寺《みょうこうじ》へ葬《ほうむ》った後も八郎の毎日は変わらなかった。

「男の子でございまする」

興家の死から数ヵ月後に弟が生まれたことを庄兵衛から報された八郎は、気の進まぬ思いを隠して、市の産室を訪れた。

「おめでとうござる」

母子ともに健全と知った八郎は、まず祝を述べた。

「この子の名前は、父が決めていたとおり、七郎《しちろう》と」

宇喜多家の当主として八郎は宣した。

「…………」

市は返事をしなかった。

四

父を失い、宇喜多家の当主になったとはいえ、市のいうように一貫の禄《ろく》もなく、一石《こく》の領地も持たない八郎の生活に変化はなかった。

商いの機微を覚え、ときには庄兵衛にかわって取引を差配することもあったが、八郎は商人になる気はまったくもってなかった。

やがて十歳になった八郎は、幼名を三郎兵衛《さぶろべえ》へと変えた。祖父能家の幼名をそのまもらった八郎から、父の幼名善三郎《ぜんざぶろう》ゆかりのものとすることで、宇喜多の家督を継いだのを明確にしたのである。ただ、まだ元服できる年齢ではないため、幼名を変えただけであった。

その三郎兵衛のもとへ、乳母が訪ねてきた。

「大きくなられて」

四年ぶりの再会に乳母が泣いた。

「そなたも健勝そうでなによりだ」

三郎兵衛も胸に熱いものを感じた。

「お父上さまは」

「先年身罷《みまか》った」

「まだお若いのに」

乳母が手を合わせた。

「……若殿さま」

瞑目《めいもく》していた乳母が、目を開いた。

「わたくしはいま、天神山城の奥で正室さまにお仕えしておりまする」

乳母が述べた。

天神山城は、浦上宗景の居城であった。

「大事ないのか」

三郎兵衛は、乳母を気遣った。

「ご懸念なく。さいわいにも奥方さまのお気に召し、昨今ではお伽《とぎ》などもさせていただいております」

乳母が誇った。

お伽とは男女の仲でいえば閨《ねや》ごととなるが、同性の場合は退屈しのぎの話し相手である。ほぼ朝から晩まで側《そば》にいるだけに、よほど相手の気に入らないと選ばれない役目であった。

「そろそろ奥方さまに、若殿、いえ、もう殿とお呼びするべきでございました。殿のお話を始めさせていただこうと思いまする」

「よいのか」

うかつなまねをして追っ手を出されては、藪蛇《やぶへび》になりかねなかった。

「大丈夫でございますよ」

安心させるように、乳母が笑った。

「天神山城では、島村豊後守の評判は悪くなるばかりでございまする」

「ほう」

「宇喜多の所領を簒奪《さんだつ》した豊後守は、石高だけでいえば、浦上のご当主さまより多くなっておりまする。家臣が領主よりも高禄。あり得ていい話ではございませぬ」

「たしかにの」

乳母の話に三郎兵衛は首肯した。

「そのためか豊後守がだんだんとご当主さまをないがしろにしだし、家中では不満も大きくなってきておりまする」

「そうか」

「昨今では、大殿さまのお名前を口にされる方々も増えておりまする。和泉守さまがおられれば、このようなことにはならなかったのにと」

「おじいさまの名前が」

三郎兵衛は小さく驚いた。和泉守とは、祖父能家の官位であった。

「わかった。そなたの献身に感謝する」

「とんでもございませぬ」

礼を言われた乳母があわてた。

「ただ、急がないでいい。まだ吾は元服さえしておらぬ。当主といえども子供なのだ。とても人を率いることなどできぬ」

「いつまでお待ちすればよろしゅうございましょう」

「五年。あと五年欲しい」

乳母の問いに三郎兵衛は答えた。

「……五年。長ごうございまする」

「五年がなにほどのことぞ。砥石城が落ちてからもう四年になる。それよりも一年長いだけじゃ。焦って、大望を無にするわけにはいかぬ。宇喜多の旗がふたたび備前の野に翻《ひるがえ》ることを信じて討たれた祖父、夢見て死んだ父の無念を晴らすための雌伏など、苦労でさえない。吾は平気じゃ。そなたも耐えてくれ」

三郎兵衛は乳母を宥《なだ》めた。

「おそれいりましてございまする」

納得して乳母が去っていった。

乳母を見送った足で三郎兵衛は、庄兵衛を訪ねた。

「頼みがある」

「なんなりとお申し付けくださいませ」

「太刀と差し替えが欲しい」

三郎兵衛は頼んだ。

「先代さまのお形見がございましたはず」

庄兵衛が首をかしげた。

亡くなった興家が差していた両刀は、宇喜多家代々のものであった。

「あれは六郎にやる」

疑問に答える形で三郎兵衛は告げた。

「そうせねば、市が納得すまい」

「……はい」

小さく庄兵衛もうなずいた。

市と三郎兵衛の間は、いまだにうまくいっていなかった。夫に死なれたとはいえ、市は阿部善定の娘である。生活に困ることはなく、離れで二人の子供と過ごしていた。

「父の残したものはすべて、六郎と七郎にやる」

「よろしゅうございますので」

「吾は、父より宇喜多の家督を譲られた。それ以上のものなど要らぬ」

はっきりと三郎兵衛が述べた。

「形あるものより、ないものを誇られまするか。やはり八郎さまは、商売人ではなく、お武家さまでございますな」

一人三郎兵衛を幼名で呼び続ける庄兵衛が笑った。

「商人になれれば、どれほどうれしいかわからぬ。だが、吾には果たさねばならぬ宿命がある。残さねばならぬ家名がある」

「はい」

「今までのこと感謝する」

三郎兵衛は、商売を学ぶのを終えると伝えた。

「残念でございますな。八郎さまなら、主をこえる商人となられましょうに」

庄兵衛が首を振った。

「では、最後に商売人の恐ろしさをお見せしておきましょう」

店先に三郎兵衛を待たせ、庄兵衛がなかへ入った。

「お待たせいたしました」

庄兵衛が奉公人を一人連れて出てきた。

「なんだそれは」

奉公人が担いでいるものに三郎兵衛は興味を持った。

「河原までお待ちくださいませ。いくよ」

庄兵衛が奉公人を促して歩き出した。

「用意をね」

河原に着いた庄兵衛が、奉公人へ命じた。

「なにが始まるのだ」

「ご覧を。いいよ」

庄兵衛の合図で、奉公人が肩に担いでいたものを川へ向けた。

轟音《ごうおん》が発し、煙が出た。

「な、なんだ」

「倭寇《わこう》どもが使う火筒《ひづつ》というものでございます」

驚く三郎兵衛に、庄兵衛が答えた。

「このような武器があるのか。初めて見る」

こわごわ三郎兵衛は奉公人の持つ筒に触れた。

「熱い」

あわてて三郎兵衛は手を引いた。

「お気をつけくださいませ。火薬を遣いますので」

「見せてくれ」

「…………」

手を出した三郎兵衛に応えず、奉公人が庄兵衛を見た。

「お渡ししていいよ」

庄兵衛の許可を得てから、奉公人が筒を三郎兵衛へ渡した。

「重いな」

おもわず三郎兵衛が漏らした。

「どうなっているのだ」

三郎兵衛は仕組みを問うた。

「この先の穴から火薬と石をこめまして……」

奉公人が説明した。

「撃ってご覧になりますか」

「いや、やめておこう」

勧められたが、三郎兵衛は断った。

「遣いかたを熟知せねば、危なかろう」

「…………」

安堵《あんど》の表情を奉公人が浮かべた。

「これを飛ばすのか。小さいな」

代わりに三郎兵衛は石を手にしていた。

「どのくらい飛ぶのだ」

「およそ四十間（約七十三メートル）以上は飛びまするが、遣いものになるのは二十間（約三十六メートル）以内かと」

　奉公人が答えた。

「弓より短いのか」

　三郎兵衛はがっかりした。

「弓で兜《かぶと》は射抜けませぬが、うまくいけばこれで鎧《よろい》を貫くことも」

　威力が違うと庄兵衛が言った。

「なるほど。弓のように道具外れでなくともよいのか。それはいいな。熟練の兵でなくともよい」

「はい」

　庄兵衛がうなずいた。

「一ついくらする」

「金八百匁《もんめ》で」

「高い」

　あまりの金額に三郎兵衛は絶句した。

　増減はあるとはいえ、米一石が金四匁から五匁で買える。八百匁ともなると、ざっと米二百石になる。二百石もあれば、弓足軽なら十五人は雇えた。

「費用がかかるのは、最初だけではありませぬ。この火薬に使う硝石は、我が国では作れず異国から買い付けるしかないので、高価なものとなりまする。珍しもの好きの主の命《めい》で博多《はかた》商人を通じて一つだけ仕入れてみましたが……使い勝手が悪すぎまする。思うようにはいきませぬな」

苦笑を庄兵衛が浮かべた。

「買うのに大金が要り、使うにも金がかかる。実際に遣えるものではないな」

三郎兵衛は嘆息した。

「あの音は、戦場での合図になる。それくらいか」

手にしていた筒を三郎兵衛は奉公人へ返した。

「どれほどの武器でも、一つでは戦場《いくさば》を変えるだけの力にはならぬ。この火筒、数をそろえれば、それなりに使えようか。点を面とせねばならぬとなれば、百、いや千は要る。八百匁を千とは、毛利でも無理であろう。もう少し値が下がり、扱いやすいものになったならば、今度見せてくれい」

三郎兵衛は首を振った。

「おそれいりましてございまする」

深々と庄兵衛が頭を下げた。

「商人として惜しい器量などと失礼を申しあげたことをお許しくださいませ。八郎さまは、まさに将器」

「一人の兵もおらぬのにか」

「集まりましょう。八郎さまが、家を興されれば、かならず」

庄兵衛が保証した。

「将になるには、人を集めねばならぬな」

「今少しお待ちくださいませ。八郎さまはまだ元服をすませてはおられませぬ。それでは、他人から軽く見られてしまいまする。主従の関係も商いと同じ。最初に足下を見られてしまえば、最後まで挽回することは難しゅうございますゆえ」

嚙《か》んで含めるように庄兵衛が説明した。

「弥吉《やきち》」

「へい」

庄兵衛に呼ばれた奉公人が応えた。

「八郎さまにお仕えしなさい」

「承知いたしました」

弥吉がうなずいた。

「待ってくれ。今家臣をもったところで、払うだけのものがない」

三郎兵衛は慌てた。

「ご心配なく。弥吉の給金は、こちらでもたせていただきまする」

「代償か」

冷静な庄兵衛の顔に、三郎兵衛は気づいた。態度の悪い市を宇喜多から追放しない代わりの申し出であった。

「……はい」

庄兵衛が認めた。

「この弥吉は、諸国をまわっていろいろな珍しいものを仕入れてくるのが仕事でございまする。人の噂を聞き集めてくるのもなかなかに巧みでありますれば、きっとお役にたちましょう」

「弥吉でございまする」

ていねいに弥吉が名乗った。

「宇喜多三郎兵衛じゃ。よしなに頼む」

己が禄を払っているわけではない。三郎兵衛は、命ではなく依頼という形を取った。

「なにをいたせば」

弥吉が訊いた。

「浦上の家中の評判を集めてもらいたい。宗景さまをはじめとしてな」

「……評判でございまするか」

目を光らせながら、弥吉が確認した。

「商いの基本であろう。どこの商品の価値が高いかを予《あらかじ》め探るのは」

小さく三郎兵衛は笑った。

「となりますと、他にも三村とか毛利とか、赤松、尼子なども調べなければなりませぬな」

庄兵衛も口の端をゆがめた。

「まだそこまで手を広げるのは難しい。今は備前だけでいい」

三郎兵衛は理解していた。

「では、頼んだぞ」

手を振って三郎兵衛は大楽院へと戻っていった。

「庄兵衛さま」

「なんだ」

「三郎兵衛さまは、まことに十歳なのでございまするか」

「そうだ」

「わたくしが十歳のころといえば、ご奉公に出て三年、まだ言われたことをこなすのが精一杯でございました」

弥吉が嘆息した。

「生まれもってのご器量もあろうが……」

一度庄兵衛が言葉を切った。

「六歳で祖父と家を失い、命《いのち》の心配もある逃避行、ようやく落ち着いたと思えば、肌のあわぬ義母に早すぎる父の死。八歳にして名門武家の棟梁《とうりよう》とならざるを得なかった経緯が、あのお方を育てたのだ」

庄兵衛が語った。

「いわば、二代続いての妄執《もうしゆう》が、八郎さまに取り憑《つ》いている」

「妄執でございますか」

「商人とは違う。家名の重みという妄執がな」

泣きそうな顔で庄兵衛が首を振った。

「まれに見る武将となられるだろうが……」

「……」

無言で弥吉が先を促した。

「お幸せな生涯ではなかろうよ」

庄兵衛が嘆息した。


三郎兵衛の毎日が少し変わった。

大楽院を出て阿部善定の店へかようのは同じだが、商いを学ぶのをやめ、代わりに弟たちと過ごしだした。市はあまりいい顔をしないが、宇喜多の当主となった三郎兵衛に表立って逆らうことはしなかった。いや、阿部善定がさせなかった。

「興家さまのお子さまじゃ。武家になるのが順当であろう」

「禄も城もないのですよ、おとうさま」

「いや。名がある。武家にとってなによりのものがな」

名字を持っていることからもわかるように、かつては阿部家も武家であった。しかし、何代か前の先祖が、武家に見切りをつけ商人となった。商人として大成したが、その根底には武家の精神を残していた。

「そんなもので」

「女にはわからぬことだ」

阿部善定が、首を振った。


「今日は先祖の武功の話をしようぞ」

六郎がようやく三つ、七郎は二つとまだ言葉さえたどたどしい弟たちに、三郎兵衛はいろいろな話を聞かせた。

「おじいさまである能家さまは、この備前きっての名将であったのだぞ。数万と号する尼子勢が備中の山をこえて、備前へなだれこんできたとき……」

「どうなったのでしょう」

三歳の六郎が身を乗り出した。

「おじいさまは、各地の者どもを糾合し、迎え撃たれた。敵は万、こちらは千、その数の差をものともせず、おじいさまは軍勢を率いて突進され、たちまちにして敵の先陣を蹴散らし、そのまま押し返された」

「……………」

六郎も七郎も聞き入っていた。

「なんといってもおじいさまがすごいのは、永正《えいしょう》十七年（一五二〇）の合戦よ。播磨の守護赤松義村《よしむら》が三石城《みついしじょう》を攻め落としにきたときのことじゃ」

三郎兵衛は二人の弟の顔を見た。二人とも目を輝かせて続きを待っていた。

「数千の赤松勢に囲まれた三石城では、兵たちの脱落が相次ぎ、ついには七十人ほどにまで減ってしまった。このままでは、戦わずして負けとなる。そこでおじいさまは、残った七十人を率いて、夜明けとともに赤松数千の陣へ襲いかかられた」

大きな音を立てて六郎が唾《つば》を飲みこんだ。

「ようやく日が昇りかけたばかり。まだ赤松勢は戦いの用意ができていなかった。そこへ、死ぬ気になった七十騎が突っこんだ。たちまちにして赤松勢は崩れ、敗走することになった。その勢いを見て、逃げていた味方が集まり、総勢千となり、赤松勢を散々に打ち破った」

「わあ」

幼子二人が歓声をあげた。

「といって、いつも宇喜多が勝ったわけではない」

「えっ」

子供たちが怪訝《けげん》な顔をした。

「父の弟に四郎という御仁がいた。我らにとって叔父にあたる人だ。四郎どのは、赤松勢を討つために播州へ進軍したとき、先鋒《せんぽう》をうけたまわった。先鋒とは軍陣の最前列で、敵と初めにあたる。武に優れていなければ、任されることのない役目じゃ」

「四郎叔父さまは、お強かったのでございますね」

興奮した六郎が、あこがれの声を出した。

「うむ。まだお若いにもかかわらず天下無双だったそうだ。しかし、四郎どのは、それに驕《おご》られた」

「驕られた……」

「おまえたちには、まだ難しい言葉であったか。そうよなあ、己の力を過信したのだ。負けるはずなどないと相手をなめてかかった」

言葉を三郎兵衛は選んだ。

「相手は四郎どのの強さをよく知っていて、用意をしていた。少数で突っこんだ四郎どのたちを大勢で包みこみ、前後左右から襲いかかった」

「四郎おじさまは……」

「いかな豪傑でも罠《わな》にはまってはの。あえない最期を遂げられた」

「うっ」

二人が涙をこぼした。

「それを目の当たりにしたおじいさまが発憤された。ただ一人駆けに敵陣へかかられた」

「危ない」

六郎が声をあげた。

「そうだ。源平の昔でもあるまいに、単騎駆けなど将にあるまじき振る舞い。だが、それが親というものなのだ。吾が子を殺されておじいさまは鬼となられた。あたるを幸い、敵を斬りまくった。もちろん、いくらおじいさまとはいえ、いつまでもできることではない。鬼神のごとき勢いのおじいさまを殺させるなと、兵たちが後に続いた。ここが最期と戦う宇喜多勢に、肚《はら》のできていない赤松勢がかなうわけもなく、たちまち崩れた。おじいさまみずから八人の敵を屠《ほふ》り、宇喜多は百をこえる首を得た。この戦いで、おじいさまは感嘆された管領《かんれい》の細川高国《たかくに》さまより感状と名馬一頭、茶釜一つを贈られた」

「管領さま……」

七郎が首をかしげた。

「知らなくても無理はない。この国には武家すべてを束ねられる将軍という尊いお方がおられる。武家はすべて将軍さまの命に従わねばならぬ」

「偉いお方なのでございますね」

歳嵩《としかさ》の六郎が感心した。

「そうじゃ。将軍さまは都におられる。しかし、いかに偉い将軍さまとはいえ、一人でこの国中の武者を束ねるのは難しい。そのために各地に守護がおり、守護代がおる。それでも数は多い。そこで、将軍さまの代わりにいろいろなことをする者がおかれた。それが管領さまじゃ。つまり、管領さまは、将軍さまの次に偉いお方なのじゃ」

「そんなお方から、おじいさまは褒めていただいた」

「そうじゃ。宇喜多は、形としては、備前の守護赤松家の宿老である浦上家の与力《よりき》でしかない。管領さまからみれば、三つも下の身分なのだ。それでも名前を覚えてもらうほど、おじいさまはすごいお方だった」

「はい」

子供たちが目を輝かせた。

「そのおじいさまの血を我らは引いておるのだ。宇喜多の名を汚すようなまねをしてはならぬ」

ねんねんころりよ　きのこずえ
かぜがふいたら　ゆりかごゆれる
えだがおれたら　ゆりかごおちる
あかちゃん　ゆりかご　なにもかも

講談社文庫「マザー・グース 1」より

「わかりました」

六郎と七郎がうなずいた。

三郎兵衛が雌伏していたころ、天神山城の奥で乳母が浦上宗景の正室に、宇喜多家の重要さを吹きこんでいた。

「なるほどの」

宗景の正室も、武家の出である。何も知らないお姫さまではなかった。

「島村への対抗か」

正室から寝物語に聞かされた浦上宗景がうなった。

「島村の横暴に腹を据えかねていたところだ。かつて島村よりも強大であった宇喜多を復興させるのは牽制《けんせい》になるな」

宗景が正室の背中をなでた。

「宇喜多のせがれはいくつになった」

「話によりますると、今年で十一歳だとか」

正室が答えた。

「十五になれば召しだそう。で、器量はどうなのだ」

「伽の女によると、稀《まれ》に見る将の器だとか。もっとも、あの者は宇喜多の息子の乳母をしていたといいますゆえ、身びいきもございましょう」

「馬鹿では遣えぬ。賢すぎては手に余る。まあ、十五やそこらの子供ならば、いかようにでもできよう。そうよな、島村と角突き合わせ、ともに滅びてくれるとなによりなのだがの」

宗景が正室を抱き寄せた。

「もっとも、播磨にまだ兄政宗が生きておる。兄を排するまで家中の紛糾はさけねばならぬが……」

「殿……」

手荒い愛撫《あいぶ》を受けて、正室があえいだ。

「死んでも惜しくはない手駒が増えるのは、よいな」

小さい笑いを浮かべて、正室に宗景がのしかかった。

第三章　飛翔

一

　宇喜多家の当主となった三郎兵衛は、十五歳になるのを待たず仮元服の儀をおこなうことにした。

「烏帽子親《えぼしおや》がわたくしでよろしいのでしょうか」

　福岡の豪商阿部善定が戸惑った。

「先祖は一廉《ひとかど》のものの ふであったとはいえ、今は一介の商人でしかございませぬ。三郎兵衛さまの門出にふさわしいとはとても……」

「いや、亡父ともども、阿部どのには世話になった。もし、阿部どのが我ら親子を庇護《ひご》してくださらねば、宇喜多の直系は、この備前《びぜん》の野で果てていたことはまちがいない」

恐縮する阿部善定に、宇喜多三郎兵衛は強く言った。

「宇喜多の家名が絶えなかったことへの感謝も含めての頼みじゃ」

三郎兵衛は頭を下げた。

「どうぞ、頭をお上げくだされませ。わかりましてございまする。そこまでおっしゃってくださるならば、お断りするがかえって無礼。謹んで烏帽子親務めさせていただきまする」

阿部善定が承諾した。

男子の元服には、介添え役がついた。親戚筋の者であったり、主君であったり、師であったりするが、おおむね元服する若者より目上、あるいは歳上であった。前髪を落とし、加冠する若者が初めて付ける烏帽子を与えることから、烏帽子親と呼ばれ、じつの親子に近い強固な縁を持つ。

烏帽子をのせられ、あごの下で結ばれた紙紐《かみひも》を鋏《はさみ》で切断して、三郎兵衛の元服は終わった。

「今後は宇喜多三郎兵衛直家《なおいえ》と名乗る」

阿部家の大広間で、直家は宣した。見守る者は、亡父興家の後家市、六郎、七郎、阿部善定、庄兵衛、弥吉のわずかに六名、備前に名前をとどろかせた宇喜多家惣領の元服としては、あまりに簡素であった。

「祝宴を」

大役を果たしてほっと肩の力を抜いた阿部善定が手を叩《たた》いた。

すぐに阿部家の奉公人たちが、膳を抱えて入ってきた。そのなかに女は混じっていなかった。宴《うたげ》とはいえ、武家では女が給仕に出ることはない。阿部家では、普段女中がおこなっていたが、直家の門出にふさわしいよう、武家風であった。

「おめでとうございまする。これで宇喜多家も万々歳でございまする」

烏帽子親として、阿部善定が盃《さかずき》をあげた。

「領地もなく、たった一人しか家臣のおらぬ家であるが、宇喜多の名前は続いている。祖父、父の名前に恥じぬよう、粉骨砕身《ふんこつさいしん》し、ふたたび備前に剣酢漿草《けんかたばみ》の旗をあげることを、誓う」

直家も盃を手にした。

「お見事なご覚悟でございまする」

阿部家の番頭をつとめる庄兵衛が賛した。

「お兄さま、おめでとうございまする」

弟たちが興奮していた。

「六郎、七郎、おまえたちにも手を貸してもらうことになる。それまでの間、しっかりと学んでおけ。そなたたちは、一兵卒ではない。宇喜多家の一手を担う将となるのだ。武だけでは困る。学をつけよ」

「はい」

直家の言葉に弟たちがうなずいた。

宴席は一刻（約二時間）弱で終わった。その間、興家の後妻で、六郎、七郎の母である市は一言の祝いも口にしなかった。

宴の後片付けがすんだ大広間で、阿部善定と直家が向かい合っていた。

「なぜ、無理な元服を強行なされた」

阿部善定が問うた。

「浦上家へ奉公されてからでもよろしかったのではございませぬか」

「やはり、阿部どののもとへ、浦上から話は来ておったか」

小さく直家が嘆息した。

「直家さまのところにも」

「乳母から手紙が来たわ」

直家の乳母は、砥石城陥落の後、一度は僧門に入ったが、宇喜多家復興の手助けとなるべく、浦上宗景の正室のもとへ奉公に出ていた。

「天神山城へ来るようにとな」

淡々と直家は内容を告げた。

「お召し出しでございますな。おめでとうございまする」

「だからこそ、今のうちに仮元服したのだ。もし、諱《いみな》を決めずに天神山城へ行ったらどうなる」

直家が訊《き》いた。

「子供を召し出すわけには行きませぬゆえ、元服の儀式をとなりましょう。……なるほど」

そこで阿部善定が気づいた。

「当然、烏帽子親は浦上宗景となろう。宗景は、祖父を見殺しにし、宇喜多の所領を横領した輩《やから》の一人ぞ。その偏諱《へんき》を戴《いただ》くなど御免《ごめん》だ。宇喜多三郎兵衛景家など、ぞっとせぬわ」

吐き捨てるように直家が言った。

偏諱とは、名前の一文字を与えられることをいう。名誉ではあるが、偏諱をもらうというのは臣従の証しでもあった。

「今は膝《ひざ》を屈する。そうせねば、宇喜多の名前を浮かびあがらせることはできぬからの。だが、吾《われ》が世に出るときの名前だけは、自らで決めておきたい」

「お覚悟感服つかまつりました。庄兵衛、あれを」

阿部善定が感嘆したのち、手を叩いた。

「はい」

庄兵衛が三宝《さんぼう》を目より高く掲げながら、入ってきた。

「これを」

阿部善定が、三宝を直家の前へ置いた。

「太刀ではないか」

三宝の上には、拵《こしら》えのできた太刀がのせられていた。

「元服の祝いでございまする」

「見せてもらってよいか」

「どうぞ」

直家の求めに、阿部善定が首肯した。

「……これは見事な」

太刀を抜いた直家は、息を呑《の》んだ。

「備前長船《おさふね》、無銘でございまするが、なかなかの業物《わざもの》と観ました」

阿部善定が告げた。

「もらってよいのか。父の刀の代わりに七郎へやったほうが、よかろう」

太刀を鞘《さや》へ収めながら直家は述べた。

父興家の形見の太刀を直家は受けず、六郎に渡していた。

六郎と七郎の母市は、阿部善定の娘である。前妻の息子である直家のことを気に入らず、吾が子だけをかわいがっていた。

「吾が娘ではございまするが、市はいけませぬ」

あっさりと阿部善定が首を振った。

「わたくしも娘はかわいく、孫たちは愛おしゅうございまする。ですが、それはわたくしだけの想い。阿部家の当主として考えれば、市は、吾が子かわいさに見る目を失っている女でしかございませぬ。あのまま市に六郎さまと七郎さまを預けておれば、ろくな者とはなりますまい。武家としても商人としても、甘やかされて育った者など、この乱世で生き残れませぬ」

阿部善定が娘を断じた。

「商家の主として、沈む船には乗れませぬ」

「吾でよいのか。何一つもっておらぬぞ」

冷静に言う阿倍善定へ、直家は確認した。

「先を見越してのことでございまする」

直家をまっすぐに見つめながら、阿部善定が言った。

「わかった。かならず、儲《もう》けさせてみせる」

はっきりと宣して、三宝の上の太刀へ直家は手を伸ばした。

「一つだけ、ご忠告を」

阿部善定が背筋を伸ばした。

「商いの極意でございまする。けっして損な取引はなさいませぬよう」

「損して得取れではいかぬのか。商人は次の商いにつなげるためならば、一度の損は気にせぬのではなかったか」

直家は首をかしげた。

「それは資金に余裕のある商人でございまする。商いの基本は儲け。商売には相手がおりまする。相手がこちらの思惑どおりに動いてくれる保証などございませぬ。思惑がはずれ、損をすることもございまする。そして、ほとんどの者は、一度の損を取り戻そうと無理をいたしまする。前の損を取り戻そうと、あと少し、あと少しと欲張って、足を掬《すく》われすべてを失う。こうやって消えていった商家はいくつもありまする」

「……損をするなか」

腕を組んで直家は繰り返した。

「いや、退き際を心得よということだな」

「ご明察でございまする」

満足そうに阿部善定がほほえんだ。

二

形だけでも家臣代わりの侍をおつけしましょうという阿部善定の厚意を直家は断った。

「すぐにばれるような、底の浅いまねはかえってよくない。なにより、今は阿部家が吾《お》を推していると取られぬほうがよかろう」

こう言って直家は、従者となった弥吉一人を連れて天神山城へと伺候した。

「そなたが、宇喜多和泉守能家の孫か」

大広間で控えていた直家の上から声がかかった。

「宇喜多三郎兵衛直家にございまする」

直家が頭を下げた。

「浦上宗景である。顔を見せよ」

上座へ腰を下ろした浦上宗景が命じた。

「…………」

無言で直家は浦上宗景を見あげた。

「なかなかによい面構《つらがま》えをしておる。気に入った。五十貫くれてやる」

「かたじけのうございまする」

「よく働け」

ふたたび頭を下げた直家を残して、浦上宗景が去っていった。

「……五十貫か」

直家が小さく笑った。

五十貫とは米になおしておよそ百石になる。

「かつての宇喜多は、十万貫の地を領していた。そのすべてを失って、あらたに与えられたのが五十貫か」

立ちあがった直家は、天神山城の奥に仕える乳母のもとへ立ち寄った。

「ご立派になられて」

元服した直家の姿に乳母が涙ぐんだ。

「ようやく人がましい格好ができる。そなたのおかげじゃ」

直家が乳母へ感謝した。

「いえ、とんでもございませぬ」

乳母が手を振った。

「ゆっくり話をしたいところだが、いろいろとせねばならぬことがある。落ち着いてからまた来る」

「はい。若さまが世に出られたのでありまする。なれば、いつでもお目にかかれまする」

別れを告げる直家へ、うれしそうに乳母が笑った。

家を立てたとなれば、それにふさわしいだけの家臣たちを整えなければならなかった。浦上家で軍役《ぐんえき》はさだめられていなかったが、おおむね百貫で侍一人、槍《やり》持《も》ち一人、馬の轡《くつわ》持ち一人、鎧櫃《よろいびつ》持ち一人を従える。

「侍をなんとか三人抱えたい」

天神山城近くの寺に寄宿した直家は、独りごちた。

「弥吉」

「へい」

阿部家から与えられた従僕の弥吉が、今の直家唯一の家臣であった。

「散っていった者を探せるか」

「できまする」

弥吉がうなずいた。

「十貫で仕えてくれる者を三人欲しい」

「よろしゅうございますのか。禄《ろく》の半分以上を遣《つか》うことになりまするが」

「金を余らせるより、人が欲しい。戦《いくさ》をし手柄をたてるには、人がいるのだ。なにをするにしても、最初は出て行く一方であろう」

直家が告げた。備前一の商人阿部家で世話になっていたのだ。商いの機微を直家は十分身につけていた。

「わかりましてございまする」

弥吉が引き受けた。

「殿」

「なにか」

「残りのうち、五貫をなかったものと願えませぬか」

「……よかろう」

子細を訊かず、直家は弥吉の頼みを認めた。

「では、人を探して参りまする」

その場から旅立った弥吉は、人材を集めてきた。

五十貫ていどでは、領地に館を構えられない。直家は天神山城の近くに屋敷を与えられ、浦上宗景の近侍として仕えた。

滅んだとはいえ、備前一の名将としてならした宇喜多和泉守能家の孫である。浦上家中の注目を直家は浴びた。

「祖父は名だたるものであったが、息子は臆病者《おくびようもの》であったという。その子供じゃ、はたして役にたつのかの」

「父を殺されても仇《あだ》を討とうとさえしない。肚《はら》なしの血筋など不要じゃ」

家中の目は直家に厳しかった。

それらの中傷を直家はまったく気にしなかった。

「言うとおりじゃからな」

召し抱えた家臣たちが憤慨《ふんがい》するのを、直家は笑いとばした。

「悪評というのは、否定すればするほど、廻《まわ》りの者どもの興味を引く。放置しておけば、そのうちに飽きる。なにより、注目を浴びるほどの働きをしてみせれば、勝手に消えるものだ」

気にするなと直家は手を振った。

悪評を覆す機は早くにやってきた。

直家が浦上家へ出仕した天文十二年（一五四三）秋、取り入れの終わるのを待っていたかのように、赤松晴政《あかまつはるまさ》が播州《ばんしゅう》へ兵を出した。

備前との国境に近い浦上の砦《とりで》を赤松勢は攻めた。砦を落とされると、浦上は播磨西部での拠点を失う。

「ただちに追い払え」

やはり国境に近い天神山城で、浦上宗景が出兵を命じた。

百々田豊前《どどたぶぜん》を先鋒《せんぽう》とする浦上家の軍勢、そのなかに直家主従もいた。

「かかれ」

浦上勢は、砦攻略の拠点とすべく赤松家が作った土塁に囲まれた陣へと襲いかかった。

矢合わせの後、両軍入り乱れての乱戦となった。

「槍を」

家臣から槍を受け取った直家は、馬に蹴りを入れた。

「宇喜多和泉守能家が孫、三郎兵衛直家。参る」

大声で名乗りをあげながら直家は、赤松勢の右翼へ突っこんだ。

「童《わらべ》ではないか」

敵将が、直家を見て笑った。

「りゃあ」

直家は、槍をまっすぐに突き出した。

「なんの」

相手も槍で受けた。

「殿」

家臣たちが追いついてきた。

「左へ入られぬようにいたせ」

槍で威嚇《いかく》しながら、直家が命じた。

「承知」

家臣たちが、直家の左へ廻り、槍を敵将へ合わせた。

馬上で槍を遣うには大きな制限があった。馬の首である。槍のように柄の長いものを振り回そうとしたとき、どうしても馬の首がじゃまになる。敵に左へ入りこまれれば、槍の動きが遅くなる。

逆にこちらが、相手の左へ位置取れば、勝負は一気に有利になった。

「こやつ。童かと思うたが……」

直家の意図をさとった敵将の顔がゆがんだ。

「えいっ」

馬の腹を一蹴りして、直家は間合いを詰めた。

「うかつな」

笑った敵将が鋭く槍を突き出した。

「……」

直家は、相手の左へと馬を動かし、これをかわした。

「ちっ」

外された敵将の脇が空いた。

「おうりゃあ」

家臣の一人が、槍を繰り出した。

「雑兵《ぞうひょう》ばらが、生意気な」

敵将が、馬上でのけぞって空を打たせた。

「もらった」

相手の腰が伸びきるのを見た直家は、槍を突き出した。

「ぐっ」

直家の槍が、敵将の腹を貫いた。

両手で槍を遣うため、将は手綱《たづな》から手を離していた。

「落ちよ」

直家は力を込めて槍を揺さぶった。

「わあああ」

馬上から敵将が落ちた。

「首を討て」

「承知」

槍で敵将を牽制《けんせい》した家臣が、鎧通《よろいどお》しを抜いた。

「他の者は、周囲を」

「承ってござる」

残った家臣たちが、槍を構えて、首を斬っている家臣を警固《けいご》した。

戦場で果てるのは、武士の本懐であった。しかし、首を取られるのは恥となる。主を討たれた家臣たちは、必死で首を守ろうとする。また、敵の兵たちも味方の首を渡すまいとじゃましにくる。

戦場でもっとも危ないのが、一騎打ちに勝って首を刈るときであった。なにせ、馬乗りになってうつむくのだ。背中がまるっきり無防備になる。

後ろから襲うのは卑怯《ひきょう》などという観念は、戦場にない。源平のころの一騎打ちならばまだしも、敵味方入り乱れての乱戦で、後ろも前もなかった。

日頃恨みを買っていたりすれば、味方に後ろから刺されることもあった。

「斬りましてございまする」

家臣が敵将の首を持ちあげて見せた。

「どうやら勝ったな」

うなずきながら直家は呟《つぶや》いた。

首を取る最中、まったく敵の妨害はなかった。これは、味方の死体を取り返すだけの余裕がないとの表れであった。

「よし。これ以上前に出るな」

直家は家臣たちへ命じた。

「なぜでございまする。追えば、もう一つや二つ首を奪えましょうほどに」

家臣のなかでもっとも若い近藤与太郎《こんどうよたろう》が反論した。

「もう十分よ。これ以上手柄を立てては、目を引きすぎよう」

祖父の死《し》に様《ざま》が直家を大人にしていた。

「それに皆も疲れておろう。昨夜から駆けどおしで、戦になったのだ」

「疲れてなどおりませぬ」

「おおせのとおりでございまする」

言いつのろうとする近藤与太郎の口を、家臣のなかで最年長の橋本次郎右衛門《はしもとじろうえもん》がふさいだ。

「当分、家臣を増やすことはできぬのだ。皆に怪我でもされれば、吾が困る。かといって、あからさまに戦いを避けていては、見栄えもまずい。適当に追撃はするが、無理は禁じる」

「はっ」

うなずいた家臣たちが、直家の馬を囲むようにした。

戦いは、終始浦上勢の有利に動いた。

浦上と赤松の対立は、根深い。もともと赤松家は播磨の守護として勢威を張っていた。その赤松家の所領を地侍からのし上がった浦上家が侵食した。

播磨の守護代《しゅごだい》として浦上が赤松にしたがっている間はよかった。やがて、力が逆転した。

不満を持った赤松晴政の父義村《よしむら》は、守護の権威を取り返すべく、味方を集め浦上へ抗したが、浦上宗景の父村宗との争いに敗れ、隠居を強いられた。家督を継いだ晴政はまだ十歳に満たない身で赤松の当主となったが、浦上村宗の後見という名の監視を受けた。

その後も復権を狙った義村は何度か兵を挙げたが、そのたびに制圧され、ついに室《む》津《ろつ》城へ幽閉、密かに殺された。

父を謀殺され、子供ながら浦上村宗の横暴に憤っていた晴政は、おとなしく担がれている振りをしていたが、ついに大きな裏切りに出た。

管領であった細川家《ほそかわ》のお家騒動に介入し、より一層《いっそう》の勢力拡大を願った浦上村宗が、手勢を率いて摂津まで侵攻したとき、その一翼を担っていた赤松晴政が、寝返った。

この摂津天王寺の戦の最中、味方に背後から襲われた浦上勢は混乱し、村宗も討たれた。

赤松晴政は、こうして父の仇を討ったことで、今度は己が浦上宗景の父の仇となった。こうして赤松家と浦上家は仇敵《きゅうてき》となった。

それ以降も播磨の実権を取り戻そうとする赤松家と浦上家の攻防は続いていた。今回もいわば、恒例となりつつあった小規模な戦いであり、赤松晴政も本気で浦上宗景を滅ぼしに来ていたわけではなかった。

戦いは、不利となった赤松勢が引きあげ、数日で終わりを告げた。

「ご苦労であった。兜首《かぶとくび》一つの手柄だそうだの」

天神山城へ戻った直家へ、浦上宗景が声をかけた。

「はっ」

直家は頭を下げた。

「いずれ報いてくれる。今後ともにはげめ」

「承知いたしておりまする」

戦に勝ったとはいえ、侵略してきた赤松勢を蹴散らしただけで、浦上家の所領は一貫も増えていない。出陣した兵たちの食料、足軽たちに貸し与えた武具の損耗《そんもう》、襲われた砦の復旧などで、持ち出しとなっている。

よほどの手柄でない限り、浦上宗景も褒美《ほうび》をやるわけにはいかなかった。

禄は増えなかったが、直家の武勇は家中に知れ、侮《あなど》るような陰口は少なくなった。

なんとか赤松勢を駆逐したとはいえ、浦上家に安息の日は訪れなかった。

「乙子《おとご》村に海賊でございまする」

年末、急を報《しら》せる使者が、天神山城へ駆けこんだ。

「ただちに兵を出せ」

浦上宗景が軍勢を派遣した。

乙子村は、吉井川の河口にある農村である。豊かな水に支えられた裕福な村であった。

海に近いこともあり、児島《こじま》あたりを根城《ねじろ》とする海賊衆がときどき襲撃しては、金や米、女などを奪っていった。

もちろん、浦上も傍観していたわけではなかった。

吉井川の河口に近い小山へ城を築き、海賊たちへの防壁としていたが、天神山城から遠いため、十分な援護ができず、役目を果たしているとは言い難かった。

「兵だけでは無理か。やはり将を置かねばならぬな」

略奪を恣《ほしいまま》にした海賊衆の被害を聞いた浦上宗景が苦い顔をした。

「でございますな」

百々田豊前が同意した。

乙子村は、浦上家の所領ではあるが、同じ備前の松田《まつだ》氏や、讃岐《さぬき》の細川氏らもその豊饒《ほうじょう》さに目を付けている。

「このまま海賊どもの横行を許せば、国人どもが心変わりするやも知れぬ」

浦上宗景が懸念を表した。

戦国大名といったところで、国人たちの領袖《りょうしゅう》でしかない。国人たちは、己の所領を守ってくれる領袖のもとへ身を寄せ、その命にしたがう。そこには、譜代の家臣たちのような忠義はない。頼るにたりぬと思われれば、あっさり敵方へ寝返る。明日の命の保証がない乱世では当然のことであり、浦上家も国人たちを裏切らせることで、勢力を拡げ、守護大名であった赤松氏を播磨から駆逐したのだ。

「かといって、乙子城へこれ以上兵を割くわけにもいかぬな」

難しい表情を浦上宗景が浮かべた。

浦上家にも余裕はなかった。父村宗の討ち死にで、その家督を巡って兄政宗と宗景の争いが始まったからである。一枚岩だったからこそ、備前のほとんどから播磨一部を支配し、管領家のお家騒動に口出しできるだけの力を持てたのだ。二つに割れてしまえば、領地を維持するだけで精一杯どころか、他家の侵略におびえなければならなくなる。

昨日まで味方だった兄も敵になった。そのうえ、備中の三村氏、美作《みまさか》の赤松氏、讃岐の細川氏など、備前の稔《みの》りを狙《ねら》う者は多い。浦上宗景は、それらに対して、警戒の兵を常備せざるを得ない。とても乙子城へ増援を送るだけの余力はなかった。

「宇喜多を使われてはいかがでございましょう」

思案に入った浦上宗景へ、百々田豊前が提案した。

「大和守《やまとのかみ》か」

浦上宗景の口にしたのは、宇喜多和泉守《いずみのかみ》能家謀殺の後、その所領のほとんどを継いだ浮田大和守国定のことであった。

「役に立つのか。島村の尻馬に乗るていどの男ぞ」

馬鹿にしたような声を浦上宗景が出した。

浦上家において声望第一であった宇喜多能家を排し、その勢力を拡大しようとした島村豊後守宗政《ぶんごのかみむねまさ》が砥石城を襲い、その命を奪った。浮田大和守は、その陰謀に荷担し、能家亡き後の宇喜多家を乗っ取っていた。

「いいえ。直家でございまする」

百々田豊前が首を振った。

「先日の赤松との戦いをともにいたしましたが、とても童とは思えぬ働きでございました」

「兜首一つでか。他の者は、もっと取っておったろう」

「取らなかったのでございまする」

浦上宗景の問いに、百々田豊前が答えた。

「勝ちの見えた戦でこそ、首を稼ぐとき。そう誰もが思いまする」

「うむ」

敗走を始めた敵など、狩りの獲物でしかない。

「しかし、直家は、それをいたしませなんだ」

「なぜじゃ」

「一つは、兵が足りておらぬからでございましょう。あの身代《しんだい》で三人武者を抱えているだけでも驚きでございまする」

百々田豊前が話を続けた。

「聞けば、あれが初陣《ういじん》だったとか。初陣といえば、手柄を立てたくて無理をするのが普通。しかし、直家は落ち着いておりました。敗走する敵を追うのも、他の兵たちの一歩後からでございました」

「臆病なだけではないのか。あやつの父は、和泉守能家を殺されておきながら、抵抗することもなく逃げた腰抜けぞ」

「それを見極めるにも、よろしいのではないかと」

「ふうむ」

薦められた浦上宗景が腕を組んだ。

「失敗したところで、惜しくはございますまい。また、海賊どもを防いでくれれば、遣える将が一人手に入りまする。宇喜多の名前は備前で大きゅうございますれば」

「なるほどの。島村豊後守への牽制にもなるか。昨今、誰が主かわからなくなっているようであるしの」

「はい。先代村宗さまが、播磨国《はりまのくに》まで制圧された後ろには、宇喜多と島村の二家がございました。それが、今は島村のみ。一人に力が寄るのは、あまりよろしいことではございませぬ」

囁《ささや》くように百々田豊前が言った。

「わかった。しかし、そうなれば、直家にもう少し箔《はく》を付けてやらねばなるまい。城とは名ばかりとはいえ、乙子城の城主とするのだ。今の身分では兵の数もそろえられまい。かといっていきなり大身代にするわけにもいかぬの。三百貫ほどがよいところか」

「結構かとぞんじまする」

百々田豊前が同意した。

宇喜多三郎兵衛直家は、天文十三年（一五四四）春、浦上宗景の手によって正式に元服した。

「元服をした以上、一人前の武士である。祖父の名に恥じぬようにいたせ」

祝いだとして浦上宗景が直家に三百貫の禄を与え、乙子城を預けた。

「かたじけなく」

直家は、謹んで受けた。

「よし、宴じゃ。若き将の門出を祝え」

浦上宗景が手を叩いた。

天神山城へ、宇喜多直家の元服を見るべく、多くの将がやってきていた。その宴席には、島村豊後守宗政もいた。

「直家と申したかの」

島村豊後守が直家を呼んだ。

「宇喜多三郎兵衛直家にござる」

直家は名乗った。

「豊後守じゃ」

「お初にお目にかかる」

年長への礼儀として、直家が軽く頭をさげた。

「能家の孫だそうだな。父親はどうした。たしか興家とか言ったはずだが」

「数年前に他界いたしましてございまする」

傲慢《ごうまん》に問う島村豊後守へ、直家は答えた。

「興家との名前を持ちながら、宇喜多の家名を興すこともなく死んだか。やれ、役に立たぬとの噂《うわさ》は本当であったな」

島村豊後守が笑った。

「……………」

直家は顔色を変えた。

「どうかしたのか。父親同様、身体でも弱いのならば、乙子城主という大役は務まるまい。今からでも遅くない。お断りしてはどうか」

嘲笑《ちょうしょう》を島村豊後守が続けた。

「たしかにあまり丈夫ではございませぬが、中気を患って身動きも取れぬ老将を夜襲するようなまねをするほど、心弱くございませぬので。宇喜多の名前に恥じぬだけの働きはしてみせましょう」

「なんだと……」

皮肉で返された島村豊後守が激高した。

「思い当たることでもございますのか」

直家もにらみつけた。

「よせ。めでたい席での争いごとは許さぬ」

厳しく浦上宗景が止めた。

「直家、そなたはまだ新参である。口の利きかたに注意をいたせ。豊後守、若い者を指導してやるのも目上の役ぞ」

浦上宗景が、直家を叱《しか》り、島村豊後守を宥《なだ》めた。

「ご無礼を」

直家は、浦上宗景へ向けて詫《わ》びた。ここでかっとなったところで、仇討ちはできなかった。島村豊後守を殺せたとしても、己《おのれ》の命はない。祖父と父の願いは、宇喜多家の再興である。再興とは家をたて、子孫へ受け継いで初めてなるのだ。

直家は、爪《つめ》が手のひらに喰《く》いこむほど握りしめ、我慢をした。

三

「旧家臣たちに声をかけてくれ」

屋敷にもどった直家は、弥吉へ命じた。

「すでに人を遣わしておりまする」

弥吉が手を打っていた。

「何人だ」

「二十名を」

「もう少しなんとかならぬか」

「無理でございまする」

直家の頼みを弥吉が拒否した。

「乙子城が何のためにあるか、ご存じでございましょう」

弥吉は商人である。商人は武家よりもいろいろなことを調べる。

「吉井川をあがってくる海賊どもを追い払うためであろう」

「はい。殿は海賊どもの強さをご存じでございまするか」

「いいや。海賊など見たこともない」

訊かれて直家は首を振った。

「わたくしはございまする」

ゆっくりと弥吉が述べた。

「海賊たちは小回りのきく小船に乗り、揺れる船の上から矢を撃ち、手鉤《てかぎ》を使って獲物の船へ乗りこみ、人よりも長い大太刀を振り回しまする」

「強いのか」

「下手なお武家さまより」

はっきりと弥吉が告げた。

「なればこそ、数がいるのではないか」

数こそ利と、直家は口にした。

「いいえ。人の上に立つ者がいなければ、烏合《うごう》の衆《しゅう》など役に立ちませぬ」

弥吉が否定した。

「海賊相手に乙子城がなにもできないのは、まとめる将がおらぬからでございまする」

乙子城には浦上家の兵が三十名ほど詰めていた。もちろん、それらをまとめる将も一人いたが、格下の海賊相手ということで、それほどの人物は配されていない。直家は、その将の代わりとして乙子城を預かるのである。

それは己の家臣以外の兵も使いこなさねばならない試練でもあった。

「吾が将たればよいのであろう」

「無理でございましょう。どうみても殿はようやく前髪を落としたばかりの若者でございまする。戦の経験がないにひとしい者に、兵たちはついてきてくれませぬ」

「うっ」

痛いところを突かれて、直家が詰まった。

「ゆえに、殿の代わりをできる老練の将が要り用なのでございまする。旧宇喜多家の家臣とはいえ、一廉《ひとかど》のお方ともなれば、それ相応の禄をお渡しせねばなりませぬ。少なくては来てもらえませぬし、そのていどにしか見ていないのかと侮りを受けましょう、一度侮られれば、なかなか取り戻せませぬ」

厳しく弥吉が世間を教えた。

「その者に兵たちの指揮を任せるというのか」

にらみつけてくる直家を、弥吉が見返した。

「吾に飾りとなれと」

「はい」

怖《おそ》れることなく弥吉が首肯した。

「言ってくれるわ」

直家は嘆息した。

「わかった。よいようにしてくれい」

弥吉は阿部家の大番頭庄兵衛の懐刀《ふところがたな》である。ただの商人ではない。直家は、いっさいを弥吉に任せた。

二十四人となった家臣を引き連れて、宇喜多直家は乙子城へと移った。

「この城を預けられた宇喜多三郎兵衛直家である。今後は、吾の指示にしたがってもらう」

「…………」

直家の話に、城に常駐していた兵たちは反応しなかった。

「お任せあれ」

嘆息する直家へ、長船又三郎《おさふねまたさぶろう》が囁《ささや》いた。

長船又三郎は、宇喜多能家の家臣であった。すでに壮年に達していたが、その体軀《たいく》は優れ、武芸にも秀でていた。

「頼んだ」

直家も応じた。

他にも岡平内《おかへいない》、富川平右衛門《とがわへいえもん》ら旧宇喜多家で名前の知られた者たちが、直家のもとへ集まってきていた。かつて宇喜多隆盛のころにならした名前は十年足らずでは色あせていなかった。長船たちは、乙子城へ詰めていた兵をうまく使い、海賊の襲来をよく防いだ。

家臣たちの活躍は、直家のものと同意義なのだ。

乙子城の問題は海賊だけではなかった。乙子城のある児島の南部には、細川家の手が伸び、北には松田氏の勢力が張り出していた。乙子城は敵中に張り出した半島のような形であった。

守将となった宇喜多直家は、よく乙子城を維持した。手を出してくる細川や松田の兵も追い散らした。

「思ったよりも遣えるではないか」

直家の活躍をほめた浦上宗景は、功績として乙子城の周囲に一千五百貫の土地を与えた。

「お仕え申したい」

「和泉守さまのもとで働いており申した」

直家の名前があがるたびに、宇喜多家を去っていた武者たちが、直家を訪れてきた。

「今は少禄じゃ。従前のような扱いはしてやれぬ。それでよければ来るがいい」

直家は、その多くを家臣として抱えた。

しかし、かつての宇喜多家に比べて、はるかに小さな身代なのだ。人が多すぎて、食べるにも事欠くありさまとなった。

「開墾《かいこん》をいたさねば」

岡平内の発案で、与えられた土地のなかで耕作されていなかった荒れ地を、田畑へかえるための作業が始まった。

だが、稔りを得るのは早くて一年先である。

現状は数日先に食う米がなくなってしまうほどひどい。

「奪っていったものを返してもらおうぞ」

直家は、海賊の本拠や松田氏、細川氏の領地へ攻め入り、村を荒らして米を奪った。

「まだたりぬ」

それでも十分には集められなかった。

「三日に一度くらい、喰《く》わずとも死なぬ」

かつて父と共に放浪したとき、飢えに苦しんだ直家にとって、そのていどはさしたるものではなかった。

潰れた家の臣たちも同じような思いをしてきた。帰農したところで十分な土地があるわけではなく、浪人では収入がない。それこそ斬り取り強盗に近いまねをしてきた者もいる。

主君が先導する家中そろっての絶食は、君臣の団結を一層強くした。

　こうして残された米は、万一のためとして兵糧庫《ひょうろう》に蓄えられた。

　乙子の周辺が落ち着くかわりに、備中との国境がきな臭くなってきた。

　砥石城を与えられていた浮田大和守国定が、浦上宗景を見限って、備中の戦国大名三村家親《いえちか》に内通したのだ。

　三村家親は、父宗親《むねちか》から家督を継ぐと、毛利元就《もとなり》と通じ、その勢力を背景に、備中の有力国人の上野《うえの》、石川《いしかわ》らを自陣に引き入れ、侵略の手を伸ばしてきていた尼子氏と対抗、これを駆逐した。備中一国で最大の勢力となった三村家親は、敵対していた守護代の荘氏のもとへ長男を跡継ぎに押しこむことで和睦し、ようやく備中の安定を得た。

　こうして国内を統一した家親は、その矛先を備前へと定め、最初に砥石城の浮田大和守を籠絡《ろうらく》した。

「大和守を討つ」

　激怒した浦上宗景は、その討手を直家へ命じた。

「かつては住まいした砥石城である。よくその攻めどころを知っておろう」

「お任せあれ」

宗景の命に直家は勇躍した。

己が育った城、祖父が最期を遂げた城、その砥石城を手に入れられるとなれば、気合いが入るのも当然であった。

天文十四年（一五四五）、直家はほぼ全軍をもって、砥石城へ攻めかかった。

「生意気な小童《こわっぱ》が。返り討ちにしてくれる」

「分家の分際で、本家に弓引くとは恥知らずめ」

大和守と直家の罵《のの》り合いを合図に戦いは始まった。

「かかれ、かかれ」

大きく軍配を振って、直家は軍勢を鼓舞した。

急な坂道を宇喜多勢が槍を手に駆け上がった。砥石城では、待ち構えていた大和守の家臣たちが、弓矢、石などで迎撃した。

かつては同僚としてともに能家のもとで戦った兵たちが、敵対した。

「裏切り者めが」

「黙れ」

兵たちも激しく応酬した。

宇喜多家の兵が、射貫かれて斜面を落ちていった。

「撃ち返せ」

直家は弓足軽へ命じたが、下から上へ撃つ矢に威力はない。まして城壁や逆茂木《さかもぎ》などに守られている大和守の兵たちに、損害は与えられなかった。

「ちっ、ひるむな」

「殿」

督戦する直家へ、長船又三郎が、難しい顔をした。

「黙れ」

大声で直家は怒鳴りつけた。

「砥石城への思いはわかりまするが……兵たちの損失をお考えになられねば」

「祖父を殺した片割れを誅《ちゅう》する好機ぞ」

長船又三郎の意見を、直家は拒んだ。

祖父、父、二人によって植え付けられた宇喜多家再興の悲願が、目の前にある。直家は、辛抱できなかった。

「ぎゃあああ」

城壁にとりついた宇喜多の兵が、大和守の兵の槍で突き殺されて落ちてきた。止まることなくそばを滑っていった兵の断末魔《だんまつま》の表情を直家は見た。

「兵をなくしてしまえば、城をとっても維持できませぬぞ」

「……くっ」

無念さに直家は、唇を噛《か》みきった。

「引け」

直家が命じた。

最初の戦いは、直家の敗北であった。

「思い知らせてくれるわ」

次は、浮田大和守からであった。

城を守るだけの兵を残した浮田大和守が、乙子城へと攻めかかってきた。

乙子城は児島湾へ突き出した半島の小高い丘の上にある。攻め口は、一ヵ所しかなく、大軍は一度に襲いかかれなかった。

「今度はこちらの番ぞ」

手ぐすね引いて待っていた直家は、用意させていた丸太や石を上から落として、登り口を攻めあがってくる浮田大和守勢を翻弄《ほんろう》した。

「くそっ。陣形を立て直す」

かなりの被害を出した浮田大和守が、砥石城へ戻った。

両者の争いは一進一退を繰り返し、年をこえても決着はつかなかった。

「島村豊後守を呼べ」

業を煮やした浦上宗景が、島村豊後守を天神山城へ呼びつけた。

「なんでございましょう」

のんびりと島村豊後守が顔を出した。

もともと宇喜多も島村も国人領主であり、浦上家の家臣ではなかった。ただ乱世を生き残るための庇護者として浦上家を頼り、その与力《よりき》になっただけである。宇喜多能家を滅ぼし、その所領のほとんどを奪った島村豊後守は、今では浦上宗景に優るだけの勢力を誇っている。浦上宗景への態度が、ぞんざいになるのも当然といえば当然であった。

「なぜ砥石城を攻めぬ」

浦上宗景がとがめた。

かつて島村豊後守は居城高取山《たかとりやま》城と尾根《おね》続きであった砥石城へ兵を密かに送りこみ、宇喜多和泉守能家を殺した。備前で最大の兵力を誇る島村豊後守がその気になれば、砥石城を落とすのはさして難事ではないはずであった。

「無理でございまする」

島村豊後守が首を振った。

「尾根伝いに砥石城を襲ったのはよろしいが、考えてみれば逆もできまする。砥石城から高取山城へいつ兵を送られるかわかりませぬ。そこで、和泉守能家を討った後、高取山と砥石山の間をさらに開鑿《かいさく》し、深い堀を作りましてございますれば、行き来が難しくなりまして」

「なんだと」

聞いた浦上宗景が、目を剝《む》いた。

「しかしだ。砥石城を浮田大和守に与えよと申したのは、そなたぞ。その大和守が三村と内通した。その責はどうする」

「浮田大和守もわたくしも同格でございまする。縁者でもない者の責任をと言われましても、困惑いたしまする」

島村豊後守がうそぶいた。

「それに、都合がよいのではございませぬか」

「どういう意味だ」

浦上宗景が警戒した。

「宇喜多と浮田。本家と分家で潰し合ってくれれば、どちらが勝っても力を失いましよう」

小さく島村豊後守が笑った。

「わかった。もう下がっていい。ただし、要らぬことはするな」

手を振って浦上宗景は、島村豊後守を帰した。

「漁夫の利を得るのは、儂ではなく、そなただろうに。浮田の領地も手に入れて、力を増やし、いずれは備前を手に入れようと考えておるのだろうが、そうはさせぬ。宇喜多の倅《せがれ》をもう少し大きくしてやらねばなるまい」

浦上宗景が吐き捨てた。

四

「音を立てるな」

「槍の穂先に布を巻け」

一進一退の戦いをくりかえした宇喜多直家は、天文十八年（一五四九）の春、決戦とばかりに、乙子城の全兵力を率いて、砥石城へ夜襲をかけた。

「天神山から浦上家の軍勢も来ている。宇喜多の力を見せつけるよい機会でもある。

このたびこそ、砥石を落とすぞ」

麓《ふもと》に集結した兵たちを前に、直家は宣した。

「お任せあれ」

岡平内たちが強く胸を叩いた。

「殿」

軍議を終えた直家のもとへ弥吉が近づいてきた。

「弥吉か」

「攻撃が始まって一刻のちに」

弥吉が小声で告げた。

「まちがいないのだな」

「はい。すでに二十名ほどは、殿へお味方すると」

四年の間、直家は砥石城を力攻めしていただけではなかった。弥吉を使って、砥石城にいる旧宇喜多家臣たちの寝返りを策していた。弥吉に預けた五貫の金がここに生きていた。

宇喜多和泉守能家が殺された後、砥石城へ入った浮田大和守にそのまま仕えた将のなかには、能家の孫である直家へ親しみを覚える者も何人かいた。弥吉は、福岡の阿部善定の伝手《つて》を頼って、砥石城に出入りしている商人を使い、それらの者と繋《つな》ぎを取っていた。

「合い印は、右肩の白布」

「ごくろうであった」

直家は、弥吉をねぎらった。

「刻限だ」

浦上宗景と打ち合わせた時刻となった。

直家は、もう一度家臣たちの前へ立った。

「かつての悔しさを晴らさん」

「…………」

無言で家臣たちが右手を挙げた。

「城中にも吾を慕ってくれる者がおる。それらは、右肩に白い布を付けておる。その合い印を付けた者とは戦うな」

「殿、それは……」

岡平内が目を剝いた。

「うむ。返《かえ》り忠《ちゅう》をしてくれるそうだ」

直家は、述べた。少しでも罪の意識を軽くするため、寝返ることを返り忠と言う。

「では、行くぞ」

大きく直家が軍配を振った。

砥石城も夜襲への警戒はしていた。しかし、見張りに付いている者が裏切ってはどうしようもなかった。

「宇喜多勢が、城門へ」

「なんだと。見張りはなにをしていた」

浮田大和守が驚愕《きょうがく》した。

「ええい。もういい。迎え撃て。どうせ、門は抜けぬ」

怒りの声を浮田大和守があげた。

「急ぎ三村さまへ、援軍を求める使者を出せ」

命を受けた兵が走っていった。

大手から宇喜多勢が攻め、搦《から》め手《て》から浦上宗景の兵が襲った。

「そのていどで、この砥石城はおちぬわ」

当初慌てていた浮田大和守も、猛攻を支えていることで落ち着いてきた。

「数日もちこたえれば、備中より援軍が来る。それまでの辛抱よ」

ほっと浮田大和守が肩の力を抜いたとき、大手門で大きな喚声がした。

「なにごとだ」

浮田大和守が、叫んだ。

「表門が破られましてございまする」

兵が駆けてきた。

「馬鹿な。あの門はそう簡単に抜けるものではないはずだ」

「お味方の裏切りでございまする」

「なんだと……」

聞いた浮田大和守が絶句した。

裏切り者の手で、大手門がなかから開けられた。

「突っこめ」

直家は手を振った。

「おおっ」

宇喜多勢が大手門へ殺到した。

城というのは一ヵ所が破られると弱い。たちまち戦いの場は城内へと移った。

「宇喜多和泉守能家の孫、三郎兵衛直家である。手向かいをいたすな。ともに宇喜多の兵ぞ。槍を引けい。吾に従った者はとがめぬ」

直家は、大音声で告げた。

「若さま……」

宇喜多勢や裏切った者と斬りむすんでいた浮田大和守の兵たちの何人かが、武器を捨てた。あとは雪崩《なだれ》のように、兵たちが直家の前へ跪《ひざまず》いた。

「兵たちが次々に寝返っておりまする」

「おのれ、浪人するところを拾ってやった恩を忘れおって……」

浮田大和守が歯がみをしたが、遅かった。

「備中へ行く。三村さまの力をお借りすれば、砥石城などすぐにでも取り返せる」

攻勢の緩やかな搦め手門から、浮田大和守が逃げ出した。

「追え。備中との国境をこえさせるな」

直家が命じた。

「お任せあれ」

岡平内が走り出した。

追っ手を怖れて他人目《ひとめ》を避けながら逃げる浮田大和守の一行は全力を出せない。岡平内は備前の国の内で追いついた。

「待て、大和守」

岡平内が突っかかった。

「ええい、じゃまをするな」

浮田大和守が、槍を合わせた。

「その首ちょうだいつかまつる」

二度ほど突きを合わせた岡平内が、一度槍を引いた。

「敵《かな》わぬと知ったか」

「えええい」

勢いを増すために引かれた槍が、驕《おご》った浮田大和守の腹を突き通した。

「ぐへっ」

血を吐いて、浮田大和守が死んだ。

「大和守討ち取ったり」

岡平内が勝《か》ち鬨《どき》をあげた。

浮田大和守の首は、直家の手を経て、浦上宗景へと差し出された。

「見事であった」

満足そうに浦上宗景が首肯した。

首実検には、戦に加わっていなかった島村豊後守も参加していた。

「浦上の殿」

島村豊後守が、口を開いた。

「なんだ」

「大和守のことを見てもわかりまするように、備中の三村家親は、備前へと手を伸ばしておりまする。またこの砥石に身代の軽い者を入れ、三村に誘われては面倒でございまする。ここは、尾根続きでもあるわたくしにお預けいただきたい」

「…………」

直家は、島村豊後守をにらみつけた。父祖の地であればこそ、取り返すために何人もの血を流したのだ。それをなにもしなかった島村豊後守に、祖父を殺し直家を放浪の身へと追いやった仇敵に奪われるのは我慢できなかった。

「ふむ」

しばし浦上宗景が思案した。

「よかろう」

「殿……」

思わず直家が腰を上げた。

「ただし、浮田大和守の所領の内、奈良部《ならべ》の近辺と新庄山《しんじようやま》城を直家に与える。乙子山はそのまま直家がものとする」

「それは……」

今度は島村豊後守が渋った。

新庄山城は、砥石城の北西にある。砥石山、高取山から備中、備後へ向かう街道の分岐を下に望む山城で、交通の要所を扼《やく》す重要な拠点であった。

さらに南の乙子城との通路も開けており、二つの城が連携すれば、そう簡単には攻め落とせない。

また、奈良部は有数の穀倉地帯であり、直家の所領は一気に倍をこえた。

「…………」

直家は不満を飲みこんだ。

「励めよ」

島村豊後守が反論する前に、浦上宗景は首実検を終わらせた。

居城を乙子山から新庄山へと移すことにした直家は、福岡まで阿部善定を訪ねた。

「ご無沙汰《ぶさた》をいたしております る」

先触れを受けていた阿部善定が、店の前で待っていた。

「壮健そうで何よりだ」

少し老けた阿部善定へ、直家も挨拶《あいさつ》を返した。

「ご出世おめでとうございまする。わずかの間に宇喜多家の再興をなされました。お見事でございまする」

直家の活躍を阿部善定が我がことのように喜んでくれた。

「皆のおかげじゃ」

少し照れながら直家が応えた。

二人は話の場を客間へと移した。

「で、本日はなにかご用でも」

阿部善定が表情を引き締めた。

「弟たちを引き取りに来た」

直家は告げた。

十五歳で福岡を発《た》った直家も、二十一歳になっていた。六郎も十四歳、七郎も十三歳になる。そろそろ二人とも元服をしてもおかしくはなくなっていた。

「大和守を討ったおかげで、城二つが吾がものとなった。城には将が要る」

「六郎さまを城主になさると」

「七郎かもしれぬ。器量次第ではあるが、宇喜多の血を引く者でないと困る」

直家が述べた。

「承知いたしましてございまする。しばし、お待ちいただけましょうか。用意に少しときがかかりまする」

「……市か」

阿部善定の言葉に、直家が苦い顔をした。

亡父興家の後添えとなった阿部善定の娘と直家はいがみあっていた。

「市は不要じゃ」

強い口調で直家は言った。

「弟たち二人、身一つでよい。その他のものは城にある」

「……お待ちくださいませ」

もう一度そう言って、阿部善定が奥へと入った。

待つほどもなく阿部善定が戻ってきた。後ろに市がついていた。

「六郎と七郎をお連れになりたいとか。まだ二人とも幼うございますれば、お断りを申しあげまする」

市が直家をにらみつけた。

「初陣をこなしてもおかしくない歳である。幼いというのは理由にならぬ」

直家が拒否した。

「二人は武家にいたしませぬ」

「これっ」

阿部善定が娘をたしなめた。

「武家にせぬ……」

手で阿部善定を制して、直家は市を見た。

「二人を商人にするつもりか。ふん」

鼻先で市を笑った後、直家は阿部善定へ目を移した。

「六郎でも七郎でもよいが、阿部どのは、店を譲られるおつもりはあるか」

「ございませぬ」

はっきりと阿部善定が首を振った。

「お父さま」

市が驚愕した。

「まちがえてはいけない。おまえは嫁に出たのだよ。この店は、お前の兄に譲る。そうだね。六郎さまも、七郎さまも、孫には違いない。望まれるならば、独り立ちさせるお手伝いくらいはするが、それ以上のことはしない」

阿部善定が告げた。

「当然だな。領地にせよ、財にせよ、分ければ弱くなる。一つなればこそ、力は大きい」

直家は同意した。

「本人たちをこれへ」

「なりませぬ」

「落ちつけ」

市が止めようとしたが、阿部善定に抑えられた。

「兄上さま」

六郎と七郎が奥から出てきた。

「久しいの。二人とも大きくなった」

直家はほほえんだ。市は嫌いだが、兄と慕ってくれる二人の弟を直家は気に入っていた。

「ご活躍、おめでとうございまする」

「お手柄をお立てになられたとか」

六郎と七郎が祝いを口にした。

「しっかりした物言いである。これならば、安心して城を任せられる」

「城を……」

聞いた六郎が絶句した。

「うむ。乙子城を預ける」

直家は首肯した。

「兄の手助けをしてくれるか。祖父の無念を、父の汚名をはらすために」

ゆっくりと直家は問うた。

「侍《さむらい》は辛い。人を殺さねばならぬ。少しの油断で殺される。いつ襲われるかもわからぬ乱世じゃ。夜も安心して眠れぬ。毎日腹くちくなるまで喰《く》えるわけでもない。ただ、宇喜多の名前を世間に知らしめるためだけに命をかける。割の合わぬものだ。それでもよいか」

「はい」

六郎がうなずいた。

「宇喜多の名前を冠せば、二度とこの福岡へ戻ることはできぬぞ。明日、戦場で首を討たれるやも知れぬ。それでもよいな」

「はい」

今度は七郎が首肯した。

「なりませぬ」

市が叫んだ。

「母として子を案じるのはわかる。だが、これは宇喜多の血を引いた者の宿命《さだめ》なのだ。そなたも我が父の情けを身に受けたとき覚悟したはずだ。それが武家の妻というものぞ」

静かに直家は語った。

「そなたを妻にした父の名前を落とさぬでくれ」

「…………」

市が沈黙した。

「連れて行け」

家人に市を奥へと阿部善定が命じた。肩を落とした市が、顔をうつむけたまま客間から下がった。

「直家さま」

阿部善定が早く去ってくれと促した。

「うむ。では、ついて参れ」

弟二人を促して、直家は福岡を後にした。

五

領地が増え、城も二ヵ所となった直家は、浮田大和守に仕えていた者も受け入れて、家臣団を大きくした。二人の弟も元服させ、春家《はるいえ》となった六郎に乙子城を預け、忠家《ただいえ》となった七郎を手元において一軍を任せた。着々と宇喜多家の基礎ができていった。

「妻《めと》を娶るように」

天文二十年（一五五一）、浦上宗景の命《めい》で、二十三歳になった直家は沼亀山《ぬまかめやま》城主中《なか》山備中守信正《やまびっちゅうのかみのぶまさ》の娘を嫁にした。

亀山城は新庄山から西、沼《ぬま》にあった。

沼は吉井川と旭川《あさひ》に挟まれた肥沃な平野であり、亀山城はその中心に位置し、その周りを湿地で囲まれた要害であった。

「殿」

婚姻の夜、弥吉が直家のもとへ来た。

「ご注意を」

「なにがあった」

人払いを求めた弥吉に、直家は声を潜めた。

「三村が米を買い集めておりまする。あと鏃《やじり》も」

弥吉が報告した。

福岡一の商人阿部善定の奉公人だった弥吉は、備前、播磨、備中、美作、備後《びんご》、そして安芸《あき》や因幡《いなば》にも商いの伝手《つて》を持っている。その伝手を通じていろいろな噂が阿部善定のもとに集まってきた。

「ふむ。それだけではなかろう」

浮田大和守を籠絡したように、三村家親は備前への進出をもくろんでいる。隙《すき》さえあればいつ攻めてきてもおかしくはなかった。いわば当然の話で人払いするほどのものではなかった。まだ先があるはずと直家は読んだ。

「備中の商人が高取山と……沼へ入っておりまする」

一度言葉を句切った弥吉だったが、最後まで述べた。高取山とは、島村豊後守の居城である。

「沼もか。島村はそろそろ浦上のくびきから出たがるであろうとは思っていたが」

「……………」

直家の確認に弥吉が無言でうなずいた。

「それで宗景は、吾に中山備中の娘を娶れと命じたわけか。やられたわ」

ようやく裏を直家は理解した。

中山備中守と直家の領地は境を接している。戦になれば、最初に当たる相手であった。

「備中守さまを思いとどまらせるための、人質」

弥吉が同意した。

「ふん。娘に人質ほどの値打ちもなかろう。浦上にとって宇喜多も捨て石よ。その捨て石と寝返ろうとしている相手の娘が婚姻したところで、価値などない」

直家は鼻先で笑った。

「わからぬか。いざというとき、吾を利用して中山を潰すためだ。中山が三村についたとき、最初に兵を向けるのはどこになる。ここ新庄山だ。なにせ、沼と高取山が手を取り合うのを妨げる位置にあるのだからな。新庄山を放置しては、中山も島村も兵を進められぬ」

「はい」

「では、兵を進める前に、舅《しゅうと》どのが打つ手はなんだ」

「殿をお味方に付ける」

「そうだ。なにせ、吾は娘婿なのだからな」

「おかしくはございませぬか。もし、殿が中山さまに同心したとなれば、沼、新庄山、砥石、高取山が浦上の敵となりまする。備前の半分以上が浦上にそむくのでございますぞ」

わからないと弥吉が問うた。

「だから、やられたと申したのだ」

直家は嘆息した。

「吾は絶対に三村につかぬ。そう浦上宗景は仕向けたのだ」

「…………」

弥吉が首をかしげた。

「浮田大和守を討ったにもかかわらず、吾に砥石山は与えられなかった。砥石山は島村のものとなった。祖父を殺し、宇喜多の名前を地に落とした島村が、砥石山を欲しがった。あのときの恨みは忘れておらぬ。吾はしたり顔で砥石山を望んだ島村を殺してやろうかと本気で考えた」

そのときの悔しさを思いだした直家が頬《ほお》をゆがめた。

「だが、それをしたらあやつを殺せても吾も生きられぬ。それでは、宇喜多が絶える。辛抱して吾はこの新庄山に入った。砥石山、高取山の背後を取れる場所にな。つまり、浦上宗景は、吾を島村の刺客に仕立てたのだ。島村と吾は不倶戴天《ふぐたいてん》の敵。決して手を組むことはない」

直家が苦笑した。

「うまく殿と島村を操ったと」

「ああ。まだまだ吾は宗景に及ばぬ。その上で中山の娘と吾を夫婦にした。島村から見れば、どうなる」

「中山さまを信用しきれなくなりましょう」

「そうだ。もし、島村が三村の誘いにしたがって兵を挙げたとき、中山が同調せず、浦上についたら……」

沼亀山城は難攻不落である。備中の兵が大挙してきたところで、簡単には落ちない。中山備中守が三村側につかないとなれば、島村への援軍は遅れる。

「吾と中山の娘との婚姻で、島村は兵を挙げるに躊躇《ちゅうちょ》せざるをえなくなった。もう島村は、中山が先に裏切らぬ限り動くまい。寝返りをするような輩だ。相手を疑いはしても信用などせぬ。この婚姻で、浦上宗景は、島村と中山の間に疑心暗鬼をもたらし、ときを稼いだ」

直家は感心していた。

「乱世に生き残るだけのことはある。だが、宗景に与えられたときは、吾にもたらされたも同然。何年あるかはわからぬが、吾も力を蓄えておかねばならぬ」

「はい」

「ご苦労であった。どれ、嫁をこれ以上待たせるわけにもいくまい。中山から附《つ》けられてきた者どもに不審をもたれても面倒だ」

弥吉をねぎらって直家は立ちあがった。

嫁に行く娘には、実家から何人かの家臣と女中が附けられた。これらは、皆宇喜多家の家臣となったが、そのじつ、間諜《かんちょう》であった。宇喜多家のことを調べ、逐一《ちくいち》報《しら》せるのだ。

「抱きはするが……男子は不要。中山の血を引いた跡取りなどできては、宗景に要らぬ疑いをもたすことになる」

直家はつぶやいた。


備中のなかで、守護代荘氏と三村家親の間で細かい戦が続いたおかげで、備前は平穏な年を重ねられたが、永禄《えいろく》二年（一五五九）、ついに状況は動いた。

天神山城へ呼び出された直家は、浦上宗景から寝返った島村豊後守と中山備中守の討ち手となるように命じられた。

「島村は儂が抑える。その間に、中山を始末いたせ」

浦上宗景が告げた。

「どのような手を遣ってもよろしゅうございましょうか」

「かまわぬ」

「もう一つ、中山備中と島村豊後を誅したあかつきには、砥石山と沼をいただきたい」

直家は前もって褒賞を求めた。

「……砥石山はよいが、沼は……」

ともに浦上の勢力内では、有数の穀倉地帯である。この二つを与えれば、宇喜多の勢力は、和泉守能家のころを上回った。

「砥石山は、宇喜多家父祖の地でござる。そして沼は吾が妻の実家」

正当な理由があると直家は、告げた。

「ううむ」

浦上宗景がうなった。

「沼は拙者にもたせるしかございますまい。備前へ手を伸ばしてくる三村に決してなびきませぬぞ。また三村も拙者を籠絡しようとは思いもしませぬでしょう。二度にわたり三村の策を破ったのでござる」

浮田大和守、中山備中守、長年かけて寝返らせた武将を二人ともに討たれては、三村家親も心中穏やかではない。

「三村とは仲が悪く、尼子と通じるには三村がじゃまをし、毛利と結ぼうにも、すでに毛利は三村と手を組んでおりまする」

直家は、浦上の代わりに頼る相手がないことを強調した。

「わかった」

浦上宗景が折れた。

「沼を攻めるおりにはお報せを申しあげまする。殿は島村豊後を」

両方の相手はさすがにできなかった。直家は、沼を攻めている背後を島村豊後守に突かれないよう、浦上宗景に兵を出すよう求めた。

「うむ」

浦上宗景が認めた。

「では、お任せいただきまする」

天神山城を直家は後にした。


湿地のなかに浮いている形の沼亀山城は要害であった。力押しに攻めたのでは被害も大きく、ときもかかる。その間に三村家親が後詰《ごづ》めとして出てくれば、一気に形勢は不利になる。

弥吉から中山備中守の背信を聞いていた直家は、ひそかに策を練っていた。

「狩りをさせていただきたい」

まず直家は、舅中山備中守に沼近くで狩りをする許可を貰《もら》った。続いて城の大手門とは離れた対岸へ狩り小屋を建てた。そして狩りをおこない、獲物を得ては、小屋へ中山備中守を招いて饗応《きようおう》した。それを繰り返したある日、直家は中山備中守へ提案した。

「いつも大手門からこちらへお回りいただくも申しわけない。いかがであろうか、お城からここまで小橋をかけていただけませぬか。船はこちらで用意いたしまするゆえ」

「そこまで気遣ってくれるか」

直家の申し出を中山備中守が受けた。

橋といっても小さな船をつなげ、その上に板を置いただけのものである。風が吹けば揺れるし、船をつないでいる縄を切れば一瞬でばらばらになる。それを使って城攻めできるようなものではなかった。

橋ができてからも直家は、中山備中守を招き続けた。

何食わぬ顔で、直家は狩りを続け、舅と酒を酌《く》み交わした。

「馳走《ちそう》になってばかりでは、気兼ねじゃ」

ついに中山備中守が、直家を城内へ招いた。

舅の好意に素直な喜びを見せた直家だったが、その表情は居城に帰るなり一変した。

「手間がかかったわ」

家臣たちを前に、直家が嘆息した。

「だが、これで勝った」

「殿、よろしゅうございますので。舅どのをだまし討ちにしたとなれば、他の者たちがどう思いましょう。今後、味方を得るのに悪評はよろしくございますまい」

長船又三郎が気遣った。

「力押しで落とせぬわけではないが、その被害は馬鹿にならぬ。沼を落とし、中山を滅ぼしたとしても、将兵を失っては意味がない。被害甚大なところに島村、あるいは三村が攻めてきてみろ。次に滅ぶのは宇喜多ぞ」

直家が淡々と告げた。

「たしかに表裏者《ひようりもの》とか、寝返《ねがえ》り巧者《ごうしや》などという悪名《あくみよう》は、これから先の大きな足かせになるだろう。だがな、そんなもの命に比べてどれほどのことがある。名声では生きていけぬ」

備前一の名将と讃《たた》えられていた祖父能家が主君と同僚の妬《ねた》みを受けて謀殺されたことを、直家は忘れていない。そして能家の世話になったはずの近隣領主たちが、誰一人として祖父と城を失った直家に手をさしのべてくれなかったことも脳裏に刻まれていた。

「吾は悪名と、そなたたちの命ならば、命を選ぶ。悪名で死にはしない」

「殿」

岡平内がなんともいえない顔をした。

「そなたたちはただ一心に戦ってくればいい。悪名は吾が引き受ける」

直家が一同を見回した。

「次の狩りが、正念場ぞ。生き残るための戦いこそ、正義である」

宣した直家は、策を立てた。

「夜陰に紛れて、小屋のなかへ潜んでおれ。ことを起こすは、夜半。呼子《よびこ》の音を聞いたらば、突っこめ」

岡平内、長船又三郎ら、宇喜多家きっての剛の者を狩り小屋に、手勢数百を少し離れたところへ忍ばせた直家は、わずかな手回りだけを連れて、城のなかへ入った。

「今宵《こよい》は泊まられよ」

機嫌良く中山備中守と直家は盃を交わした。

「いや、楽しき宴ではあるが、年寄りには応える。先に休ませてもらおう」

酔った中山備中守が席を立った。

「馳走でございました」

直家も見送ろうと立ちあがった。

「では、また明日」

挨拶をした中山備中守が背中を見せたところへ直家が斬りつけた。

「なにを」

先ほどまで仲良く酒を飲んでいた直家の豹変《ひょうへん》に、中山家の誰もが唖然《あぜん》とした。

「浦上の殿の命である。三村に通じるなど論外。手向かいをいたすな」

直家が叫んだ。

「笛を」

言われて、供してきていた馬場次郎四郎《ばばじろうしろう》が、懐から呼子を出して吹いた。

剛勇で聞こえた馬場次郎四郎は、もと浮田大和守に仕えていたが、その誅殺の後、直家の家臣となっていた。

呼子を合図に宇喜多の家臣たちは、座敷の外に置かれていた太刀を取りに走った。

「おうりゃああ」

膳が蹴り散らされ、大広間は阿鼻叫喚《あびきょうかん》になった。

中山の家臣たちが吾を取り戻す前に、直家たちはあたるをさいわいと斬りまくった。

「笛じゃ」

小屋に潜んでいた二十名ほどが橋を渡った。

「門を確保するぞ」

岡平内が、舟橋を渡りきったあと城内を走り、大手門へと向かった。

「おう」

油断しきっていた中山の兵たちは、訳もわからないうちに討たれ、大手門が引き開けられた。そこへ、城外で待機していた宇喜多の兵が突っこんだ。

抵抗らしい抵抗もできず、沼亀山城は陥落した。

「使いを」

直家は、家臣一人を浦上宗景のもとへと走らせた。

「よし」

報せを受けた浦上宗景は、島村豊後守へ使者を出した。

「沼へ三村家親軍勢が迫っているとのことである。ただちに援兵を出し、沼亀山を守るように。吾も後詰めの兵を率いて続く」

見せつけるように、浦上宗景は大軍を率いて天神山城を進発した。

浦上の家中でもっとも勢力を持つ島村豊後守であったが、不意のことで浦上宗景の軍勢に対抗するだけの準備ができていなかった。

「承知」

島村豊後守はしたがった。

三村の勢が来たならば、寝返る約束をしているのだ。島村豊後守が、高取山と沼の二ヵ所で分断されるより、中山のもとへ集まって一気に浦上宗景を迎え撃とうと考えて当然であった。なにより、浦上宗景の命令であれば、奈良部の城にいる宇喜多直家も通行を拒むことはできないのだ。

島村豊後守は、手元にいる兵を率いて沼亀山城へと走った。

沼亀山城の開けられていた大手門から城内へと入った島村豊後守の背後で大手門が締められた。同心している中山備中の居城と油断して騎馬で先行した島村豊後守と後続していた徒《かち》の兵が分断された。

「どういうことじゃ、備中どのよ」

島村豊後守の呼びかけに応じたのは、直家であった。

「よくぞ、お出《い》でじゃ」

「直家ではないか。なぜ、きさまがここに」

「娘婿が舅のもとにいて不思議はございますまい」

直家は笑った。

「備中どのはどうした」

大声で島村豊後守が威嚇した。

「すでに首になってござる。三村へ寝返った者の末路じゃ」

「なんだと」

島村豊後守が驚愕《きょうがく》した。

「祖父の仇、積年の恨み、覚えたか。者どもかかれ」

潜んでいた兵が直家の合図で飛びかかった。

「己、卑怯《ひきょう》な」

咄嗟《とっさ》に太刀を抜きながら、島村豊後守がののしった。

「きさまにだけは言われたくないわ」

直家が斬りかかった。

待ち伏せを受けた島村豊後守たちは、数の差もあり、抵抗も虚《むな》しく次々に討たれた。

「勝《か》ち鬨《どき》をあげよ」

敵を殲滅《せんめつ》した直家が、命じた。

六歳のおり、宇喜多能家の孫としての幸せな日々を奪った仇敵、島村豊後守の首は直家自らの手で切った。手が震えて、なかなか切り落とせなかった。

「お祖父《じい》さま、父上、仇は討ちましてございます」

首を前に直家は泣いた。

「次は……完景じゃ」

浦上の両輪と言われた宇喜多家と島村家である。その片方をもう一方が討ったのだ。浦上宗景が知らなかったはずはない。無断でやったのならば、謀叛《むほん》に近い。事後、島村豊後守に咎《とが》が与えられていないことからも、浦上宗景が一枚嚙んでいたのはまちがいなかった。

「今はまだ、吾が力足らぬ。だが、見ているがいい」

二十五年の恨みを直家はふたたび深く沈めた。

第四章　西方の敵

一

居城を沼亀山へ移した直家は、勢力を増すべく、西備前《びぜん》への侵攻を始めた。

「なんとも腹立たしい城よ」

宇喜多直家は、備前の西を押さえる松田《まつだ》家の出城竜《たつ》ノ口《くち》城を攻めあぐんでいた。竜ノ口城は旭川の流れと山陽道の往来を扼《やく》する要所である。弟忠家に数百の兵をつけて出したが、やはり落とすことはできなかった。

「力で落とせぬならば、策を使うまで」

城将穝所元常《さいしよもとつね》のことを調べ尽くした直家は、家中の若侍岡清三郎《おかせいざぶろう》に罪ありとして放逐した。沼亀山城を追われた岡清三郎は、直家の非道を訴え、竜ノ口城へ保護を求めた。

「沼亀山城の造りは……」

岡清三郎は、宇喜多家の重要な秘密である城の造りなどを隠さずにしゃべった。一年の間岡清三郎は誠心誠意竜ノ口城で奉公し、ついに穝所元常の信頼を得ることに成功した。

永禄四年（一五六一）初夏、岡清三郎は仮眠を取っている穝所元常を刺し殺し、その足で沼へと逃げた。

「今ぞ」

待っていた直家は大軍をもって竜ノ口城を急襲した。いかに堅固でも兵をまとめる将が殺された衝撃のなかで敵襲を受ければ、ひとたまりもない。

一夜にして竜ノ口城は陥落、直家のものとなった。

直家は、邑久《おく》郡、上道《じようとう》郡の二つをほぼ手中にし、浦上宗景と並ぶだけの力をもった。

「まだだ」

だが、浦上宗景への謀叛《むほん》を時期尚早と直家は見送った。

永禄六年（一五六三）、直家は娘を備中《びっちゅう》の後藤《ごとう》、西備前の松田へ嫁にやり、姻戚《いんせき》となった。

これは毛利と対峙《たいじ》していた尼子が衰退し、備中、美作《みまさか》への影響を失った機に乗じて、二国を支配した三村家親への対策の一つであった。もちろん、この先直家が浦上宗景討伐の軍をあげたとき、味方になってもらおうとの思いもあった。

備中、美作を押さえ、紀伊守《きいのかみ》に任官して、いっそうの勢力拡大をはかっていた三村家親にしても、宇喜多直家は目の上のこぶであった。備中から備前への道である山陽道を押さえているだけでなく、二度にわたって浦上を滅ぼす策を潰したのだ。

ともに相手を仇敵として、直家と三村家親はにらみ合った。

兵力では三村に圧倒されている。直家が動きを取れなくなっていた永禄七年（一五六四）、浦上家に大きな衝撃が走った。

浦上宗景の兄政宗が、播州《ばんしゅう》の戦国大名小寺《こでら》氏の家老黒田職隆《くろだもとたか》の娘を嫡子《ちゃくし》の正室に迎えたのだ。これは、西播磨《にしはりま》を領している浦上政宗が、小寺氏の傘下になったとの証しであった。これで播磨はほぼ小寺氏のもとに統一された。

だが、これは播磨の守護を自任する赤松晴政の神経を逆撫《さかな》でした。すでに守護としての実権を奪われて久しいが、赤松晴政は播州が分家筋でしかない小寺のものとなることに我慢できなかった。

赤松晴政は、刺客を遣《つか》わし、政宗親子を室津城において殺した。

「好機ぞ」

長年争っていた兄が死んだ。

浦上宗景は人をやって、政宗の跡を継いで室津城主となった甥清宗《おいきよむね》を謀殺させた。

こうして浦上宗景は、兄政宗の所領の一部を手にし、東の脅威を大きく減じた。

「まずいな」

報を聞いた直家は、苦い顔をした。

まだ独立するだけの力が直家にはなかった。

今、直家が浦上宗景へ反するのは、三村家親へ利を与えることになる。いや、下手をすれば、両方から攻められ滅亡しかねない。

直家は我慢した。

このとき三村家親が動いた。永禄八年（一五六五）、三村家親が浦上宗景の麾下《きか》である後藤摂津守《ごとうせっつのかみ》の居城三星城《みつぼし》を襲った。

「援軍を」

求められて兵を出した直家の活躍もあり、三村家親は退けられた。

「あやつがいるかぎり、兵を挙げられぬ」

勝ったとはいえ、一度戦ってその手強さを知った直家は、なんとしても三村家親を排除すべきと考えた。

「三村勢、美作久米《くめ》郡の興禅寺《こうぜんじ》に集結。その数五千」

永禄九年（一五六六）、三村家親が、美作から備前へ侵攻しようとした。

「やむをえぬ」

すでに備前の岡山《おかやま》城は、先年三村家親によって落とされていた。岡山城から直家の領地である上道郡は近い。放置してはおけなかった。

「なんとしても勝たねばならぬ」

直家は、三村より多い八千の兵を率いて美作へ出陣した。

「かかれえ」

「させるな」

兵数では上回った直家だが、地の利は相手にある。どうしても攻めきれず、戦いは一進一退となった。

「兄上。早急に片を付けねば、岡山城からの兵が領地に攻めこみまする」

忠家が懸念を口にした。忠家は直家の片腕として、一軍を率いるだけの将となっていた。

「うむ」

苦い顔で直家は首肯した。

「なんとか家親を討てればよいのだが。なかなか前へ出てこぬ」

直家は嘆息した。

「お任せいただければ、夜襲をかけまする。三村家親がおるのは、興禅寺。それほど大きな寺でもなく、塀も低うございましょう」

「夜襲か。難しかろう。我らはこのあたりを知らぬ。見知らぬ土地で夜間に動くほど愚かなことはない」

忠家の案を直家は拒んだ。

「いや、まて、地の利か。そういえば……遠藤《えんどう》兄弟ならばあるいは。二人をこれへ」

思いついたように直家が命じた。

「およびでございますか」

遠藤又次郎《またじろう》、喜三郎《きさぶろう》の兄弟が伺候した。

「そなたたち、このあたりのことには詳しいな」

「はい」

直家の問いに、又次郎が答えた。

遠藤兄弟は阿波《あわ》の出である。実家が没落したため縁戚を頼り備中へ移り住んだ。その後数年、備中、美作を放浪してから、宇喜多家の家臣となった。

「興禅寺を知っておるか」

「柱の数まで存じております」

又次郎がうなずいた。

「鉄砲も遣えたな」

「一通りは」

確認されて又次郎が胸を張った。

かつて福岡の阿部善定のもとで養われていたとき、直家は火筒《ひづつ》と呼ばれた鉄砲を見ていた。弓矢ほど使い勝手はよくないが、間合いによっては鎧《よろい》兜《かぶと》でさえ貫く威力に直家は驚いた。ようやく領地も広がり、金に余裕のできた直家は、阿部善定に頼み、鉄砲を数十挺《ちょう》手に入れ、兵たちに訓練させていた。遠藤又次郎、喜三郎の兄弟も鉄砲方に属していた。

「ならば、二人に頼む。三村家親を鉄砲で仕留めてくれ。褒賞は十分にする」

直家が言った。

「寄るところのなかった我ら兄弟を拾ってくださったご恩に報いまする」

遠藤兄弟が承諾した。

二月五日、ようやく新月を終えたばかりの暗い夜、遠藤兄弟は鉄砲を持ち興禅寺へと侵入した。

わざとここ数日、直家の軍勢は戦《いくさ》を仕掛け、三村勢を疲弊させている。興禅寺の兵たちのほとんどが眠りこんでいた。

興禅寺は、さほど大きな寺ではなかった。五千という三村の兵を納めるだけの場所もない。建物はいくつかあったが、まさか庫裏《くり》に兵をいれるわけにもいかない。ほとんどの兵は、寺の外で野営していた。

「本堂に灯りが」

こそこそするほど目立つ。遠藤兄弟は、堂々と歩いた。

春とはいえ、まだ夜は冷える。本堂は障子を閉じてなかをうかがえなかった。

「……………」

唾液《だえき》を付けた指で、遠藤又次郎が障子に穴を開けた。

「あれだな」

覗《のぞ》きこんだ遠藤又次郎が、将たちを集めて戦評議をしている三村家親を認めた。

「眠るまで待つぞ」

今でも撃てた。しかし周囲の将たちがかばうやもしれなかった。

「承知」

兄弟は本堂の下へと潜りこんだ。

しばらくして本堂が静かになった。

さらにもう半刻（約一時間）ほど過ごして、遠藤兄弟はふたたび本堂の濡《ぬ》れ縁《えん》へあがり、先ほどの穴から三村家親を確認した。三村家親は、本堂の仏壇にもたれて眠っていた。

「この距離ならば、鎧など貫くが、念のため、二つ玉でいく」

銃口に玉を二つ入れた遠藤又次郎が、障子の穴へ銃口を押し当て、引き金を落とした。

轟音《ごうおん》が響き、銃口と火皿から閃光《せんこう》が走った。

「よし、当たった」

なかを確認した遠藤又次郎が満足そうに笑った。

「な、なんだ」

たちまち境内《けいだい》が騒がしくなった。

「逃げるぞ。鉄砲は捨てる」

「ああ」

鉄砲は最大の証拠であるうえに重い。二人は予備として持ってきていた短筒《たんづつ》も捨てて、騒ぎに紛れて興禅寺から駆け出した。

「やってくれたか」

報告を受けた直家は、銭百貫と吉光《よしみつ》の脇差《わきざし》一振を当座の褒美として与えた。

「百貫文」

みたこともないほどの大金に遠藤兄弟は絶句した。

「あとで加増もする。これで三村が美作へ引いてくれるなら、安いものだ」

直家は淡々としていた。

「二万からの軍勢がまともに戦えば、どれだけの損害が出ることか。たくさんの兵が死ぬ。まともに戦える兵を育てるには、何年もの月日と、幾度かの戦いの経験が要る。それだけで百貫文など吹き飛んでしまう。また、戦場となった土地は荒れ、来年の収穫など望むべくもない。それをそなたたちは避けてくれたのだ」

遠藤兄弟を直家は褒《ほ》めた。

「戦で勝つ。重要なことだ。だが、戦わずして勝つことこそ、最上よ。卑怯《ひきょう》と言われようが、姑息《こそく》とののしられようが、生き残った者が勝者なのだ。沼以来、宇喜多はそうして生き残って来た。家風だと思え」

直家が述べた。

当主を殺された三村は、やむなく一度引いたが、その葬儀の後、弔《とむら》い合戦を挑んできた。

決死の侍が沼亀山城まで襲来、迎え撃った長船又三郎、二陣目の岡平内まで崩された。そこへ忠家が横槍をつけて、かろうじて撃退したが、宇喜多の兵五十人ほどが死亡し、百人以上が傷を負う大被害を受けた。

「三村を抑えねば」

懲《こ》りた宇喜多直家は旭川をこえてくる三村勢への備えとして明禅寺山《みょうぜんじ》へ城を築いた。しかし、これが悪手となった。

翌年、豪雨のなか密かに近づいた三村勢の猛攻に、明禅寺城の守兵は耐えかね、沼まで後退した。三村への備えだった明禅寺城が、今度は宇喜多の喉《のど》へ突きつけられた刃《やいば》になってしまった。

「まずいな」

明禅寺城を押さえられては、旭川という天然の防御は役に立たなくなった。

「家親が死んだ今、ようやくこの手が打てる」

直家は、毛利元就のもとへ使者を出した。

「家親が味方となれば、備中は我が国となったも同然」

もともと毛利元就は、三村家親の人物を見こみ、同盟をしていた。

その三村家親が死に、跡継ぎの元親《もとちか》はまだ若年である。

三村の家中では、遺児をもりたて時機を待とうという者と、仇である宇喜多直家を許すべきではなく直ちに討つべしという者が争い、一枚岩でなくなっていた。

「家親ならばこそ、手を組めた。残された家中は、二つに割れておる。尼子の残党があちらこちらで抵抗を続けている今、備中のことにかかわる余裕はない。手段を選ばぬ者ほど強いものよ」

毛利元就は、三村を見捨て宇喜多直家を選んだ。

「弥吉、頼む」

直家は、弥吉に命じて、毛利元就と直家が結んだとの噂《うわさ》を備中へ流させた。

「毛利が裏切った」

当主を失ったばかりの三村家は大きく動揺した。

「宇喜多許すまじ」

遺児を守って力を蓄えようとしていた者にとって、毛利は大きな後ろ盾であった。その後ろ盾を失ってしまえば、時機を待つなどと悠長なことを言っていられなくなる。

直家の策謀で、三村家は一枚岩に戻った。

そんなおり、毛利は尼子の領土を取った。

「毛利は動けぬ」

新しい領土の治政は難物である。硬軟合わせて対処しなければ、なかなかになついてはくれない。とてもあらたに兵を出す余裕はない。

「今ぞ。宇喜多を滅ぼし、備前を我がものとすれば、毛利とて怖れるにたりぬ」

背後の毛利を心配しなくていいと考えた三村は、その用意できるほぼ全軍、二万の兵をもって備前へ侵攻した。

第一軍七千は、岡山城下から明禅寺城へ進み合流の後沼亀山城へと進軍、出てきた宇喜多勢と矛を交え、第二軍五千は直家の本陣と対峙、これを粉砕する。一方、本軍八千は、山越えをして沼亀山城の背後へと廻《まわ》り、援軍を出して空になった城を落とした後、第二軍とで直家を挟み撃ちにするとの策であった。

三村の動きを物見によって知った直家は三千の兵を城へ残し、残りの五千を率いて出陣した。

「備中の兵どもが来るまでに明禅寺城を奪い返す。さすれば、我らの勝ちじゃ」

直家は、兵を千ずつの五つに分けた。

「平内、千預ける。城を落とせ」

「承知」

すぐに岡平内が駆け出した。

「左京亮《さきようのすけ》。敵先陣を破れ」

「お任せを」

忠家が、首肯した。

「与太郎《よたろう》、第二陣を討て」

春家の子与太郎基家《もといえ》へ直家は一軍を率いさせた。ようやく元服を終えたばかりの甥《おい》まで直家は動員した。

「明石景親《あかしかげちか》、原尾島《はらおしま》の山を押さえよ。敵兵が見えれば、上から襲え」

「承った」

明石景親が一礼した。

「儂《わし》は、三棹山《みさお》に陣を敷く」

直家は、戦場が一望できる三棹山へ動いた。

「かかれっ」

岡平内率いる千の兵が、明禅寺山へと襲いかかった。奪われたとはいえ、明禅寺山の城を作ったのは宇喜多である。どこが弱いかも熟知していた。

「支えきれぬ」

明禅寺山にいた二百ほどの兵では勝負にならず、ほどなく城は落ちた。

「火を放て」

城が煙を上げた。

明禅寺山と合流しようとしていた家親の長男、荘元祐《もとすけ》率いる三村家第一軍は、まだ落城を知らなかった。

「かかれえ」

そこへ富川から戸川《とがわ》へと名乗りを変えた平右衛門や、長船又三郎らが襲いかかった。不意を突かれた荘勢は、よく戦ったが、主将である荘元祐を討ち取られ、潰走《かいそう》した。

ときを同じくして第二軍へ基家以下花房助兵衛《はなぶさすけのひょうえ》らが突っこんだ。

「このままでは、負ける」

第二軍を率いた石川左金吾《さきんご》は陣営を立て直そうと一度兵を下げた。

「今ぞ」

三棹山で見ていた直家は、兵を動かした。

「あれに敵将がおるぞ」

直家の姿を認めた石川らが奮戦、両軍共に犠牲を出しながらの乱戦となった。

「馬鹿な」

一方、明禅寺城を大きく迂回《うかい》して沼亀山城へと向かっていた三村元親率いる本軍は、燃え上がる城に呆然《ぼうぜん》となった。

「明禅寺城が落ちただと」

沼亀山城を落とし、その後宇喜多勢を挟み撃ちにするとの手は、明禅寺山があればこそ成り立つ。明禅寺山がなくなれば、宇喜多勢の動きに掣肘《せいちゅう》を加えるものがなくなる。なにより、本軍の八千だけで沼亀山城を落とすのは難しい。

「荘らが危ない」

本軍はあわてて合流を目指した。

「者ども力あわせて、宇喜多を排せ」

第一軍は敗れ、なんとか第二軍で宇喜多の猛攻に耐えているところへ、本軍は到着した。

三千で五千の第二軍と戦っていた直家に余力はなかった。三村の本軍に横腹を突かれる形になった明石景親、岡平内らは、たちまち崩され、直家の旗本衆まで敵兵が迫った。

「支えよ。ここが肝心じゃ」

直家が声を張りあげた。

「進め、進めえ」

父親を殺された三村元親の怒りはすさまじく、直家目がけてしゃにむに押してくる。

「くっ」

とうとう直家が太刀を抜くまでになった。

「推参《すいさん》なり」

そこへ三村の先陣を追撃していた宇喜多忠家、戸川平右衛門、長船又三郎らが現れ、西から三村元親本軍の脇腹へ槍《やり》をつけた。

無理に押していた元親率いる本軍は伸びきり、層が薄くなっていたところを突かれたのだ。たちまち多くの兵が討たれ、陣形が崩れた。

「今ぞ、押し返せ」

直家が太刀を振って督戦した。

「止まれ、止まれ」

一度崩れた軍勢は止められない。死の恐怖におびえた雑兵たちは、将の制止も聞かず、背を向けた。逃げる者、前へ出ようとする者、止めようとする者、三村の軍勢は混乱した。

「逃がすな」

勝ちにのった宇喜多勢は備中の国境をこえて追撃し、三村勢を散々に蹂躙《じゅうりん》した。

「もうよい。勝《か》ち鬨《どき》をあげよ」

日が暮れたところで、直家は兵を止めた。

無事に備中へ帰還した三村の兵わずか四千、じつに八割を討ち取るという宇喜多直家会心の勝利であった。

二

備中の三村元親を退けた宇喜多三郎兵衛直家は、旭川東岸を手に入れた。

「これで浦上宗景と戦うだけの力を手に入れた」

居城とした沼亀山城へ、直家は弟たちを集めた。

「兵をあげられまするか」

すぐ次弟春家が、身を乗り出した。

「そなたはどう思う」

直家の問いに末弟忠家は腕を組んだ。

「かならず勝てましょうや」

忠家が問うた。元服直後に直家の片腕となった忠家も三十歳をこえ、思慮深い将となっていた。

「……かならずか」

言われて直家は沈黙した。

「ようやく宇喜多は、浦上家と肩を並べるだけの所領をもちましてござる。しかし、支配したばかりの土地が多く、民たちが心服しているとは言えませぬ」

「民など力で従わせればいい」

春家が口を挟んだ。

「それではいけませぬ。民たちは日頃年貢《ねんぐ》を納めてくれ、戦となれば足軽や小者として我らの力となってくれまする。民たちに忠節がなければ、年貢のあがりは悪く、戦での士気は低くなる。金もなく兵のやる気もない。そんな状況で勝てようはずもございませぬ」

諭《さと》すように忠家が話した。

わずか一歳違いながら、春家と忠家の性格は逆であった。勇猛な春家、慎重な忠家、二人は初陣以来、宇喜多家の両翼として知られていた。

「たしかに宇喜多本貫《ほんかん》の地ではないからの」

代々宇喜多家が治めてきた砥石などは、民の一人一人までが領主を慕ってくれる。また早くから直家の所領となった乙子も完全に把握していた。しかし、手に入れたばかりの沼や旭川東岸などは、累代の主《あるじ》を殺して奪ったのだ。表だっての反抗は出ていないとはいえ、心服してはいなかった。きっかけがあれば、国人領主たちが暴れ出しかねなかった。

「なにより兄者、金川《かながわ》が問題でござろう」

「…………」

忠家の言葉に直家は無言でうなずいた。

金川とは松田左近将監元輝《さこんのしょうげんもとてる》のことだ。備前守護であったこともある名門松田家の末で、備前の北西、美作との国境を領土にしていた。一時は浦上家と肩を並べるほどの勢力を持っていたが、尼子氏、毛利氏の侵略を受け、さらには台頭してきた直家によって邑久郡、上道郡を奪われ、大きく勢力を落とした。

昨永禄六年（一五六三）、宇喜多直家のもちこんだ和議に応じ、嫡男元賢《もとかた》に直家の長女を娶《めと》らせ、浦上宗景と同盟を結んでいた。

「先日の戦いに手を貸さなかった」

春家が不満を口にした。

宇喜多家最大の危機であった三村元親との合戦では、直家の要請を無視、松田は援軍を出さずに傍観していた。

「浦上の本城、天神山の後詰《ごづ》めに出られても困るな」

直家も苦い顔をした。

金川城は、臥竜山《がりゅうさん》の山頂にあり、本丸、大手曲輪《くるわ》、二の丸などを配置した大規模なものであり、天神山城とともに堅城として知られていた。また、宇喜多の本城沼亀山城の北西に位置し、直家が天神山へ兵を向けたとき、留守城を襲う好位置でもあった。

「聞けば、左近将監親子は、日蓮宗不受不施《にちれんしゅうふじゅふせ》にはまっているそうだ」

直家は嫁にやった長女に付けた家臣から、松田家の話をいろいろ入手していた。

不受不施とは、六代足利将軍義教《よしのり》へ進講したことでも知られる日親《にっしん》が唱えた日蓮宗の一つである。日蓮宗以外の者から施《ほどこ》しを受けず、信者でない者の供養を施さないという制約のきついものであった。

「領内の寺院に改宗を強要、従わない寺は破却しているという。それだけではない。家臣たちにも信仰を強制しているらしい」

「愚かな」

小さく忠家が首を振った。

もともと備前には日蓮宗の信徒が多かった。しかし、不受不施派は少数であり、他の宗派も根を張っている。

「家臣の不満もたまっていよう」

代々の信仰を否定されて諾々《だくだく》と従える者は少ない。

「少し様子をみられるがよいのでは」

忠家が提案した。

「だの。だが手は打っておこう。まず、伊賀《いが》をこちらに引きこむ」

「伊賀久隆《ひさたか》でございますか」

「義理とはいえ、我らと兄弟じゃ。同心させるのは難しくあるまい」

春家の確認に直家はうなずいた。

伊賀久隆は、松田氏の重臣である。今は家臣の体《てい》を取っているが、もとは備前の国人領主であった。松田氏に属してはいるが、譜代の家臣ほどの忠誠はもっていなかった。

宇喜多と松田の和睦のとき、仲介の労を執ったことで直家と親しくなり、妹を嫁にもらっていた。

「虎倉《こくら》城を味方にすれば、金川城を挟み撃ちにできる」

直家が述べた。

備中との国境を押さえる虎倉城は、金川城の西、宇甘《うかい》川沿いにある。

「よし、しばらくは戦を避け、国を富ませることに専念するぞ」

三兄弟の議は終了した。


占領した土地の慰撫《いぶ》は難しい。うかつに年貢を下げて優遇すれば、他の領地からの不満があがる。また、一度下げた年貢をあげるとなれば、反発も起きる。

直家は、衰退した寺社の復興や、戦で荒廃した田畑、水路の修復に尽力した。また、人心を把握するよう、城に腰を落ち着けず、あちこちを訪ね歩いては、地の者に顔を見せて回った。

そんなおり、沼亀山城へ一組の母子が直家を頼って来た。

「三浦貞勝《みうらさだかつ》が一子、桃寿丸《とうじゆまる》とその母福《ふく》にございまする」

まだ二十歳を過ぎたばかりと見える若い母と五歳ほどの幼児が直家の前に座した。

「三浦どのといわれると高田《たかだ》城主の」

美作三浦氏は、鎌倉幕府の創設に重要な役割をした坂東八平《ばんどうはちへい》氏の一つ三浦の流れを汲《く》む。高田城を中心とした地域を支配していたが、たびたび尼子氏の侵略を受け、一時はその勢力に飲みこまれた。尼子が毛利の対応に追われている隙《すき》を狙った貞勝は、旧臣を糾合《きゆうごう》して高田城を奪還したが、三村氏に敗退して討ち死にしていた。

「はい」

福がうなずいた。

「ではその男の子が、三浦家の跡取りどのか」

「さようでございまする」

手をついた福が直家へ願った。

「なにとぞ、この桃寿丸へお力添えのほどを願い奉《たてまつ》りまする」

「なぜ吾《われ》のもとへ来られた」

「宇喜多さまは、夫の仇、三村家親を討ってくださいました」

福が答えた。

「なるほどの。で、今来たわけか」

直家は納得した。

「吾の力をはかっていたのだな」

「…………」

無言で福が直家を見た。

いかに三村家親を討ったところで、その勢力を削《そ》げなければ、三浦貞勝の子の命は風前の灯火《ともしび》であった。美作には三浦の名前を慕う者も多い。対して三村としては、滅ぼした家の血筋ほど面倒なものはない。それこそ首に金をかけても探しだし、殺そうとする。備中一国を掌握している三村家が安泰な間は、三浦の名前を出すことさえ危なかった。

その懸念も直家の活躍で消えた。明禅寺の合戦で敗退した三村家の力は大きく減じ、三浦の残り火を気にするだけの余裕を失っていた。

福が桃寿丸を連れて宇喜多家を頼って来た理由を直家は理解した。

「ふむ……」

直家はあらためて福を見た。

三浦貞勝が高田城を襲われてあえない最期を遂げたのは、永禄七年の末であった。それから三年の年月を潜み怯《おび》えながら生きてきたのだ。福の身形《みなり》はみすぼらしく、苦労が顔ににじみ出ていた。それでもその美貌は隠しきれず、直家の目を惹《ひ》きつけた。

「……………」

「桃寿丸をお願いできますのなれば、わたくしをご随意になされてくださいませ」

男の目となった直家へ、福が豊かな胸を見せつけるように張った。

「桃寿丸。武士となるか。殺し殺される日々ぞ」

じっと黙っている桃寿丸へ直家が問いかけた。

「はい。覚悟いたしております る」

母に負けぬようはっきりと背筋を伸ばして桃寿丸が応じた。

「よき返事である」

直家は目を福へと戻した。

「吾には娘はあっても男子はおらぬ。桃寿丸をもらおう」

「えっ。それでは」

「うむ。吾《わ》が子とし、宇喜多の名前を与える」

「…………」

福が一瞬沈黙した。直家の養子になるとはいえ、宇喜多の跡継ぎではない。この縁組を認めれば、三浦を宇喜多の一門に組みこむことになった。

「よろしくお願い申しあげまする」

すぐに福が感謝を述べた。滅びた名門の血筋の値打ちはその名前だけであった。直家が美作を手にしようと考えたとき、三浦の名前は大きな助けになる。それを直家は求めないと言ったのだ。

「桃寿丸よ。吾もそなたと同じ思いをしてきた。六歳のおり、家を滅ぼされ、父と二人で備前を放浪した。一握りの米さえ食えなかった日もあった。雨に打たれて寝たこともある。物乞いのまねもした。それに耐え、ようやく宇喜多を再興できた。そなたも三浦の名前を美作に復したいならば、努力せよ」

「わかりましてございまする」

桃寿丸が平伏した。

「かたじけのうございまする」

福も頭を下げた。

「城中に部屋を与えるゆえ、休むがいい」

直家は二人を手元に置いた。

「よろしいのか、兄者」

忠家が懸念を表した。

「どうも、桃寿丸が他人には思えぬ」

「兄者が惹かれたのは母のほうであろう。稀《まれ》に見る美形であったからの」

春家が笑った。

「嫁を迎えなされよ。されば、女に惑わされることもなくなる」

直家の妻であった中山備中守の娘は、夫が父を殺したと知って自害していた。それ以来、直家は側室も置いていなかった。

「弥吉に調べさせる」

「あの女を妻とされるおつもりか」

聞いた忠家が驚愕《きょうがく》した。

「吾から目を逸らさなかった。かなり気のきつい女よ。そうでなければ、この乱世で幼子を連れて生きては行けぬであろうが……」

直家は、女というものを信じていなかった。実父中山備中守を討たれても、直家に復讐しようとさえせずに自害した妻、かつて砥石城が落ちたあとのうのうと仇敵浮田大和守のもとで育った妹たち、そこに想いはない。意志というものを見せつけてくれたのは、乳母だけだった。その乳母と同じ強さを、直家は福から感じていた。

「といっても、紐《ひも》が付いていては困る。すべては、弥吉の結果次第じゃ」

直家が慎重を期すと言った。初めて直家は、福を見て女を欲しいと思った。ただ、三浦家という火種を背負っていた。また、あれだけの美貌である。三浦貞勝の死後、まったく孤閨《こけい》であったとは思えない。背後になにかあるかもしれないのだ。うかつに手を出すわけにはいかなかった。

弥吉は、備前福岡の豪商阿部善定から直家に贈られた家臣であった。

「わたくしは根っからの商人。お武家さまになる度胸はございませぬ」

立身した直家が、武士に取り立ててやるといっても首を横に振り続け、いまだ小者として仕えていた。

「承知いたしました」

直家の意を受けて、福と桃寿丸のことを調べに行った弥吉は、十日ほどで戻ってきた。

「お二人は三浦家ゆかりの方にまちがいございませぬ」

弥吉は高田城が落ちてから、福と桃寿丸が備前土井《どい》村に潜んでいたことを探し当てた。

「あれだけの美貌のお方となれば、商人たちの噂《うわさ》になりまする。容易でございました」

弥吉が述べた。

「土井といえば……」

「はい。伊賀久隆さまのご家中の土井さまでございまする。もちろん、土井さまは、もうお歳でございまする。庇護《ひご》されていただけで。また、他の噂も聞こえませなんだ。もう少しときをかけてよろしければ、詳しく知れましょうが」

福に男はいないと弥吉が告げた。

「そうか。三浦の名だけか。あの女についているのは」

あれだけの女だ。世間の目が離れない。噂がないのは、男がいなかった証拠であった。そして苦節の間、安易に男に頼らなかった賢さの表れであった。

「ご苦労であった。もう調べはよい」

弥吉を下がらせた直家は、その夜、福を抱いた。

三

一年、内政に力を尽くしながら直家は、着々と金川城攻略の手を打った。

「狩りをさせていただきたい」

直家は、舅《しゅうと》中山備中守を謀殺した手法を使って、怪しまれないよう何度も金川の領地に足を運んだ。

「伊賀どのよ。困ったものだな」

狩りの折りには、疑心を招かぬよう、直家は松田の重臣を招くようにしていた。となれば、直家と義理の兄弟になる伊賀久隆が同席して当然であった。

「……はい」

義兄弟とはいえ、直家は久隆の主君松田家の姻戚《いんせき》でもある。伊賀久隆が、一歩下がった態度になった。

「信心はけっこうだが、行きすぎては国の政《まつりごと》がおろそかになる」

元輝の信仰はますます強くなり、ほとんど一日中、城内に作った道林寺《どうりんじ》で読経《どきょう》して過ごしていた。また、息子元賢も父とともに参籠《さんろう》し、会議などにも顔を出さなくなった。

「吉備津宮《きびつのみや》にも火を放ったと聞いたぞ」

「…………」

伊賀久隆が無言になった。

改宗を拒んだ寺社のいくつかを元輝は焼いていた。

「領内に不満が溜《た》まるのはよろしくない。大人しくしているとはいえ、三村はまだ滅びておらぬ。尼子の残党もおる。今は同心している毛利も、いつ襲い来るかわからぬ。国が騒げば、つけこまれよう」

難しい表情で直家は言った。

「となれば、最初に襲われるのは虎倉城になる」

「宇喜多さま。どういたせば」

不安をあおられて伊賀久隆が動揺した。

「吾に与力せよ」

「……宇喜多さまに」

大きく伊賀久隆が喉《のど》を鳴らした。

「いずれ吾は浦上を滅ぼし、備前を手にする。力を貸せ」

「備前を」

「ああ。備前だけではない、備中、美作、そして播磨もな」

「壮大でございますな」

伊賀久隆が息を呑《の》んだ。

「毛利にも、小寺《こでら》にも、山名《やまな》にも侵されぬには、それくらいなければならぬ。伊賀よ。吾が与力となり、ともに大きくなろうぞ。一門衆として悪いようにはせぬ」

直家は伊賀久隆に付けていた敬称をとった。

「お約束いただけまするか」

「うむ。金川を落としたあかつきには、その所領の半分を与えよう」

保証を求める伊賀久隆へ、直家は首肯した。

「承知いたしましてございまする」

平伏して伊賀久隆が臣従を約した。

「金川を攻める障害はなんだ」

早速直家が問うた。

「まず城の堅さ。次に譜代の臣どもでございましょう」

「譜代の臣か」

宇喜多でも同じであるが、代々仕えてきた者たちの忠誠は、なまなかのことではゆらがない。主君個人ではなく、名跡に対してのものだけに、やっかいであった。

「とくに宇垣《うがき》兄弟が難しゅうございましょう」

伊賀久隆が名前を出した宇垣市郎兵衛《いちろべえ》、与右衛門《よえもん》の兄弟は、松田の家中でも知られた剛の者であった。

「宇垣か。わかった。なんとかしよう」

表だって金川と決別する前に、片を付けねばならない。直家が策を練った。

そのあとすぐに直家は、大きな狩りを催すと松田元輝へ告げ、家中の主立った者を招いた。

「鹿狩りをいたしましょうぞ」

直家は弓矢鉄砲を用意して、金川城近くの山林を狩り場に貸してくれと願った。

松田家中の名だたる者たちも参加しての鹿狩りは、盛大なものとなった。

「本日一番の獲物を取ったる者へ、褒美を取らせる」

狩りは陣中の体《てい》を取る。張り巡らされた陣幕の外まで出てきた直家が見事な拵《こしら》えの太刀を高くあげた。

「おおっ」

一目で銘刀とわかるだけのものに、宇喜多、松田、両方の家中がどよめいた。

「鹿が出たぞおお」

「褒美は儂がもらう」

勢子《せこ》役の足軽の叫び声に、地形をよく知る松田の家中が先頭を走った。

「又次郎、はずすなよ」

直家が声をかけたのはかつて三村家親を撃ち殺した遠藤又次郎であった。

「おまかせを」

又次郎が鉄砲を手に出て行った。

「たいへんじゃあ」

轟音のあと、騒動が起こった。

「宇垣与右衛門どのに、鉄砲が」

松田の家中が、陣幕のなかへ駆けこんできた。

又次郎の撃った鉄砲が宇垣与右衛門に当たり、死亡した。

「なんとも申しわけのないことでござる」

直家は詫《わ》びた。

「人としてのまちがいは避けられませぬ。与右衛門のことは残念ながら、宇喜多どのをお恨みはいたしませぬよ」

元輝が許した。

「狩りどころではございませぬ。宇垣どののご遺族には、のちほど手厚く報いさせていただきますゆえ、これにて」

そそくさと直家は狩り場を後にした。

「宇喜多の謀略でございまする。鹿と人をまちがえるなど、ありえませぬ」

残った元輝へ市郎兵衛が迫った。

「そうでござる。手勢を連れておらぬ今ならば、宇喜多を討てまする。殿、ご命じくだされ」

宿老の横井《よこい》土佐《とさ》も促した。

「愚かなことを申すな。宇喜多とことを構えるなど、論外である。誤射である。宇喜多の罪は問わぬ。市郎兵衛、与右衛門の家督は、そのまま認めてつかわす。それで堪忍せい」

五千で二万の兵を潰走《かいそう》させた宇喜多家の武名は、備前備中に響いていた。その勢いは、すでに松田家をしのいでいる。元輝は、戦を避けるため、家臣に辛抱を命じた。

「仕えるに値せぬ」

弟を殺された宇垣市郎兵衛はもとより、多くの譜代家臣たちが元輝を見限って逐電《ちくでん》した。

「そろそろよかろう」

直家が兵を興《おこ》した。

騎乗百騎と徒《かち》数百を率いて、直家は金川城の東、矢原村《やばらむら》に陣を敷き、大手門へと攻撃をかけさせた。

「宇喜多来襲」

運悪く松田元輝は城外にいた。報せを聞いた元輝が城へ戻ったときには、すでに大手門は落ち、宇喜多の軍勢は二の丸に迫っていた。

「鬨《とき》の声をあげよ」

宇喜多の合図で、本丸の南西、尾根伝いにある道林寺丸を預かっていた伊賀久隆が挙兵した。

「伊賀どの裏切り」

「なにっ」

聞いた松田元輝の頭に血がのぼった。

「おのれえ」

道林寺丸を見下ろす櫓《やぐら》へ駆けあがった元輝が、伊賀久隆を罵《ののし》った。

「主君に弓引くとは、不埒《ふらち》千万。地獄への道を行くか、久隆」

「射よ」

身を乗り出して悪口雑言《あっこうぞうごん》を続ける元輝を伊賀久隆が指さした。

「お任せを」

家臣中村与《なかむらよ》一兵衛《いちべえ》が鉄砲で狙い撃った。

「がはっ」

喉を貫かれて、元輝が倒れた。

「ご当主さまが討ち死にされた」

城中が一気に混乱した。

こうなれば、いかな堅城といえども勝負にならなかった。一日抵抗できたのが奇跡であった。元輝の嫡男松田元賢を旗印として、奮戦していた横井土佐ら譜代の臣も力尽き、七月七日の朝方、本丸が落ちた。

「再起をおはかりくださりませ」

家臣たちの犠牲で、松田元賢、盛明《もりあき》の兄弟はなんとか逃げだした。

「三村を頼るしかない」

備中を目指し、下田村まで逃げたが、抜け目のない伊賀久隆は、ここに伏せ兵を置いていた。

「もはやこれまで。吾が裏切り者の手勢を止める。その間に逃げよ。松田の血を絶やすな」

あきらめた元賢が、弟を落とすため囮《おとり》となった。

「松田孫次郎《まごじろう》元賢ここにあり。主君に背く悪逆非道の者どもよ。吾の首を取って地獄への道しるべといたせ」

太刀を振るって迫る雑兵《ぞうひょう》を切り伏せるなど死力を尽くして戦ったが、衆寡敵せず、ついに元賢は討ち取られた。

「兄者……」

元賢の犠牲で逃げ延びた弟左門《さもん》盛明は、宇喜多の力がおよぶ備中を捨て、安芸《あき》まで走り、毛利家を頼った。

戦後、約束どおり直家は、伊賀久隆へ所領を与えた。伊賀久隆の所領は倍増し、直家の家臣筆頭となった。

松田家を滅ぼした宇喜多直家は、浦上家との決別の準備に入った。

直家は、密かに福岡の阿部善定をつうじて、尼子の残党に兵糧、武器、金などを支援した。尼子の残党の動きが活発になれば、備中、美作は不安定になる。国境を接している隣国が混乱すれば、毛利に備前へ兵を出すだけの余裕はなくなる。手を組んでいる毛利だが、乱世の常、いつ敵に回るかもわからない。宇喜多は毛利と浦上の両面と戦う羽目に陥らないよう手を打った。

そこへ京の政変が届いた。

「京を押さえた織田信長《おだのぶなが》とはどのような人物だ」

永禄十一年（一五六八）十月、三好政康《みよしまさやす》、松永久秀《まつながひさひで》らに殺された十三代将軍義輝《よしてる》の弟足利義昭《あしかがよしあき》が京へ入り、三好らによって擁立されていた十四代将軍足利義栄《よしひで》を追い、十五代将軍となった。その義昭を奉じたのが織田信長であった。

「尾張《おわり》の守護代、その家老の家柄から駆けのぼった男でございまする」

直家に問われた弥吉が答えた。

「弥吉、義昭さまへ祝いの品を届けてくれ。ついでに……」

「織田家を探って参れと」

「うむ」

「ときをちょうだいいたしまする」

備前長船の銘刀を手に、弥吉が京へ上った。

直家が信長への対応を考えている間に、浦上宗景が動いた。

永禄十一年、播磨への進出をすべく浦上宗景は毛利と同盟を結ぼうと使者を出した。

「しくじったな」

その動きに直家は舌打ちをした。

毛利と直家は手を結んでいた。しかし、その裏で尼子の残党に援助していたことが、毛利にばれた。

直家の裏切りに怒った毛利は、宗景の申し出にのった。宇喜多を敵とした毛利へ、衰退した三村がすり寄るのは当然のことである。直家は四面楚歌となった。

「こうなれば、織田と手を組むしかない」

まだ播磨まで影響を及ぼしていないが、強大な毛利に対抗するだけの力をもっているのは、織田信長である。かつて隆盛を誇った三好も内部で割れたところへ、信長に押されて往年の勢いはない。直家は、弥吉の報告を待たず、信長に誼《よしみ》をつうじざるをえなくなった。

「阿部善定どのに願え。京へ連絡をとりたいとな」

直家は、福岡へ使者をたてた。

西国有数の豪商、阿部善定は京にも出店を持っていた。といったところで、京の珍しい物を買い求め、備前まで送らせるだけのものでしかないが、それなりに伝手《つて》は持っていた。

「ならば今井宗久《いまいそうきゅう》さまにお願いいたしましょう」

直家の頼みに、阿部善定が動いた。

阿部善定と今井宗久は商いでの取引があった。今井宗久は武具の製造、修理などに使う鹿皮を商っており、備前、備中の山で取れる鹿の皮を阿部善定から購入していた。

「土産なども、こちらで用意をいたしましょう」

阿部善定の厚意に、直家は甘えることにした。

京での動きを踏まえて、播磨以西の諸大名たちも動いた。

播磨では、三木《みき》城の別所安治《べっしょやすはる》、龍野《たつの》城の赤松政秀《まさひで》が織田方につき、御着《ごちゃく》城の小寺政《まさ》職《もと》、天神山城の浦上宗景らと対立した。

「織田は播磨国を侵すつもりである。我ら一丸となって抵抗せねばならぬ。そなたも兵を出せ」

浦上宗景が直家のもとへ使いを寄こした。

「将軍家をお助けするお方の忠義に異をとなえることはできませぬ。わたくしは織田どのと敵対する気はございませぬ」

直家は、使いを一言であしらい、追い返した。

「とうとう馬脚を現したな。織田と組んで、播磨を挟み撃ちにする気か」

返答を聞いた浦上宗景が憤慨、天神山城と砥石山の間、伊部《いんべ》に城を築き、日笠源太《ひがさげんた》を入れ、直家に備えさせた。

「ひともみに潰《つぶ》してくれましょうぞ」

春家が身を乗り出した。

「砦ていどとはいえ、目障りだな」

伊部の砦は宇喜多の大いなる障害であった。

「はい」

直家の意見に忠家も同意した。

「助兵衛に兵二千をつけて出せ」

伊部城の攻略に、直家は家中指折りの武辺者花房《はなぶさ》助兵衛を選んだ。

「お任せあれ」

勇んだ花房助兵衛によって、伊部の城はあっさりと落ちた。

「おのれ、直家」

歯がみした浦上宗景は、伊部城に近い富田松山城《とだまつやま》の守りを強化、直家の侵攻に備えた。

伊部城と富田松山城の間で小競《こぜ》り合いはあったが、浦上家との均衡は保たれていた。

「三村元親、軍勢を率いて毛利とともに九州へ出陣」

そこへ備中から急報が届いた。

「是非に宇喜多家のお力をお借りしたい」

荘高資《しょうたかすけ》、植木秀長《うえきひでなが》らが直家へ臣従を申し出た。荘氏はもと備中の守護代であり、その勢力は守護細川家を凌駕《りょうが》、国のほとんどを手中にしていた。やがて尼子氏の侵略、毛利氏の台頭で勢力が衰え、三村氏の後塵《こうじん》を拝するようになっていた。三村氏の兵力が九州へ向かい留守の間に挙兵し、かつての栄華を回復しようと考え、その後ろだてに直家を選んだのであった。

「本貫の地を回復するは、武家の務め。それを助けるは武家の誉れである」

うなずいた直家は兵を率いて出陣、備中高松城《たかまつ》、佐井田城《さいた》、猿掛城《さるかけ》を手にした。

「宇喜多直家、侵攻」

毛利へ臣従した三村の領国へ、その留守を狙《ねら》って侵攻したのだ。こうして尼子の背後に隠れていた直家は、毛利と対した。

毛利は、三村元親に元就の四男穂井田元清《ほいだもときよ》をつけて戻し、永禄十二年（一五六九）四月、猿掛城と備中高松城、佐井田城へ襲いかかった。

いつまでも隣国へ兵を出していては、金が続かない。一度直家は備前へ戻っていた。そこへ一万六千の兵を擁した毛利、三村の連合軍が来た。数で劣る荘氏たちでは、勝負にならず、たちまち猿掛城、高松城が奪い返された。

「毛利来襲」

佐井田城からの悲鳴が直家のもとに届けられた。

「浦上のもとにも毛利から報《しら》せが参っておることでございましょう」

軍議の席上、忠家が難しい顔をした。

「兵を出せば、背後をつかれると言うのだな」

「…………」

直家の確認に、黙って忠家が首肯した。

「それでは、植木下総守《しもうさのかみ》どのを見捨てることとなりますぞ」

春家や岡平内家利らが忠家の意見に反対した。

「毛利は三村と合わせて一万六千の大軍である。それに対するならば、こちらもすべてを向かわせねばならぬ。沼亀山も砥石も空になるのだ。浦上が見過ごすとは思えぬ」

忠家の懸念はもっともであった。

両者の対立は、結果を見なかった。

「今宵《こよい》はここまでとする。明朝、もう一度集まれ」

直家は堂々巡りする議論を打ち切って、奥へ入った。

「殿さま」

閨《ねや》ごとを終えた福が、直家の後始末をしながら話しかけた。

「植木さまをお助けになられるのでございまするか」

福が直家へ問いかけた。福はまだ直家の正室とはなっていなかったが、深い寵愛《ちょうあい》を受け、沼亀山城の奥を仕切っていた。

「聞こえたか」

「はい」

館といってもそれほど大きなものではない。多くの将が集まって大声で話をしていたのだ。福の耳に聞こえて当然であった。

「女が口出しをすることではないと存じておりまするが……」

己の後始末も終えた福が、直家の隣に身を横たえた。

「わたくしと桃寿丸にいただきましたお心を、どうぞ」

「一つまちがえば、宇喜多の家が潰れる。そうなれば、桃寿丸を世に出すこともかなわなくなるぞ」

「殿さま」

福が直家の顔を覗きこんだ。直家の目の隅で、福のはだけた胸で女の実りが揺れた。

「わたくしは、殿のお名前に傷が付くことを怖れまする」

「名前か。そのようなもの、どれほどのことがある。生きてさえいれば、やり直せる」

直家は福の乳に手を伸ばした。

「このままでは、備中の方々が死なれまする。殿さまへお味方してくださった方々が」

身をよじって、福が直家の手をほどいた。

「ふむ」

柔らかい乳房の手触りを失った直家が、鼻を鳴らした。

「おそろしいおなごじゃ、そなたは」

直家が笑った。福は己の乳房を備中の諸城に見立てたのだ。一度手に入れても、扱いをまちがえれば、するっと抜け落ちていく。福は身体《からだ》で直家へ意見した。

「……………」

福がほほえみながら、直家の手をふたたび胸へ誘った。


翌朝、軍議が始まるなり、直家が佐井田城への援軍を決定した。

「よいのか、兄者」

忠家が驚いた。

「ああ」

強く直家は首肯した。

「植木下総守を見捨てれば、宇喜多頼むに値《あたい》せずと先々手を貸してくれる者はいなくなろう。いや、それどころか、今与《くみ》してくれている国人たちも次々に宇喜多を見限って離れていこう。毛利と決別したときから、こうなることはわかっていたのだ」

直家は語った。

「存亡をかけることになるが、かならずやこれは徳となる。宇喜多は味方を見捨てぬ。この評判を得るのは大きい」

「さすが殿じゃ」

戸川平右衛門正利が手を打った。

「無理を承知の戦じゃ。ここにおる者と二度と会えぬやも知れぬ」

直家は一同を見渡した。

「ただ一つ誓おう。吾は、誰一人として忘れぬ。その死に様をかならず覚えておく」

「おう」

集まった将たちが気合いをあげた。

「助兵衛、先陣を命ず。本陣は吾が率いる」

「はっ」

花房助兵衛が受けた。

「重助《しげすけ》。伊部城を預ける。浦上の進出に備えよ」

「承ってござる」

次郎四郎をあらため重助となった馬場《ばば》が首肯した。

「よし、出陣じゃ」

直家が立ちあがった。

四

「このていどの城など、なにほどのことがある」

三村元親が先陣となって佐井田城へ襲いかかった。

「備えを固め、守りに徹せよ」

植木下総守秀長は、城に籠《こ》もり耐えた。

佐井田城は、中津井《なかつい》川沿いの小高い丘の上にある。備中高松城ほどの規模はないが、本丸、二重壕、出丸を持つ、要害であった。

「押せ、押せ」

毛利の応援を受けて三村元親は意気軒昂《けんこう》に兵を進めた。

「弓、放て」

山城の特徴である狭い大手道へ出丸から矢が雨のように降り注いだ。

「ぎゃっ」

「おわっ」

足軽が身につけている具足は、薄い上に隙間が多い。たちまちにして十人近い足軽が倒れた。

「突っこめ。大手門まで行けば勝ったも同然」

城門に取り付けば、あっという間に落とせると三村元親が鼓舞した。

「近づけさせるな」

植木下総守が、射続けさせた。

迫ろうとする足軽たちの足が鈍った。

「ええい、どけ。儂が一番乗りを」

三村方の将が、足軽を押しのけて前へ出た。

「あやつを狙え」

指示を受けた鉄砲足軽たちが、並んで出丸の上から撃った。

「うおおおおお」

槍を振りかざして突っこんでくる将へ、銃弾が集中した。

「ぐっ」

鎧を貫かれて将が死んだ。

た。

「一度退け」

穂井田元清が、三村元親を諌《いさ》め、兵を下げた。

「容易には抜けぬ。ここは遠巻きにして説得すべきである」

宇喜多との決戦を考えれば、一人でも兵は惜しい。穂井田元清は、兵糧攻めに出た。

佐井田城の兵糧に余裕はなかった。

もともとそれほど大きな城ではないだけに、備蓄も少ない。そこへ、猿掛城、高松城から逃げこんだ兵まで収容したのだ。

たちまち蔵の底が見える有様となった。

「このままでは、もたぬ。城の現状を宇喜多どのへ報せ、援軍を急いでもらわねばならぬ」

植木下総守は、家臣の一人を直家のもとへ走らせた。

「見よ。すでに軍勢の準備は調《ととの》っておる。すぐに参るゆえ、今しばし待てと伝えよ」

直家は植木下総守の家臣に軍勢の姿を見せてから、佐井田城へと帰した。

「そうか、一万二千の兵が」

戻ってきた家臣から話を聞いた植木下総守が喜んだ。

数日後、佐井田城の物見が、宇喜多勢を見つけた。

「宇喜多さまの軍勢、東一里（約四キロメートル）ほどの地に着陣」

「おおっ」

物見の声を聞いた城中が沸いた。

「かかれ」

宇喜多直家は、休む間もなく先陣を突っこませた。

「わああ」

数では優る毛利、三村連合軍だったが、城を包囲するため横へ広がっていた。厚みのない陣へ、花房助兵衛率いる先陣二千が突っこんだ。

「今ぞ。宇喜多の殿とで挟み撃ちにする」

植木下総守も城門を開いて、打って出た。

たちまち連合軍の陣形が崩れた。

「なにをやっているか」

穂井田元清が、怒声を発した。

「熊谷《くまがい》、桂《かつら》。左右から宇喜多の横腹を突け」

後詰めに置いていた兵を穂井田元清が出した。

わった。

当初は宇喜多の優勢、途中から毛利、三村連合軍に分ありと、初日は引き分けに終
劣勢を見た直家が、陣をまとめた。

「法螺《ほら》を吹け。一度退いて態勢を整える」

横から攻められると軍勢は弱い。宇喜多勢は多くの兵を失い混乱した。

毛利の将熊谷信直《のぶなお》、桂元隆《もとたか》が襲いかかった。

「承った」


翌日からは、互いににらみ合ったままの状態が続いた。

「動けぬ」

膠着《こうちゃく》状態に陥った直家が歯がみをした。

もともと兵数では、大きく負けているのだ。まともにぶつかっては勝ち目が薄い。

「急がねば、城の兵糧が尽きますぞ」

忠家が促した。

「少しばかりの兵を出し、毛利どもの注意を引きつけ、その隙に城へ兵糧を入れよ」

佐井田城が落ちては、出兵の意味がなかった。

直家は、何度も城へ兵糧を入れようとしたが、厚い毛利の壁に遮られて、かなわな

かった。

「間道などはないのか」

城へ繋《つな》がる獣道《けものみち》でもいいからと、直家は地元の猟師たちを呼んで問うた。

「細い獣道ならございますが、米を背負ってなどとんでもない」

猟師たちが首を振った。

「もう一度攻めるしかないな。その獣道を使って城中へ報せを出せ。城は捨てていい。門を開いて、我らと合流せよとな」

直家は、せっかく手にした備中の足がかりを捨てる決意をした。

「英断じゃ。兄者」

忠家が称賛した。

「沼亀山城を空けておくわけにはいかぬ。備中はしばしあきらめ、まず浦上を滅ぼす」

城を見上げながら、直家は宣した。

「決戦は明後日じゃ」

報せを受けた城中も悲壮な決意を固めた。

「城を捨てて備前へ来い。そう宇喜多の殿は仰せじゃ。我らを見捨てぬと言うてくれた。皆よ。兵糧は喰《く》いつないで、ようやく三日。あとは飢えるだけじゃ。ならば、思いきって腹満ちるまで喰い、力を蓄えて戦おうぞ」

「おう」

植木下総守の言葉に、城中が唱和した。

決戦を明日に控えた翌日、宇喜多家の物見が騒いだ。

「砂塵《さじん》でござる」

「なにっ。どこの軍勢だ。毛利の援軍か」

「西ではございませぬ。東でございまする」

「東……」

直家が首をかしげた。本陣より東は、宇喜多の勢力範囲である。といっても備中を完全に掌握したわけではない。国人領主のなかには、直家に従うのをよしとしない者も多い。

「一騎先駆けのように見えまする」

ふたたび物見が叫んだ。

「宇喜多さまの御陣とお見受けいたしまする。わたくし工藤《くどう》の家《け》人《にん》市原三郎《いちはらさぶろう》右衛《え》門《もん》にございまする。我が主、宇喜多さまへお味方つかまつりたく、参陣つかまつりましてござる」

「おおっ」

本陣がどよめいた。他にも福井《ふくい》や、石川《いしかわ》分家などが、つぎつぎに兵を寄こした。

工藤も福井も石川も、もとは荘の分家であった。石川の本家は三村家親の息子を跡継ぎとしていたため敵方にいたが、その分家が宇喜多についた。

「よくぞのお見えじゃ」

直家は歓待した。

「遅参つかまつった」

一同が詫びた。

「お気になさるな。間に合いましてござる」

手を振って直家は、許した。

備前との国境に近い国人領主たちを、直家はずっと勧誘し続けていた。しかし、今まで工藤も福井も石川も、まったく動こうとはしなかった。それが決戦の前日に現れた。

「宇喜多さまの本気、受け取りましてござる」

代表して工藤が述べた。

「我らまたぞろ振り回されて、損耗《そんもう》するだけと思いこんでおりました」

工藤が首を振った。

乱世で自立するだけの力を持たない国人領主たちは、哀れであった。とくに尼子、毛利、そして三村の取り合いになった備中は、悲惨であった。尼子に占領されれば尼子につき、毛利が来れば毛利になびく。三村が力を持てば三村に従う。

主が替わっても降伏した国人領主たちの扱いは変わらなかった。いつも戦場へかり出され、先陣として遣い潰された。代々の郎党《ろうとう》を初め当主まで討ち死にしたところで、褒賞がもらえることなど滅多《めった》になく、下手すれば盟主と仰いでいる大名の息子を養子に押しつけられ、家を乗っ取られる。

それでいて旗色が不利になると真っ先に見捨てられた。

「宇喜多さまは、それをなされなんだ。植木を救おうと兵を出しただけでなく、城をあきらめて引くにも、供させると言われる。そのようなお方ならば、我らも運を託しましょうぞ」

「宇喜多の家があるかぎり、決して粗略にはいたしませぬぞ」

直家は強く工藤の手を握った。

「遅参のお詫びでござる。我らに先陣をお任せあれ」

三人が願った。

「それはご遠慮願いたい。宇喜多の先陣は、この花房助兵衛職之《もとゆき》と決まっておりますれば」

花房助兵衛が反論した。

「ならば、ともに先陣を務めよ。ただし、助兵衛は毛利を押さえよ。お三方は城の兵どものもとへ向かっていただこう」

直家が決めた。

「承知」

決戦前夜の軍議が終わった。


宇喜多へ工藤らが合流した次第は、すぐに毛利、三村のもとにも届いた。

「面倒なことになった」

穂井田元清が苦い顔をした。

「裏切り者どもめ」

三村元親が吐き捨てた。

父親を射殺されて、恨みに固まった三村元親は、直家を討ち取ることしか考えていなかった。

しかし、穂井田元清は違った。

「地侍が宇喜多についた。この戦の勝者は毛利ではないと見たか」

つく相手をまちがえれば、一瞬で滅びる国人領主の判断は、冷徹であった。彼我の戦力差、地の利、ときの利などを十二分に考えての決断を穂井田元清は怖れた。

夜明けとともに、立ちあがった直家は大きく軍配を振った。

「行けええ」

「おおおおお」

気合いをあげて先陣が駆けだした。

「来たぞ。迎え撃て」

穂井田元清が応じた。

「宇喜多家家臣花房助兵衛職之である。誰ぞ、吾の相手ができる者はおらぬか」

花房助兵衛が大音声で名乗った。

「穂井田与四郎元清じゃ。受けて立つぞ」

陣中から武者が躍り出て、花房に対峙《たいじ》した。

毛利元就の四男である穂井田元清は、三村家親の長男で荘氏の嫡流を継いだ荘元祐の養子となっていたが、元祐の討ち死にを受けて名を備中の地名である穂井田に変えていた。

「えいやあ」

「おう」

二人が槍を突き合って一騎打ちを始めた。

「始まったぞ。皆、命の捨て場はここぞ」

植木下総守が兵たちを鼓舞した。

「憎き三村に目にもの見せてくれようぞ」

荘の一族は、長く三村家と争ってきた。もともとは、荘が備中の守護代であり、三村はそれに従う立場であった。それが一代の傑物家親によって逆転、毛利と結んだ三村に荘は膝《ひざ》を屈した。押しつけられたとはいえ、家親の息子を養子と迎え、三村の一門となっていながら、そのじつは降将と同じ。戦場で使い減らされる扱いに、内側では憤懣《ふんまん》が溜まっていた。明禅寺の合戦で養子が討ち死にしたこともあり、荘は三村と決別する機会をうかがっていた。

そして、ときは来た。

死ぬ気で攻める城兵と、援軍を得て士気のあがった宇喜多勢に挟まれて、さすがの毛利も浮き足だった。

「今ぞ。皆、行け」

戦機と見た直家は、己《おのれ》の旗本衆も出した。身を守る者も攻勢に使い、一気に勝利を摑《つか》もうと考えたのだ。

「うわっ」

毛利の兵がまた倒れた。

援軍に来ただけの毛利兵に、決死の気迫などなかった。ここで勝っても、毛利は一石の土地も手に入れられない。

「これまでじゃあ」

ついに毛利の陣が崩れた。

「逃がすな」

宇喜多勢が追った。

背を向ける兵ほど弱い者はなかった。あっというまに宇喜多勢は百をこえる首を手にしていた。

「背を向けるな。戦え」

一人三村元親が逃げ出そうとする兵たちを叱咤《しった》していた。

「直家の首を、父の仇を取るのだ」

三村元親が目を血走らせた。

「りゃああ」

逃げる毛利と追う宇喜多の混乱のなかで、流れに逆らって立っていれば嫌でも目に付く。

「名のあるお方と拝見した。その首ちょうだいつかまつる」

宇喜多の将たちが三村元親に群がった。

「殿」

焦った家臣によって助け出されたが、すでに三村元親は重傷を負っていた。

「兵を引け」

昼過ぎ、直家は追撃を中止させた。毛利方の首六百八十を数えたが、宇喜多も三百近い兵を失った。

大きな被害を出したが、三村と毛利の連合軍を駆逐したことは、直家の名前を一段と大きくした。

五

「これで備中は当分安泰じゃ。ようやく浦上を潰せる」

沼亀山城へ凱旋《がいせん》した直家を、弥吉が待っていた。

「ご苦労だったな」

戦陣の汚れを落としただけで、直家は弥吉を手元に呼んだ。

「いえ」

ねぎらいに弥吉が首を振った。

「京はどうだ。落ち着いているのか」

直家はまず都の様子を問うた。

「うわべは落ち着いておりまする」

「そうだろうな」

弥吉の報告に直家が納得した。

「十四代将軍であった義栄《よしひで》を担いだ三好三人衆は残っているのだ。義栄が死んだとはいえ、すぐに義昭をいただく気にはならぬだろう。なにせ、義昭を持ち出したのは、尾張《おわり》の織田だからな」

　あるていど直家は京の状況を予想していた。

「しかし、うわべだけでも落ち着かせるとは、織田は侮《あなど》れぬな。尾張と京は、どのくらい離れているのだ」

「馬で駆けて一昼夜というところでございましょう」

「一昼夜か。尾張から京までは、ずっと織田のものなのか」

「ほとんど織田の領土でございまするが、北近江《きたおうみ》は違いまする。織田信長さまの妹婿、浅井《あざい》長政《ながまさ》さまの領地」

　訊かれた弥吉が答えた。

「その浅井というのはどうだ。信長が妹を嫁がせるほどだ。かなりの勢力だというのはわかるが」

「はい。長政さまをはじめ、遠藤直経《えんどうなおつね》どの、赤尾《あかお》清綱《きよつな》どのら、名だたる武将も多く、なかなかの力をお持ちだと」

「ふむ」

　直家が思案した。

「織田家はどうだ」

「一人一人は、備前の兵に比べるまでもございませぬ」

「弱いか」

「はい」

弥吉がうなずいた。

「しかし、軍となると強い」

「さようでございまする。大量の鉄砲と、長柄槍を使って戦うとか」

「ほう。相手の手の届かぬところで戦うか」

ほんの少し直家が、目を大きくした。

「なにより金を持っておりまする」

「金か」

直家が渋い顔をした。

宇喜多家の所領は、備前の西半分、備中の東の一部と合わせれば、二十万石をこえる。しかし、宇喜多家に従った国人領主のものも含まれており、すべてが直家のものとは言い難い。また、浦上、毛利に挟まれた形の宇喜多家は、どうしても兵を多めに養っておかねばならない。そこへ毎年のように戦をやっているのだ。鉄砲の玉薬代金、矢銭など、金が湯水のように使われていた。

「不安はいくつもあるが、つきあっていて損はなさそうだ。備前へ来るにはまだときがかかりそうだが、播磨への出兵はそう遠くなかろう」

「…………」

弥吉の仕事は、命じられたことを調べて報告するだけであり、直家へ提案はしない。弥吉が沈黙した。

「京はもういい、次は尼子を頼む」

「承知いたしました」

弥吉がうなずいた。


直家の思惑より、ことは早く動き出した。

かねてより直家と密約を結んでいた尼子勝久《かつひさ》が隠岐《おき》を平定、出雲《いずも》へと進出した。

「尼子の殿が来る前に、美作を押さえる」

三浦貞広《さだひろ》、牧国信《まきくにのぶ》、芦田右馬允《あしだうまのじょう》ら、尼子の旧臣たちが兵を興し、毛利方の高田城を包囲した。

「貞広らが、高田城を攻めるそうだぞ」

閨で直家は、福に告げた。三浦貞広は福の夫であった貞勝の兄であった。兄貞広が尼子氏への人質として出されていたため、貞勝が高田城を相続し、三村家親によって滅ぼされていた。

「それはよろしゅうございました」

福は淡々と答えた。

「落ちれば高田城へ帰るか」

「いいえ」

意地の悪い直家の質問に、福は首を振った。

「桃寿丸もわたくしも宇喜多の者でございますれば」

「そうか」

満足そうに直家はうなずいた。

美貌の福欲しさに桃寿丸を養子にした直家だったが、前妻との間に生まれた娘たちと変わらぬ扱いをしていた。

いや、むしろ娘たちより、かわいがっていたかもしれなかった。

「いずれは宇喜多の一翼を担わせる」

直家は桃寿丸の傅育《ふいく》を信頼する家臣に任せ、勉学、武芸の両方を教えていた。対して、姉妹や娘を慈しむことはなかった。

祖父能家を殺された後も砥石城に留まり、仇の一人である浮田大和守のもとでのうのうと育ってきた姉妹、父を殺されたことを恨み、あてつけのように自害した前妻中山備中守の血を引く娘も直家にとっては腹立たしいだけであった。

異母姉たちも娘も、直家にとって婚姻という同盟の道具でしかなく、事実松田元賢に嫁がせた娘は、父の手で夫が討たれたことを悲観し、母と同様に自害していた。

この直家の女嫌いを突き詰めれば、父興家の後妻市にたどり着いた。もし、市が直家を吾が子のように慈しんでいたならば、話は変わっていただろう。しかし、福岡の豪商阿部善定の娘であった市は、なにかにつけてなさぬ仲の直家を嫌い、果ては家から追い出した。家を失い、命がけで放浪した興家との絆《きずな》だけが頼る術《すべ》であった直家から、市は父を奪ったのだ。以降、直家は女に対して隔意《かくい》を持つようになっていた。

その隔意を福だけがこえていた。

福は吾が子を捨てず、苦労して育てていた。その母性に直家は惹かれた。かつて直家を世に出すべく、尽力してくれた乳母と同じ匂いをさせていた。直家は、福といるとき、おおきな安らぎを感じていた。

また福も三浦家の再興に固執しなかった。頼るべき夫を殺され、寄るべき家を失った母子にとって、名よりも実こそとるべきであった。寵愛を受けるようになってからも、福は一度も高田城奪還の願いを直家にしたことはなかった。

それが直家の気に入るところであり、なさぬ仲の子である桃寿丸への態度として現れていた。

「また兵を出されますのか」

閨のなかで福が震えた。

「手助けを求めておるのでな。まあ、美作が乱れてくれれば、毛利もそちらに兵を割《さ》かなければならなくなり、備前へ手出しできなくなろうからの。高田城を落とせば、美作での尼子の拠《よ》りどころとなろう。もっとも尼子勝久がどこまでやってくれるか」

福の身体をもてあそびながら、直家は述べた。

「山中鹿之助《やまなかしかのすけ》だけでは、厳しいであろうな。鹿之助は、武辺者じゃ。刀槍を持たせれば、我が宇喜多家で、鹿之助と存分に渡り合える者はおるまい」

「それほどに」

少し息を荒くしながら福が言った。

「だが、知恵者がおらぬ。一度滅んだ家を再興するに足りるだけの軍師がな」

直家の手が下がった。

「時期尚早すぎる。まだ尼子が毛利に屈してから三年じゃ。たしかに兵を興せば、尼子の旧臣たちが集まろう。しかし、それではいかぬのだ。もう数年、できればあと三年待つべきである。毛利の支配への不満が美作に満ちるまでな。今回は様子見の戦いじゃ。無理をする気はない」

福の裾《すそ》を割って直家が、身体を重ねた。

「ああ……」

大きく福があえいだ。

寝物語に直家が語ったのがあたった。

高田城へ兵を出した直家だったが、備中の状況の変化を受けて撤収することになり、攻城戦は膠着《こうちゃく》状態になった。

直家が備中、美作に手を取られている間に、浦上宗景は播磨守護の赤松義祐《よしすけ》を奉じて、東へ兵を進めた。播磨侵攻を狙う織田信長に味方している龍野城主赤松政秀を攻めたのであった。

赤松政秀は、播磨守護の赤松家の分家であり、本家当主晴政と従兄弟《いとこ》の関係にあった。

晴政の娘を妻に迎えた政秀は、長く凋落《ちょうらく》した赤松本家を支え続けた。永禄《えいろく》元年（一五五八）その本家で内紛が起こった。晴政が息子義祐に城を追われ、政秀のもとへ逃げて来たのだ。赤松家の重臣であった浦上政宗が、義祐をそそのかして晴政を追放させ、赤松本家の実権を握ろうとしたのであった。

政秀は、晴政の復権をはかるべく、政宗、義祐とたびたび争った。永禄七年、東播磨の雄小寺家の重臣黒田職隆の娘と浦上政宗の嫡子との婚姻当日、浦上政宗の居城室津を急襲、親子を殺害、その後も政宗の跡を継いだ次男清宗を謀殺するなどして義祐の力を削いだ。

しかし、その翌年、旗印の晴政が死去、名分を失った政秀は義祐と和睦せざるを得なくなった。

だが、どちらにも不満は残った。赤松本家のために尽くしたと自負している政秀と、当主である己に牙剝《きばむ》いた謀叛人と考えている義祐が、うまくいくはずもない。

政秀は、義祐の指示に従わず、義祐は政宗の代わりを浦上宗景へ求め、溝は深まる一方であった。

「直家が背中に気を取られている今、西播磨を吾がものとする好機ぞ」

赤松家の内紛に乗じた浦上宗景は、赤松義祐を旗印に御着の城主小寺政職と手を組み、赤松政秀の所領を襲った。

「手助けを願いたい。ともに手を組み、浦上宗景を討ち果たさん」

政秀が直家へ援助を求めた。

「敵の敵は味方である。赤松政秀どのと手を組む」

直家は、赤松政秀の申し出を受けた。

「代わりに織田信長どのとの間を取りもっていただきたい」

あからさまに毛利と敵対した直家は、万一に備えて信長との繫《つな》がりを求めた。阿部善定にも頼んではあるが、なかなか結果が出ていなかった。

「信長さまへ、貴殿のことお話ししておこう」

浦上宗景、小寺政職、赤松義祐に攻めたてられていた赤松政秀は、喜んで宇喜多直家の提案を受け入れた。

赤松政秀は、足利義昭が将軍となったおりに、娘をその侍女とすべく上洛させていた。上洛は赤松義祐らによって邪魔されたが、将軍義昭へ従うとの姿勢は、信長の意にかない、交流を生みだしていた。

直家は、織田家とのかかわりを、阿部善定とは別に構築しようと手を打った。

それぞれの思惑が重なって、直家と政秀は同盟を結んだ。

しかし、間に浦上宗景の所領を挟んだ宇喜多直家が赤松政秀の領地まで兵を伸ばすことはできない。また、備中と美作へ備えねばならぬ直家に、浦上宗景へ大攻勢をかけるのは無理であった。

せいぜい伊部城から兵を出して、富田松山城へ嫌がらせをするのが精一杯であった。それも永禄十二年（一五六九）になると難しくなった。

尼子勝久が大軍を率いて、夏には美作へ乱入するとの噂が伝わってきた。

「兵を用意しておけ」

直家は、ふたたび美作への出兵を覚悟した。

「ええい、宇喜多はなにをやっている」

ついに赤松政秀は、宗景たちの猛攻に耐えかね、織田信長へ救援を請うた。

「不遜《ふそん》なり、浦上宗景」

天下を望んでいた信長は、すでに播磨へ関心を寄せていた。早くから誼《よしみ》を通じていた赤松政秀の窮地に惜しみなく手を差し伸べた。

まず木下助右衛門尉を主将とした二万の兵を播磨へ送った。

播磨へ入った織田の兵は、たちまち小寺氏の増井《ますい》城、庄山《しょうやま》城を攻略した。これで小寺政職が引いた。

「備前三石《みついし》城を攻めよ」

一息ついた赤松政秀に信長が命じた。三石城は、浦上政宗の所有であったものを、その死後宗景が奪っていた。

播磨から備前へ抜ける街道に近く、播磨を制した後、西へ兵を進めるには、邪魔であった。

「兵に不足あるときは、宇喜多、別所と申談いたせ」

「無茶を」

政秀が嘆息した。

まだ浦上宗景、赤松義祐とは対峙しているのだ。そんななかで兵を出し、城を攻略するなどできるはずもなかった。しかし、信長の命を拒むのは、敵中での孤立を意味する。今、播磨への援軍としてきている木下助右衛門尉らに去られては、政秀は滅びる。

「宇喜多に信長さまのご意思を伝えよ」

播磨との国境に近いとはいえ、三石城は備前の国にある。政秀は、備前の面倒まで見きれないと直家へ押しつけた。

「無理だな」

直家は首を振った。

「美作がおさまるまで、余裕はない。織田どのの兵をお借りしたいくらいじゃ」

使者へ直家は事情を話した。

「織田さまの申し出を断ると言われるか」

身を乗り出して使者が詰問した。

「できぬことはできぬというしかなかろう。今無理をして、吾が滅びれば、備前、備中、美作は毛利の手に落ちる。それでもよいのか」

「それは……」

政秀の使者は口ごもった。すでに赤松政秀には浦上宗景と戦うだけの力はなかった。

「今はまず、浦上宗景を挟み撃ちにして、滅ぼさねばなりますまい。三石ごとき小城にかかわっているときではございませぬぞ」

直家がだめを押した。

「信長さまには、こちらからもお報せいたしますゆえ」

使者を帰した直家は、あとを弟二人に任せて、信長に会うことにした。

第五章　輝星の宴

一

乙子から船で浪速《なにわ》へ入った直家はまず堺《さかい》へ向かった。

「城じゃな。まるで」

堺の町へ着いた直家は、その厳重な守りに感心した。

周囲を堀で巡らせ、高い柵で仕切られた堺の町へは、橋を通らなければ行けなかった。橋を落としてしまえば、大軍でも難しい。

「西は海か」

湊《みなと》としての機能を持つ堺である。船を使えば武器も弾薬も兵糧も自在に運びこめる。それこそ人も手配できた。

「乱世に財を奪われまいとすれば、こうなるしかないか」

感心していた直家が声をかけられた。

「宇喜多さまでございまするか」

「いかにも」

「阿部善定さまより、お名前はかねがね」

出迎えてくれたのは今井宗久であった。

「世話になる。宇喜多三郎兵衛尉直家でござる」

直家は名乗った。

「二日ほど堺をご覧いただいた後、京へあがりまする」

「よしなに頼む」

今井宗久へ直家は一礼した。

「これが堺の繁栄……」

翌朝、今井宗久に伴われて堺の町を歩いた直家は、驚きを隠せなかった。あれほど大きかった福岡の阿部屋敷を凌駕《りょうが》する豪商の屋敷が何軒も並んでいた。

「じゃまだ、じゃまだ」

「船へ急げ」

道を歩いている直家を気にすることなく、庶民たちが駆けていく。

「これは、今井さま」

直家には気も止めなかった者が、今井宗久にはていねいに挨拶《あいさつ》をした。

「急いでいるようだけど、どうかしたのかい」

「信長さまが、撰銭令《えりぜにれい》を出されたそうで」

「知っているよ。それであわてているのかい」

男の返答に今井宗久が納得した。

「急ぎ、びた銭を西国へ運びませんと」

「気をつけなければいけませんよ。瀬戸内には海賊衆が出ますから」

「大丈夫でございますよ。そこは村上《むらかみ》さまへ、警固銭《けいごせん》を出しておりますゆえ」

今井宗久の懸念に、男が笑った。

「では、御免《ごめん》を」

男が走り去っていった。

「撰銭令か。そんなもの気にせずともよいであろうに」

直家が今井宗久へ話しかけた。

「幕府が何度出しても効果なかったのだろう」

質のよい銭、悪い銭、私鋳銭《しちゅう》など、通用する貨幣はいくつもあった。それぞれに価値が違っており、私鋳銭十枚で良貨一枚などと決まっていた。わざわざ令を出すまでもなく、庶民たちは生活の知恵として銭を選別していた。

「信長さまの撰銭は、支払いの半分以上を良貨でやれと決められておりまして」

「なるほど。悪貨だけでもできた支払いが許されなくなるというわけか。私鋳銭を取り扱っていた者どもにとって大事じゃな」

すぐに直家は理解した。使えなくなる悪貨を九州などで物や良貨と交換しなければ、大損しかねない。

「さすが阿部さまが、推されるお方でございますな」

今井宗久が直家の言葉に感心した。

「それに信長さまは、かならず言われたことはなさいまする。令に違反すれば、店を潰されましょう。いや、見せしめに首をはねられるやも知れませぬ」

「きついお方よな。まあ、そうでもなければ、とても将軍を担いで京には入れぬか」

「はい」

直家の感想に今井宗久が同意した。

「信長さまは茶をお好みになられまする。作法だけでも知っておかれなされよ」

その夜、今井宗久が直家に茶を勧めた。

今井宗久は、堺の茶人武野紹鷗《たけのじょうおう》の娘婿であった。武野紹鷗から茶のすべてを受け継いだとされ、信長にも献茶していた。

「……まずいな」

一口茶を含んだ直家が顔をしかめた。

「初めて喫せられた方は、皆同じ感想を述べられまする」

笑いながら今井宗久が己のために一服点《た》てた。

「一気に飲まれるのではなく、少しずつ口中に含まれませ」

今井宗久が手本を示した。

「ほう。慣れたのか、二杯目はさきほどよりましだの」

直家が納得した。

「もとは薬であったといいまする。身体《からだ》の澱《おり》を流してくれる口中爽快《そうかい》の妙薬として我が国へ伝来したものだとか」

「薬か」

二服目を直家が喫し終えた。

「さて、宇喜多さま。その茶碗、いかがでございますかな」

「変わった形じゃな。だが、なにか手になじむ」

言われて直家があらためて茶碗を見た。

「志野《しの》茶碗の一つでございまして。それ一つで千貫はいたしまする」

「千貫……二千石」

直家が息を呑《の》んだ。

「とんでもない話だの」

「信長さまは、茶道具をお好みになられまする」

「そうか。吾ならば、これ一つ手にするより百貫の武士を十人抱える」

嘆息しながら、直家は茶碗を置いた。

かつて乙子城にいたころ、家中喰《く》いかねて絶食の日を設けたこともある。いや、今でも月に二度は失食と称し、皆そろって食事を我慢し、そのぶんの米を兵糧米として備蓄しているのだ。とても茶道具に金をかける余裕はなかった。

「信長さまに目通りされるならば、知っておかれませ。名物の茶道具一つで、首が繋《つな》がることもございますれば」

「心に留めておこう」

直家は今井宗久の言葉にうなずいた。

「馳走《ちそう》であった」

一礼した直家が、今井宗久の顔を見た。

「鉄砲を売ってくれまいか」

「どれほどでございましょう」

「五十、できれば百は欲しい。阿部善定どのにお願いしていたのだが、昨今手に入りにくくなったようでな」

「難しゅうございまする」

直家の願いに今井宗久が首を振った。

「信長さまが、鉄砲を買い占めておられまして……」

「……やはりか」

苦い顔で直家が呟《つぶや》いた。

「一度放てば、次まで手間はかかるが、まとめて使えば、これほどすさまじい武器はない。一万貫で雇った剛の者が、名もなき足軽の鉄砲で討ち取られるのだ。百ほどあれば、千の軍勢を潰せる。使いどころを心得れば、負け戦でもひっくり返せる」

ずっと寡勢で戦ってきた直家は、鉄砲の威力を身に染みて知っていた。

「信長さまのお許しを取ってくださいませ。さすれば百挺《ちょう》、用意いたしまする」

「会えるかどうかもわかっておらぬのだぞ」

信長へ目通りを願っていた直家だったが、まだ返答は来ていなかった。

「よいお方をご紹介申しあげましょう。木下藤吉郎《きのしたとうきちろう》さまと言われ、信長さまお気に入りのご家来で」

「明智光秀《あけちみつひで》どのでなくてよいのか。明智どのこそ、信長さま第一の家臣と聞いたが」

直家が問うた。

「明智さまも、信長さまのご信頼厚い方ではございまするが、都の警固を命じられておられまするので、お忙しく、明智さまにお目にかかるのも難しゅうございまする」

「これ以上国を空けてはおけぬ」

春家、忠家の弟たち、花房や戸川など、信頼できる者に後事を託しているとはいえ、備前、備中、美作の状況は予断を許さない。

できるだけ早く直家は国へ戻らなければならなかった。

「木下さまは、足軽から一手の将にまであがられたお方。それになかなか気さくな人柄で、摂津衆の皆さまが織田へ与《くみ》されたのも、木下さまのお力が大きいと。出が出だけに、うるさいしきたりなどを口にされませぬ。会うことは容易《たやす》うございまする。ただし、人を見る目はお持ちでございますれば、よほど心せねば、見透かされまする」

「ほう、今井どのがそこまで買われるほどの御仁《ごじん》か。では、木下どのにお願いをいたす」

直家は頼んだ。

堺を出た直家は、今井宗久とともに京へ入った。朝早くに馬を駆ったとはいえ、都に入ったときには日暮れになっていた。

「しばし、こちらで」

古刹《こさつ》の門前に直家を残して、今井宗久が入っていった。

「やあやあやあ。貴殿が宇喜多どのか」

しばらくして素裸足のまま、門内から小柄な男が駆け寄ってきた。

「えっ」

「木下藤吉郎でござる。いや、よくぞお出でになられた」

藤吉郎が直家の手を取り、強く握った。

「このようなところでは、お話もできぬ。さあ、なかへ、なかへ」

直家の手を藤吉郎が引いた。

「木下どの……」

旧来の知人を迎えるような扱いに、一瞬、直家は戸惑った。

「驚かれましたか。この方が木下藤吉郎さまでございまする」

そこへようやく今井宗久が戻ってきた。

「……宇喜多三郎兵衛尉直家でござる」

事情はまだ飲み込めていない直家だったが、名乗らぬわけにはいかない。

「挨拶はあとじゃ。せっかく今井どのがおられるのだ。茶を点ててもらおうではないか」

藤吉郎が、直家の手を摑《つか》んだまま宿坊へと向かった。

「どうぞ」

苦笑しながら今井宗久が茶を用意した。

「ありがたい。信長さまお気に入りの今井どのがお茶は、なかなかいただけぬ」

もみ手するような勢いで、藤吉郎が茶碗を受け取った。

「うまい」

飲みきった藤吉郎が満面の笑みを浮かべた。

「さようでござるかの」

出された茶碗を前に、直家はためらった。

「苦手のごようすじゃの」

「田舎者でござる。茶の湯に親しむだけの余裕もなく」

問われて直家は述べた。

「ふむ」

藤吉郎が表情を変えた。

「表裏あり、どのような手段でも取る。その評判とはずいぶん違われるようじゃ」

「まちがってはおりませぬ。勝つためならば、なんでもいたしますぞ」

直家は藤吉郎を見つめた。

「けっこうでござる。少し試させていただいた。無礼はお許しあれ」

「なるほど。茶会とは相手の真髄を見るよい場でござるな」

藤吉郎の言葉に直家は苦笑した。

「織田家の勢いに追従しにきただけの者ならば、茶を笑って飲みましょうからの」

種明かしを藤吉郎がした。

「最初の気さくな対応も、受け入れたと見せかけて……」

「お許しあれ」

藤吉郎が詫《わ》びた。

「いや。お気になさるな。当然でござる」

直家は手を振った。

「あらためて、宇喜多直家でござる」

「織田信長が家臣、木下藤吉郎でござる」

二人は頭を下げあった。

「織田家との誼《よしみ》をお求めか」

「さようでござる」

確認に直家は首肯した。

「宇喜多どのは備前《びぜん》、それも西と聞いておりまする。そこまで織田家が手を伸ばすのは、かなり先になりますぞ。それまで敵中孤立されまするか」

「するつもりはございませぬ」

直家は否定した。

「滅ぼされてはお味方するもなにもございますまい」

「たしかに」

藤吉郎が認めた。

「今回は新しい将軍家へのお祝いと、織田さまへご挨拶に参っただけとお考えいただきたい」

「信長さまは、そうお考えになりませぬぞ」

「それはそれでござる。どう受け取られるかは、織田さまの勝手。こちらの思惑も同じ」

警告に直家は応えた。

「おもしろい御仁じゃ。今井どの」

ふたたび藤吉郎が笑みを浮かべた。

「宇喜多どの、お子さまは」

「女四人と養子にした男が一人ござる」

つい先日、福が女児を出産していた。

「儂《わし》に男子がおれば、娘御を嫁にくれと申すところでござるが、あいにく子がおりませぬ」

藤吉郎が寂しそうな顔をした。

「お作りあれ」

「こればかりは、儂一人がんばったところで、どうにもなりませぬ」

「それもそうでござるなあ」

直家も同意した。直家は己の血を引く跡継ぎをまだもうけていない。父との放浪を思い出すたびに、血の絆《きずな》の強さを想うのだ。直家は、父興家のように、己《おのれ》のすべてを託せる息子を心底から欲していた。

「養子がおられるとのことじゃが」

「妻の連れ子でござる」

問われて直家は説明した。

「なるほど。失礼なこととわかっておりながら問わせていただくが、養子というのは、どのようなものでござろう」

「さて、他の方々のことはわかりかねまするが……わたくしの場合、好いた女の連れ子でございますから、気に入っておりまする。このまま吾が血を引いた男子が産まれなければ、娘の一人と娶《めあわ》せて家を譲ろうかと考えておりまする」

「好いた女の連れ子でござるか」

藤吉郎が少し考えた。

「いや、みょうなことを訊《き》きました。明日、信長さまへお目通りしていただきますゆえ、今日はゆっくりお身体を休められよ」

「かたじけない」

直家は藤吉郎の宿泊先で一夜を明かした。

二

一夜明けて、直家は藤吉郎に連れられて二条衣棚《ころものたな》の妙覚寺《みょうかくじ》を訪れた。信長は京の宿泊所として妙覚寺を選んでいた。

「こちらのご上人《しょうにん》さまは、信長さまと義理のご兄弟にあたられまする」

藤吉郎が説明した。

「義理の兄弟といわれますと、ご正室さまのご兄弟でございまするか」

「さようでござる。この妙覚寺の日饒《にっしょう》上人さまは、斎藤道三《さいとうどうさん》さまのお子さまでございましてな」

「なるほど。それで信長どのは、こちらを」

直家は納得した。

「これにてしばしお待ちを」

本堂に一人直家は残された。

「信長さま、お見えでござる」

しばらくして藤吉郎が戻ってきた。走るような勢いで、強い足音が廊下を踏みならし、本堂へと入ってきた。

「備前沼亀山城城主、宇喜多三郎兵衛尉直家どのにございまする」

藤吉郎が紹介した。

「織田さまには初めてお目通りをいたしまする」

直家は頭を下げた。

「であるか」

立ったままで言う信長の声は、甲高《かんだか》くよく通った。

「逆賊、浦上宗景、小寺政職らの征伐にかならずやお役に立つお方でございまする」

「うむ、尽くせ」

「はっ」

それだけで謁見は終わった。信長は座ることもなく、本堂を後にした。

「お忙しいお方じゃ」

直家はあきれた。信長は京を押さえているとはいえ、天下を取ったわけではなかった。東に、武田《たけだ》、北条《ほうじょう》、北に上杉《うえすぎ》があり、これから手を伸ばそうとしている中国には毛利が勢力を張っている。

信長の支配下に入った摂津《せっつ》と境を接している播磨《はりま》でさえ、毛利を頼んで対峙《たいじ》しようとする者が多いのだ。さらにその向こうである備前で味方すると言ってくれる武将など、まずいない。もう少し愛想が良くても罰《ばち》はあたるまいにと直家は苦笑した。

信長との面会を終えたあと、直家は六条の本圀寺《ほんこくじ》へ廻《まわ》り足利義昭に拝謁した。

「宇喜多三郎兵衛尉にございまする」

取次が直家を紹介した。

「三郎兵衛尉、銀三十貫、備前長船の太刀一振り、献上いたしております る」

平伏する直家を見ながら、取次が目録を読みあげた。

「大儀である。これからも忠義を励め」

義昭がうなずき、取次が代弁した。

足利十五代将軍との出会いも終わった。

「お疲れでございましょう」

二人はまた藤吉郎の宿舎へと戻ってきていた。

「有様は、目先の敵をどうするかで織田も手一杯なのでござる」

申しわけなさそうに藤吉郎が嘆息した。

酒を酌み交わしながら、藤吉郎が話した。

「将軍さまを奉じたとはいえ、三好、松永らがいつ襲い来るかもわからず、武田は上洛を虎視《こし》眈々《たんたん》と狙い、近江六角《ろっかく》の残党が煽動《せんどう》しておりまする。そのすべてを同時に片付けられるほど織田の力はございませぬ」

正直に藤吉郎が語った。

「よろしいのか。そのようなお話をなされて」

「あとでだまされたと言われるよりましでござろう。だまされたと思われれば、二度とお味方にはなってくれませぬ」

「たしかに」

直家はうなずいた。

「織田にとって備前は、天竺《てんじく》と同じ」

「まだまだ遠いと」

「さよう」

藤吉郎と直家は、一夜酒を飲みながら語り明かした。

二日ほど京見物を楽しんだ直家は、備前へ戻ることにした。

「お世話になり申した」

伏見《ふしみ》まで見送りに来てくれた藤吉郎に、直家は礼を言った。

「いやいや。またゆるりとお出でなされ。今度は琵琶《びわ》の海までお連れいたそうほどに」

藤吉郎が手を振った。

「かたじけのうござる。木下どのも、ぜひ備前までお見えくだされ。山ばかりでなにもございませぬが、鹿や雉《きじ》などを馳走いたしますゆえ」

「それは楽しみでござる。かならず参りまするぞ」

再会を約して、直家は藤吉郎と別れた。


浪速から仕立てた船に弥吉が同乗していた。

「いかがでございましたか」

織田信長の印象を弥吉が問うた。

「難しいな」

直家は顔をしかめた。

「確かに勢いはある。だが、あまりに急ぎすぎておる。京を押さえた者が天下に号を発する。だが、背後に不安を抱えた者を頼みとする者は少ない。織田が天下を取るには、少なくとも武田を滅ぼさねばなるまい。なにより、信長どのは人の扱いがうまくはない。あれでは、天秤《てんびん》の棒がわずかでも敵方へ揺れたら、たちまち離反されるぞ」

「さすがでございまする」

満足そうに弥吉がうなずいた。

「しばらくはつかず離れずというところかの」

「はい」

直家の言葉に弥吉が首肯した。

「毛利はどうだ」

「尼子と大友《おおとも》で苦労をしているようでございまする。そのうえ、四国へも兵を出しており、さすがに手一杯というところでございましょう」

「ふうむ」

「ただ大友は、ご当主の左衛門督《さえもんのかみ》さまが、キリシタンに帰依《きえ》したためか、国内の神社や寺と折り合いが悪く、家中がもめておるようでございまする」

「キリシタンか」

異国から入ってきた新しい宗教は、あっという間に拡がり、備前にも信者が見られるようになっていた。

「織田どのもキリシタンを庇護《ひご》されているらしいの」

「はい。南蛮坊主どもは、鉄砲や火薬などを保護してくれる大名のもとへ持ちこみますゆえ」

「火薬か。欲しいな」

直家は呟いた。鉄砲の発射薬の主原料である硝石は、日本で産出していない。すべて輸入に頼るしかなかった。

「吾が領土に南蛮船を呼べぬか」

「湊が小さすぎまする」

弥吉が首を振った。

「せめて室津ほどはございませぬと」

「室津か」

瀬戸内で有数の湊室津は、先年浦上宗景のものとなっていた。

「難しいの」

直家は嘆息した。

「将軍さまよりお許しをいただいた」

備前へ戻った直家は、官名を三郎兵衛尉から和泉守《いずみのかみ》へと変えた。和泉守は祖父能家も名乗っていた宇喜多家にとって格別なものであった。直家は義昭へ献金をすることで、和泉守を手に入れ、名実ともに能家の後継と宣したのである。

「織田と手を結んだか」

しかし、これが浦上宗景の気に障った。

「主家である儂になんの相談もなく、勝手に官名をいただくなど、謀叛《むほん》に近い所業」

浦上宗景が激怒した。もともとは与力であったとはいえ、一度滅んだ宇喜多家である。直家は浦上宗景の情けでようやく家名を再興できた家臣なのだ。主君に相談なく将軍と繋《つな》がりをもつのは、分をこえた無礼であった。

備前が緊迫した。

「宇喜多とつうじている赤松政秀を討つ。政秀を倒せば、織田の力がまだ播磨にさえ及んでいない今、宇喜多は孤立するしかなくなる」

浦上宗景は赤松義祐、小寺政職らと語らって、赤松政秀の所領を侵略した。

「ご援軍を」

赤松政秀が、耐えかねて悲鳴をあげた。

「娘を差し出し、将軍への忠誠を誓った赤松政秀が攻められてござる。公方さま、いかがいたしましょう」

援軍を求められた織田信長は、十五代将軍足利義昭へ指示を求めた。

「助けてやれ」

義昭が信長へ兵を出すように命じた。

「将軍さまの思《おぼ》し召しである。逆賊、赤松義祐、浦上宗景を討つ」

将軍の命という大義名分を得た信長は、池田《いけだ》勝正《かつまさ》や伊丹《いたみ》親興《ちかおき》ら摂津衆二万を赤松政秀の援軍として出した。

「逆賊赤松義祐を排すべし」

呼応して赤松義祐から信長へと主君を替えた別所安治らが、攻めこんだ。

「浦上宗景を討つべし」

木下藤吉郎から信長の意思を伝えられた直家も兵を動かし、浦上宗景の背後を脅かした。

「よいか。挑発するだけに留めよ。今、浦上宗景を討つのはまずい。せめて織田の勢力が播磨に伸びるまでは辛抱じゃ」

「なぜじゃ。兄者よ。今こそ、積年の恨みを晴らすときであろう」

春家が、不満を申し立てた。

「赤松政秀どのと連携すれば、浦上宗景を天神山だけに封じこめましょう」

珍しく忠家も興奮していた。

「浦上に手を出せば、毛利が来るぞ」

「毛利は尼子と大友に挟まれて、動けますまい」

忠家が述べた。

「いいや。美作《みまさか》の尼子は勢力を増しているとはいえ、一度滅んでおる。兵糧や兵など、長い戦《いくさ》に耐えられまい。大友は、家中でいろいろともめ事があるとかで、とても毛利の領内まで兵を出す余裕はない」

直家が首を振った。

「毛利は動けると」

「うむ」

確認する忠家へ、直家はうなずいた。

三

「おのれ、安治」

他領へ軍を出している留守を狙《ねら》われた形となった赤松義祐が歯がみして、兵を引いた。

「ええい。宇喜多め」

浦上宗景も背後を気にして、赤松政秀の所領から退却するしかなくなった。

「好機じゃ」

多くの援軍に気を強くした赤松政秀が、調子に乗った。

赤松政秀は、信長との連携をしやすくするため、東の小寺政職に狙いを付けた。千の軍勢で赤松政秀は、別所安治と示し合わせ、小寺家の重臣黒田官兵衛《かんべえ》孝高《よしたか》の籠《こ》もる姫路《ひめじ》城を襲った。姫路城の手勢は三百、一蹴できるはずの戦いは、別所安治の遅参によって、敗退した。

「別所、頼むに足らず」

怒った赤松政秀は三千の兵を繰り出し、独り再戦を挑んだが、黒田官兵衛の知略の前に大敗を喫した。

「今ぞ」

赤松政秀の勢力が減じたのを知った浦上宗景は、急遽《きゅうきょ》龍野城へ攻撃を掛けた。

「毛利へ使者を出せ。宇喜多の背後を突いてほしいとな」

織田信長の台頭を受けて、浦上と毛利は手を組んでいた。その裏に直家の裏切りがあった。浦上も毛利も直家に背かれた者同士、利害、目的は一致している。

「動けぬ」

備中の毛利勢が動きを見せたため、直家は浦上宗景の背中を襲えなかった。

「領土を譲る」

二度にわたる大敗で兵力の多くを失っていた赤松政秀は、浦上宗景の圧力に屈した。

赤松政秀が浦上宗景に降伏したことで、直家は孤立した。

「兄者どうする」

春家と忠家、そして家臣たちが沼亀山城に集まった。

「頭を下げるしかなかろう。まだ織田はここまで兵を出せぬ」

直家は、嘆息した。

「尼子の手を借りられませぬか」

岡平内家利が提案した。

宇喜多が援助した尼子勝久は、隠岐、出雲、美作の三国にまで勢力を拡げ、毛利と対峙するまでになっていた。

「無理でござろう」

　同じく直家が乙子の城を得たときから仕えている戸川平右衛門正利《まさとし》が首を振った。

「美作まで手を伸ばしたといわれておりますが、尼子の力ではなく、その残党が蜂起しているだけ。尼子は出雲《いずも》を平定するのに手一杯でござる」

「では、別所に援軍を」

　長船又三郎改め、又右衛門貞親《またえもんさだちか》が、発言した。別所安治は、播磨へ勢力を伸ばそうとする浦上宗景に反発し、何度も戦っていた。

「別所安治は頼りになるまい。大切な戦の日時をまちがうような輩《やから》を信じては、ろくなことにならぬ。なにより、別所は赤松義祐、小寺政職と戦っている最中じゃ。とても備前まで兵を出す余裕はない」

　直家が否定した。

「いっそ三好と手を組みまするか」

　忠家が直家の顔を見た。

「三好か」

　直家は思案した。

　三好家は四国の阿波《あわ》を領しており、河内《かわち》、和泉《いずみ》、淡路《あわじ》や讃岐《さぬき》もその支配下にする畿内最大の勢力であった。しかし、本家の当主であった長慶《ながよし》の死後、跡を継いだ養子義《よし》継《つ》が幼かったことで、権力が一門衆に分散、内紛状態となり、大きく力を減じていた。

「話を持ちこめば、同意はするであろうが……はたして兵を備前まで出してくれるか」

三好長逸《ながゆき》を初めとする一門衆は、信長への反発を強めている。味方となる者は一人でも欲しいはずであった。

ただ四国の三好から援兵を求めるには、瀬戸内の海を渡ってもらわなければならないため、船の用意などで初動が遅れがちになる。また、雨や風などで海が荒れれば、援軍は来ない。

「毛利水軍のこともある」

瀬戸内の水軍衆はそのほとんどが毛利に与《くみ》していた。

「では、どうなさるおつもりで」

重臣を代表して長船又右衛門が尋ねた。

「毛利に降《くだ》る」

「えっ」

一同が絶句した。

　直家は備中の三村氏を討つため毛利へ誼をつうじていた。それを三村氏勢力が激減するなり尼子に手を貸し、将軍義昭を奉じて織田信長が京へ入ると自ら赴いて手を結んでくる。毛利から見れば利用された形となり、直家に良い感情を持ってはいない。そこへふたたびすり寄っても拒絶されて当然であった。

「無茶な。毛利が首を縦に振るはずはございませぬ」

戸川平右衛門が首を振った。

「その代わりうまくいけば、浦上は吾に手出しできなくなる」

　直家は述べた。

　毛利と手を組み、信長へ対抗している浦上宗景である。直家が毛利と和睦すれば、兵を向けられなくなる。

「もし毛利がそれを認めれば、尼子と敵対することになりますぞ」

「尼子はもたぬ」

　長船又右衛門の指摘に直家は述べた。

「いまだ月山富田城《がっさんとだ》を落とせておらぬ。尼子の本城ぞ。いかに難攻不落といえども、尼子の匂いが残った出雲で、城一つ奪えぬ。これは、出雲の国人の心が勝久にないとの証明じゃ。もう少し毛利の矛先を受けてくれるかと思ったのだが」

あっさりと直家は勝久を切り捨てた。

「織田のもとへ行ったばかりで毛利が受け入れましょうか」

少人数で京へ密行したとはいえ、毛利も馬鹿ではない。直家の行動はとっくに知られていた。

「織田に会いに行ったわけではない。あれは新しい将軍へ就任のお祝いを述べに行ったのだ」

「そんな強弁がつうじまするか」

忠家があきれた。

「実際などどうでもいいのだ。名分さえたてばな」

直家が胸を張った。

「では、毛利に使者を」

「待て」

立ち上がりかけた長船又右衛門を直家は制した。

「毛利ではなく、小早川隆景《こばやかわたかかげ》どのへ使者を出せ。小早川どのに取り次いでもらう」

「それはまた……」

直接毛利へ話をしたほうが早い。長船又右衛門が首をかしげた。

「ときをかければいい。小早川隆景という御仁は、ことを急《せ》かぬ人じゃ。吾の申し出もすぐに拒まず、じっくり考えるに違いない。その暇が欲しい」

「ときを稼ぐと」

「うむ。小早川隆景どのの居城新高山城《にいたかやま》がもっとも備前に近い。もし、毛利が備前へ兵を出すとすれば、隆景どのが主将となろう。その主将が思案している間は、兵は動くまい」

毛利は稀代の謀将元就《もとなり》の三人の息子によって維持されていた。もっとも長男は、早くに死亡し、今はその息子輝元《てるもと》が当主になっており、甥《おい》を叔父二人で支える形と変わってはいるが、同じである。その結束こそ毛利の強みであった。が、逆に三人の歩調を合わせすぎるため、どうしても動きが鈍くなった。直家はそこにかけると言った。

「たしかに」

長船又右衛門がうなずいた。

「その間に、吾は浦上宗景との仲を復す」

「なんと」

家臣たちが目を剝《む》いた。

「浦上宗景を倒すにはまだ力が足りぬことが、よくわかった。宗景には小寺や赤松がついている。いつでも援軍が出せるほど近いところにな。祖父を討ち、宇喜多家の旗を一時折った宗景にまたも膝《ひざ》を屈するのは断腸の思いだが、今は耐える。浪々の身から、吾に従ってくれたそなたたちを、今一度浪々の身にするのは忍びぬ」

「我らのことなど気になさらず」

岡平内が叫んだ。

「いいや。思い出せ。喰《く》うものもなく空きっ腹で眠れず、一夜語り明かした乙子の日々を。あれがあればこそ、吾はここまで来られた。祖父の仇の一人島村豊後の首をこの手で取った。それをなさせてくれたのは、そなたたちである」

直家は家臣たちの顔を見た。

「宇喜多の家は、吾だけであるのではない。弟たち、そなたたちが、いてこそなのだ」

「兄者」

「殿」

沼亀山城の大広間に泣き声が響いた。

「他家を裏切るのに心など痛まぬ。裏切られて滅んだ宇喜多ゆえにな。だが、吾はそなたたちを決して捨てぬ」

強く直家は宣した。

「ゆえに、吾は浦上宗景に頭を下げる」

「万一のことがあっては、なりませぬ。天神山城へは、わたくしが名代で参ります る」

春家が名乗りをあげた。

「だめじゃ」

直家が拒んだ。

「吾が行くからこそ、宗景をだませる」

「だます……どうやってでござるか」

忠家が疑問を呈した。

「よいか。明日にでも毛利へ和睦の使者を出す。当たりまえだが、受け入れられてはいない。だが、拒まれてもいない」

「なるほど。慎重な小早川どのへ使者を出すのは、そのため」

長船又右衛門が理解した。

「毛利と和睦すると言えば、浦上宗景は吾を殺せまい。今、毛利の機嫌を損ねるわけにはいかぬからな」

「ならば、兄者でなくともよかろう。わたくしで十分なはず」

いっそう春家が迫った。

「吾でないとだめなのだ。吾が浦上宗家の前へ出て行けばこそ、毛利との和睦という話に真実味が出る。これが他の者であれば、浦上宗景は信じぬ」

「……しかし、兄者。もし、浦上宗景が、話を信じなければ。いや、信じたとしても、兄者を排する好機だと考えれば……」

「死ぬだけだな」

忠家の危惧《きぐ》に直家はうなずいた。

「…………」

大広間に静寂が落ちた。

「な、なにを言われる」

「馬鹿なことを仰せになるな」

「どういうつもりでござるか」

静寂は一瞬で喧噪《けんそう》になった。

「聞いていただろう。ここは吾が行くのが最善なのだ。それ以外に宇喜多を救う道はない」

冷静に直家が告げた。

「浦上宗景を納得させれば、毛利も文句は言わぬ。毛利は、尼子の残党を片付けるまで、他へ手を出したくないからな。それに、吾は毛利と浦上に挟まれているのだ。次に敵対すれば、挟み撃ちで滅ぼせばいいだけだしの」

淡々と直家が語った。

「されど」

「仇は取ってくれるのであろう」

さらに言いかけた岡平内へ直家が被せた。

「吾が殺されたならば、宇喜多はどうする」

「全力を挙げて浦上を潰しまする」

「当然でござる」

戸川平右衛門の言葉に、一同が同意した。

「ならば、安心じゃ。春家、兵たちを任せる。忠家、福と子供たちを頼んだぞ。よいか。これは、吾の仕事なのだ。裏切り者か表裏者と呼ばば呼べ。悪名で死ぬことはない。生きてさえいれば、かならず機は来る」

当主の権をもって直家は異論を封じた。

わずかな供回りだけで訪れた宇喜多直家を、浦上宗景は天神山城へ迎え入れた。

「よくぞ、顔を出せたものだ」

浦上宗景が憎々しげに言った。

「ご無沙汰をいたしております」

直家はていねいに頭を下げた。

「儂に叛《そむ》いた理由を聞かせてもらおう」

「はて、そのようなことはございませんが」

「ふざけたことを申すな」

とぼける直家を浦上宗景が怒鳴りつけた。

「わたくしは公方さまのお申し付けどおり、赤松政秀どのを援助したまで。公方さまの命に応じるは武家の務め」

かつてと同じく直家は十五代将軍足利義昭の指示に従っただけだと弁じた。

形だけの将軍とはいえ、武家の棟梁《とうりよう》なのだ。その命には服さなければならなかった。

「その旨も毛利さまへ報せてございまする」

「くっ」

浦上宗景が顔をゆがめた。

沼亀山城から新高山城へ使者が出たことは、浦上宗景も知っていた。

「今後は、殿のご指示にしたがい、まちがいをおかさぬように務めますれば、この度のこと、ご寛恕《かんじょ》願いまする。いっそうの忠節を励みますゆえ」

「こやつが」

しゃあしゃあと述べる直家へ、浦上宗景の怒りが増した。

「殿」

重臣の百々田豊前《どどたぶぜん》が、浦上宗景の耳元へ顔を近づけた。

「毛利への壁として使えばよろしゅうございましょう」

「……ふむ」

浦上宗景が思案した。

今は手を組んでいるが、つい先日まで浦上宗景は毛利と敵対していたのだ。織田信長の勢力と対抗するため、便宜上毛利と組んだだけで、続けていくつもりなど、浦上宗景には毛頭なかった。

「なにより、ここで直家を処分しては、宇喜多と戦いになりまする。別所や赤松政秀が、黙って見ているとは思えませぬ。今は、手にした播磨の地を撫《ぶ》するのが肝要でございまする」

「なれど……」

あからさまに不満げな表情で浦上宗景は続けようとした。

「殿、織田が来る前に播磨を固めてしまいませぬと」

百々田豊前がさらに述べた。

「ううむ」

浦上宗景は唸《うな》った。

力をもった宇喜多を排する絶好の機会である。浦上宗景が悩むのも当然であった。

しかし百々田豊前の言いぶんにも分はある。

「わかった」

しぶしぶ首肯して百々田豊前を下がらせた浦上宗景が直家を見下ろした。

「次はない」

「ありがたきおおせ」

直家は無事に天神山城を出ることができた。

毛利から和睦の返事はなかったが、兵を進められることもなかった。

「薄氷の上を渡るとはこのことか」

東西の敵を手玉に取り、直家は生き残った。

沼亀山城へ戻った直家のもとへ、岡山城主金光与次郎宗高《かなみつよじろうむねたか》が三村元親と通じているという報せが入った。

与次郎の義父、金光備前は直家によって滅ぼされた金川城主の松田氏に属した国人領主で、備中の三村家とも交流が深かった。明禅寺の合戦で三村氏が大敗を喫してから、宇喜多家に属するようになっていた。

「三村め、飽きもせず」

小さく、直家は吐き捨てた。

相次ぐ宇喜多との戦いで敗退を続け、大きく勢いを減じた三村氏だったが、昨今その力を取り戻そうとうごめいていた。

「後藤《ごとう》を呼べ」

直家が命じた。

後藤とは金光の家臣であった。囲碁をよくし、歳が近いこともあって、直家とは君臣をこえたつきあいをしている。

「お呼びでございますか」

馬を駆って後藤が沼亀山城へ来た。

「相手をいたせ」

いつものように直家は、後藤を相手に囲碁を打った。

「やれ、悔しやの。少したらなんだか」

一局終えた直家が嘆息した。

「危のうございました」

後藤がほっと息をついた。

「もう一局いこうぞ」

「お相手つかまつる」

二局目が始まった。

「昨今、備中から人が来ていると聞いたが」

「…………」

石を置きかけた後藤の指が震えた。

「お気になさらずとも、誰も備中などになびきませぬ」

後藤が首を振った。

「ならばよいが。みょうな噂がたたぬようにな」

直接金光を咎《とが》めるのではなく、直家は後藤をつうじて、馬鹿をするなと伝えさせるつもりであった。浦上へ膝《ひざ》を屈し、最大の危機をのりこえたところである。直家は、兵を動かして、浦上や毛利を刺激したくなかった。

「きっと」

二局目を無残な形で終えて、後藤が帰っていった。

数日後、後藤が金光与次郎によって手討ちにされた。

「愚か者めが」

直家は激怒した。

「しばらくは大人しくしておるつもりであったが。いや、ちょうどよかったのか。岡山城を手にする理由ができたわ」

すぐに直家は落ち着いた。

「与次郎をこれへ」

沼亀山城へ金光与次郎を呼びつけた直家は、後藤を討ったことを厳しく糾弾《きゅうだん》した。

「家臣にあるまじき無礼をいたしましたゆえ……」

敵中に生を拾った直家のまねをする気だったのか、三村の用意が間に合わなかったのか、金光与次郎は、直家の招聘《しょうへい》に応じた。

「聞かぬ。儂がなにも知らぬと思ったか。後藤から吾の意は聞いたはずじゃ。それでありながら、使者でもある後藤を討つとは、吾に対する叛逆《はんぎゃく》である」

金光与次郎の抗弁を無視し、直家は切腹を迫った。

「きさまが大人しく死ねば、子にそのまま家を継がせてやる。ただし、岡山の城は取りあげる。あくまでも逆らうというならば、一族皆殺しにしてくれるわ」

直家が手をあげて合図した。隣室に控えていた岡平内ら家臣たちが、金光与次郎を囲んだ。

「……きっと吾が子を」

大きく肩を落として、金光与次郎が屈した。

元亀《げんき》元年（一五七〇）、直家は岡山城を手に入れた。約束どおり、与次郎の子供文《ぶん》右衛門《えもん》に直家は禄を与え、金光の家臣たちもそのまま宇喜多の家中へと組み入れた。

東西に兵を出せなくなった直家は、北へ進むしかなく、播磨、美作、備前の国境にある上月《こうづき》城を攻めた。上月城主の赤松蔵人《くらんど》大輔政範《まさのり》は、佐《さ》用《よう》、赤穂《あこう》、揖東《いっとう》、揖西《いっさい》、宍《し》粟《そう》を支配し、西播磨どのと称せられるほどの勢力を張っていたが、七千の兵をもって猛攻を加える直家の軍勢に押され、元亀三年（一五七二）に講和を結んだ。

こうして宇喜多直家は、ふたたび播磨国との接点をもった。

四

いつものように閨《ねや》で福を抱こうとした宇喜多直家は、耳元で妊娠を囁《ささや》かれ、驚愕《きようがく》の声をあげた。

「なにっ。子を孕《はら》んだと」

「はい」

「まことなのだな」

確認する直家に、福が恥じらいながらうなずいた。

「いつ生まれる」

気ぜわしく直家が問うた。

「この秋には生まれるはずでございまする」

ほほえみながら、福が応えた。

「男を産め。産んでくれ」

直家が、福の腹を撫《な》でた。

「わたくしも、男の子を産みたく存じまする」

福も同意した。

「身二つになるまで、大事にいたせ。閨ごとは子が生まれるまで辛抱じゃ」

一度福を抱き寄せ、その唇を吸った直家が立ちあがった。

「あっ」

小さく福があえいだ。

「子のために、よき家を残してやらねばの。吾のような苦労はさせとうない。どれ、備前一国、息子の誕生祝いにしてくれよう」

直家が決意も新たに宣した。


元亀三年、直家念願の男子が沼亀山城において誕生した。

「男だ。男ぞ」

無事出産の報せを聞いて、産室に駆けこんだ直家は狂喜した。

「殿」

褥《しとね》に横たわった福が疲れた顔に微笑みを浮かべた。

「福、手柄《てがら》じゃ。なによりの手柄よ」

直家が福を褒めた。前妻も直家との間に子をなしていたが、すべて女であった。吾が血を引く跡継ぎを熱望していた直家にとって、男子誕生はなによりの朗報であった。

「はい」

満足そうに福もうなずいた。

「よく養生《ようじょう》するがいい。これからも福には子を産んでもらわねばならぬ」

「殿、奥方さまは大任を果たされたばかりでございまする。あまり長くお話をなさるのは……」

産婆が直家を諫《いさ》めた。

「そうであったな。福、休め」

「ありがとうございまする」

福が目を閉じた。

「桃寿丸、そなたの弟じゃ」

産室に入るのを遠慮して、廊下に控えていた福の連れ子を直家が招いた。

「義父上《ちちうえ》、母上、おめでとうございまする」

桃寿丸が産室へ入ったところで膝を突き、祝いを述べた。

「顔を見てやれ」

「……では、御免《ごめん》を」

静かに桃寿丸が、褥に近づいた。

「この赤子が……弟」

桃寿丸が当惑したのも無理はなかった。戦いで家を失い、母と二人で逃避行を続けてきたのだ。桃寿丸は赤子を見るのも初めてであった。

「頼むぞ。兄として、よく面倒をな、見てやってくれい」

直家が言った。

「できるだけのことをさせていただこうと存じまする」

桃寿丸が首肯した。

備中の名門三浦家の血を引く桃寿丸は聡明な質《たち》ながら、武将として戦場をかけるには虚弱であった。

「弟もできたことだ。そろそろそなたも元服し、初陣をせねばならぬな」

体調を考えて、桃寿丸の初陣を延ばしていた直家だったが、跡継ぎが生まれた今、血を引かない息子の行く末を作ってやらなければならなくなった。

「よろしくお願いいたしまする」

桃寿丸が平伏した。

生まれた男子は、八郎《はちろう》と名付けられた。

ようやく血を引く跡取りを得た直家は、新城の建築を決意した。

「沼は要害なれど、狭隘《きょうあい》な土地にあり、備前一国を統治するに足らぬ」

直家は、先年金光与次郎宗高を謀殺して、取りあげた岡山を新たな居城とし、大普請をおこなうと発表した。

「岡山は瀬戸内にも近く、土地も開けている。この旭川の曲がりを利用すれば、東、北の防備は薄くてもすむ」

直家は、大きく屈曲する旭川へ突き出した川岸の小高い丘、石山《いしやま》を本丸と決め、戸川正利、岡平内に築城をさせた。

石山城と名付けられた居城は天正《てんしょう》元年（一五七三）に完成、直家は福、桃寿丸、八郎を連れて、沼亀山城から移った。

城下の整備などに忙殺されていた直家のもとへ、京から密使が訪れた。

「将軍家より、宇喜多和泉守どのへ」

使者が手紙を差し出した。

「おそれおおいことでございまする」

下座で直家が押し頂いた。

「拝見つかまつりまする」

直家は足利将軍義昭の手紙を開いた。

「これは……」

「ついに公方さまはご決断なされたのでござる。分をわきまえぬ上総介《かずさのすけ》を取り除かれんと。よって、諸国の大名どもは、兵を出すように」

手紙の中身と同じことを使者が念を押すように告げた。上総介とは、織田信長のことである。

義昭は、己を奉じて京を制圧した信長と決別するので、与力するように直家へ使者を出してきたのであった。

「公方さまのお言葉とあれば、おろそかにできようはずもございませぬ」

「おおっ。兵を出すというか」

使者が喜色を浮かべた。

「もちろんでございまする。なれど、ただちには難しゅうございまする。兵を動かすには、矢玉や糧秣《りょうまつ》手配、足軽どもを徴集いたさねばなりませぬ」

直家が手間の話をした。

「わかっておる。しかし、あまりときをかけるわけにはいかぬ。上総介の横暴は、日々増長しているのだ」

「承知いたしております」

頭を下げながら、直家が言った。

「お使者どのにおうかがいしたい。公方さまは、他のどなたをお招きになられるのでございましょう」

「津々浦々、この国すべての大名へ、お使者を出された。武田が、上杉が、公方さまのもとへ、集まるのだ。織田など敵ではない」

誇らしげに使者が答えた。

「さすがは公方さまでございまする」

直家が持ちあげた。

「うむ。では、急げよ」

満足げに使者は帰っていった。

「……ふん」

一人残った直家が鼻先で笑った。

「誰のおかげで将軍になれたのだ。公方さまよ」

直家は独りごちた。

「いや、彼我の兵力の差がわかっていないのか。武田が、上杉が京へ来るまでに何日かかる。それまで信長が待っていてくれると思うのか。密使のつもりだろうが、もう、信長には知られているぞ。京を追いおとされるのは……」

あきれた直家の推察はすぐに現実となった。

弥吉から一通の分厚い手紙が、直家のもとへ届いた。弥吉は宇喜多の鉄砲と玉薬の購入を任され、堺に常駐していた。

「やはりの」

受け取った直家は、その内容を見て、嘲笑《ちょうしょう》を浮かべた。

「弟たちをこれへ」

「どうした、兄者」

支城の守将として出ていた弟二人が、馬を飛ばして来た。

「読め」

問うた春家へ直家は手紙を投げた。

「御免」

すばやく読んだ春家も絶句した。

「これは……」

「吾にも見せてくれい」

忠家が手を伸ばし、手紙を奪うようにして目を落とした。

「なんと」

やはり忠家も息を呑んだ。

「いかに乱世とはいえ……」

難しい顔で、忠家が小さく首を振った。

手紙には、京で将軍足利義昭が織田信長と決別、宇治槇島城《うじまきしま》で兵を挙げたことと、その敗北が記されていた。

人質として息子を差し出すので、おとなしくしていてくれとの譲歩を見せた信長へ、義昭は図に乗ってしまった。信長が折れたと勘違いした義昭は、和平の案を蹴って、諸国へ兵を出すように命じ、己は宇治槇島城へ籠《こ》もった。

しかし、義昭の檄《げき》に応じる者はなかった。籠城《ろうじょう》した義昭を信長は七万の兵で包囲、猛攻を加えた。耐えかねて降伏した義昭を、信長は許さず、河内の国へ追放した。

「信長どのも失敗したな」

春家が言った。

「将軍を追放するなど、天下の大名を敵に回したも同然」

「違う」

はっきりと、直家が否定した。

「下克上《げこくじょう》の世だ。先々代将軍の義輝さまを見よ。陪臣の松永久秀によって害されたが、久秀は罰せられることもなく、大和《やまと》に健在じゃ。義昭さまを追放したのも、信長があらたな天下人として名乗りをあげたにすぎぬ」

「黙っておろうか、上杉が、武田が」

忠家が問うた。

「黙ってはおるまい。ただ、上洛するだけの余力があるか。武田は、上杉、北条。上杉は武田に加賀《かが》の一向衆《いっこうしゅう》、最上《もがみ》に伊達《だて》、北条を抑えたうえでなければ、遠征などできぬ。そしてともに、織田の領地をこえねば京へ着かぬ。すぐに討伐の兵をあげるなど無理じゃ」

「ううむう」

言われて忠家が唸《うな》った。

「春家、皆を集めよ」

直家の命である。国境の砦、出城を預かっている将を除いた宇喜多の重鎮たちが、翌日には石山城へ参集した。

「急なことだが、集まってもらった理由はわかっておるだろう」

すでに将軍義昭が京を放逐されたとの噂《うわさ》は、備前にも拡がっていた。

「殿、噂は、まことでござるのか」

花房助兵衛が問うた。

「まことだ」

「なんという……」

石山城の大広間がざわついた。

「鎮《しず》まれ」

手を叩《たた》いて直家が、一同を制した。

「ついては、今後の我らの動きを決めたいと思う」

「京へのぼり、逆賊織田信長を討つべきでございまする」

遠藤又次郎が声をあげた。

「無茶を言うな。どうやって兵を京へあげる。途中には浦上も小寺もあるのだぞ」

戸川正利がたしなめた。

「逆賊を討つのでござる。いがみ合っているときではござらぬ。皆、力を合わせましょう」

「いや、今は動かずしてようすを見るべきだ」

「勢いは織田にある。ここは、織田に与して恩を売っておくべきだ」

たちまち大広間は喧噪《けんそう》に包まれた。

「…………」

腕を組んで直家は、一同を見ていた。

「殿」

忠家が、直家を促した。兄弟だけのときは兄者と呼ぶ春家と忠家だが、形としては家臣なのだ。皆がいれば殿と言った。

「うむ」

うなずいて直家は、立ちあがった。

「皆の者、よくぞ、宇喜多の末を考えてくれた」

まず直家は、議論を褒めた。

「将軍の復権に尽力するも、織田に与して天下平定の助けをするも、どちらも宇喜多の家運をかけることになる」

一同が、静かに直家の決断を待った。

「宇喜多は、どちらにもつかぬ」

直家が宣した。

「吾は信長と会った。織田家中の将たちとも話した。将軍に目通りもした。そのうえで、言う。天下は信長のものとなろう」

「おおう」

「それほどの器か」

静かだった大広間が、ふたたびざわついた。

「それを踏まえ、どちらにもつかぬと吾は決める」

一言一言が染みていくのを確認するように、直家はゆっくりと語った。

「今、ここで織田に与すると明言すれば、孤立する」

「浦上の殿は朱印状をもらっておられる。織田につきましょう」

忠家が異論を述べた。

「将軍を敵として織田につく。その決断を浦上宗景はできまい」

直家が否定した。

「織田には名分がない」

きっぱりと直家は断言した。

朝廷から新たな人物が任じられるまで、足利義昭は征夷大将軍なのだ。そして征夷大将軍はすべての武家を統轄《とうかつ》する。すなわち、宇喜多も織田も、義昭の家臣なのである。形のうえでいけば、信長のやったことは、謀叛であった。

「将軍を追放する。この乱世では力がすべてだ。将軍でも力なきものは、誰かにすがらねば生きていけぬ。だが、力だけで人は動かぬ。名分が要る。その名分は、将軍家にある」

直家は語った。

「名分のない者に味方するは、己も謀叛人になると同じ。その覚悟は浦上宗景にない。なにせ降伏した吾を討てなかったのだ。宗景が動くのは、信長有利とわかってからだ」

浦上宗景の資質を直家は見限っていた。先年、赤松政秀、別所安治らと組んで反した直家が、降伏を申し出たとき、宗景はなんらの罰も与えなかった。唯一、直家を処分できる機会を、宗景は使わなかった。もちろん、直家を殺せば、宇喜多との全面対決になり、浦上も無事ではすまない。どころか、下手をすれば、宇喜多との戦いで消耗したところにつけこまれ、滅びることもありえた。

しかし、宗景は決断するべきであった。

直家の首を差し出すに等しい暴挙、その影響は大きかった。浦上宗景についていた国人領主たちの多くが、その資質を見限り、直家へ誼《よしみ》を通じようとしてきていた。

直家は、もう宗景になんの怖れもいだいてはいなかった。

「吾にはその覚悟がある。力なき者の末路を知っているからだ」

浦上家の重臣だった祖父は、力を持ちすぎたゆえに排除された。そして平穏だった直家の生活は蹂躙《じゅうりん》され、失われた。その力に直家は恨みを持ちながらもあこがれていた。いや、力を希求していた。

「力を持てば滅ぼされぬ。その日喰うものもなく、雨が降っても宿るところのない、あのような惨《みじ》めな思いを吾は二度としたくはないし、皆にもさせたくはない」

しみじみと直家が言った。

島村豊後守が企み、浦上宗景が許した陰謀は、一夜にして砥石城を陥落させ、宇喜多和泉守能家の首をとり、興家、直家の親子を逃亡者とし、宇喜多家に仕えていた家臣たちの多くを、浪々の身とした。

「吾に天下を望む力はない」

直家が断じた。

「すでに天下は織田信長のものになりつつある。ようやく備前の半国を支配したていどの宇喜多では抗することもできまい」

「…………」

大広間は静まりかえった。

「今、吾にとれる、いや、宇喜多家にできる策は二つしかない。一つは、毛利の傘下に入って、織田の勢力が中国へ伸びてくるのを防ぐ壁となってすりつぶされるか、旗《き》幟《し》を明らかにせず、織田の勢力が備前近くに来るまで生き延びるか」

ゆっくりと直家は話した。

「殿」

忠家が声をあげた。

「織田が来れば、信長に与するのでございますか」

「うむ」

直家は首肯した。

「表裏者《ひょうりもの》との悪評を……」

「すでに十分そしられておるわ」

小さく直家が苦笑した。

毛利と組んだかと思えば尼子を助け、浦上に楯突《たてつ》いたかと思えば、詫びを入れる。そのときどきで組む相手を替える直家のことを、備前備中の者は、表裏者と呼んで侮《ぶ》蔑《べつ》していた。

「この乱世、善人で生きていけるか。悪人でなくば、渡っていけぬではないか。ならば、悪評こそ誇るべきである」

堂々と直家が告げた。

「どうするおつもりでございまするか」

花房助兵衛が問うた。

「この機を利用して、浦上を滅ぼす」

直家が述べた。

「浦上は、つい先年、信長のもとに伺候して、播磨、備前、美作領有の朱印状をもらった。それを盾に、三国の国人領主や将を配下として扱った。となれば、今さら、織田に敵対もできまい。しかし、押さえつけられてきた者どもはどうであろうな。大義名分は、将軍にある。その大義名分を織田は失った。武田も上杉も本願寺も毛利も、織田とは敵対している。今度は、そちらに大義がついた」

小さく直家が笑った。

「浦上の家中も揺れるはずだ」

「たしかに」

戸川平右衛門正利が同意した。

「調略をかけるぞ」

直家が宣した。

五

謀《はか》りごとは密をもってよしとする。

だが、直家は宗景との対立をわざと公表した。

「身勝手に三国の朱印状を得たと言いふらし、地の者たちへ無理難題を押しつけ、家臣同様に扱うなど横暴の段、許し難し。吾は浦上の僣上《せんしよう》を咎めるべく、兵を挙げ、浦上宗景を滅ぼす」

直家は、美作の国人領主原田《はらだ》三河守貞佐《みかわのかみさだすけ》あてに起請文《きしようもん》を出し、浦上宗景の専横を断じたのである。

「ご同心つかまつる」

宇喜多の要請に原田貞佐が同意した。

原田氏はその祖を桓武《かんむ》平氏に持つ武門である。長く美作国原田郷を領し、一時期は美作の名門菅原《すがわら》氏を名乗ったこともあった。尼子氏に属してその勢力を伸ばしたが、その衰退にともなって没落していた。

今の当主貞佐の活躍で、往年には及ばないが、美作有数の国人領主として復活、宇喜多の重臣戸川氏と同祖の縁もあって、近年、直家に与していた。

もともと美作は、浦上宗景に屈していたわけではない。原田貞佐と行動を共にする国人領主が増え、一気に美作が騒然となった。

「直家め、先だっての命乞いを忘れたか」

公に敵対しているとの示威を見せつける直家に、浦上宗景が激怒した。

「宇喜多を討つ」

浦上宗景も宇喜多への出兵を口にした。

「今はそのときではございませぬ」

重臣の一人服部主膳《はっとりしゅぜん》が、浦上宗景をなだめた。

「将軍追放の余波で国中が浮ついておりまする。今、兵を興せば、国中から不満があふれまする」

「三国の主たる儂に逆らう者もひとからげに滅ぼせばよい」

浦上宗景が強気に言った。

「小寺も別所も動揺激しいと聞いておりまする。昨日までの味方が、敵になることもございまする。今は様子を見るべきでございましょう。織田さまがどうなるか、それを見極めることこそ肝心」

服部主膳が理を尽くして説得した。

「そうでござる。なに、宇喜多づれなど、いつでも倒せまする」

やはり重臣の日笠次郎兵衛頼房《ひがさじろべえよりふさ》も止めた。

「ううむ。わかった」

ようやく浦上宗景が納得した。

「ただし、十分に気を付けておけ。あの直家のことだ。どのような手立てで、襲い来るやも知れぬ。支城の兵を増やせ」

「承知いたしましてございまする」

浦上家も戦の準備に入った。

「乗ってきたな」

美作の騒乱に浦上家が対応し始めたのを見て、直家がほくそ笑んだ。

「さて、浦上を攻める前に、後顧の憂いを払っておかねばの」

直家は、備中に細作《さいさく》を放ち、噂を流させた。

「三村孫兵衛《まごべえ》親成《ちかしげ》は、毛利の後ろ盾で本家を乗っ取ろうとしている」

弥吉も商人を使って、話を広めた。

毛利と宇喜多の和睦を受け、毛利との同盟を破棄した三村元親は、一族謀叛の噂に疑心暗鬼となった。

「宇喜多が毛利と繋《つな》ぐならば、吾は三好と組む」

毛利が宇喜多と組んだことで、孤立した三村元親は、四国に勢力を張り、進出してきた毛利と矛を交えている三好家へ近づこうとした。

「おやめなされ。三好は、備前国をこえた瀬戸の海の向こうでござる。とても備中まで兵を出してはくれませせぬ」

それを止めたのが、一門の三村孫兵衛であった。

「海越しに備前を牽制《けんせい》するだけでもよい。さすれば、直家は前後に敵を受けることとなる」

三村元親が拒んだ。

「毛利はどうすると。宇喜多と組んだのでございますぞ。宇喜多の要請に応えて兵を出せば、援軍の望めぬ我らに勝ち目はございませぬ。毛利を侮っては……」

「ええい、黙れ。きさま、毛利に懐柔されたか」

再考を求める孫兵衛を、噂に惑わされた三村元親が怒鳴りつけた。

「いたしかたなし」

身の危険を感じた三村孫兵衛が、家人を連れて備中を離れた。

「よし」

人を放って三村を見張っていた直家は、小早川隆景のもとへ使者を出した。

「備中の三村は、四国の三好と手を結んだよし」

合わせるように、孫兵衛が小早川隆景へ庇護を求めた。

「三村元親は、三好と結んで毛利家を挟み撃ちにするつもりでござる」

孫兵衛の言葉が決め手となった。

「表裏者の策ではないか」

「それでもよろしかろう。織田が来る前に備中を手にしておく利はおわかりであろう。織田が、長島《ながしま》の一向一揆でなで斬りにしたことはご存じであろう。あの鬼が、西《さい》国《ごく》への手出しをためらうよう、力をつけておくべきでござる」

天正二年（一五七四）、信長は、抵抗を続ける一向一揆への見せしめとして長島で、信徒のみなごろしをやっていた。

危惧《きぐ》する毛利輝元と吉川元春を説得した備中方面の主将小早川隆景が、直家と連絡して兵を出した。

天正二年十二月二十三日、直家は石山城を進発、小早川軍と合流して、三村の支城を次々に落とした。さらに年をこえて両軍は備中へ侵攻、ついに三村の本城松山《まつやま》城へ着いた。

支城を失ったとはいえ、松山城の守りは堅く、両軍は厳しく周囲を固めて、機を窺うことになった。

五月、長い籠城に疲れた兵の裏切りが起こった。いかに堅城といえども内側からの火には弱い。ついに松山城は内部から崩壊した。家臣たちに助けられて逃げ出した元親だったが、途中足を踏み外して崖下へ転落、身動きが取れなくなったために自刃《じじん》、跡取りの勝法師《かつほうし》も逃走途中で捕らえられ、首を刎《は》ねられた。

こうして一時は備中一国を手にし、備前まで勢力を拡げた三村家は滅びた。

「これで天神山に専念できる」

天正三年（一五七五）夏、直家はいよいよ浦上宗景の討伐に踏み出した。

「まず、置塩城《おきしお》の久松丸《ひさまつまる》を連れて参れ」

直家が指示した。

久松丸とは、浦上宗景の兄政宗の三男誠宗《なりむね》と黒田職隆の娘の間に生まれた子供である。

家督相続を巡って争った浦上家は、天神山を居城とした弟宗景と室津を本拠とする兄政宗の二つに分かれた。とはいえ、浦上の本貫地である備前を追われた形になった政宗の勢力は衰えた。政宗は、勢力を回復すべく、播磨の守護赤松家の家督に介入、赤松政秀を抑え、赤松義祐を当主とした。

しかし、それが赤松家を二つに割り、力を削ぐこととなった。

ともに力を失った赤松義祐と政宗は、起死回生をはかった。政宗は、播磨で勢力を張る小寺家と縁を結ぼうとし、その家老黒田職隆の娘を嫡男清宗《きよむね》の嫁に迎えた。

それが逆効果となった。

力を増やそうとした政宗を危惧した赤松政秀が室津城を急襲、政宗と嫡子を討ち取った。

父と兄の死によって室津浦上家を継いだのは、三男の誠宗であった。

誠宗は兄の妻であった黒田職隆の娘を娶り、小寺家の後ろ盾で室津浦上家の再興をもくろんだ。

それを宗景は黙って見ていなかった。宗景は一門の江見《ごうみ》河原《がわら》源五郎《げんごろう》を使って、誠宗を謀殺した。こうして室津浦上家は滅びた。

そのとき職隆の娘の腹にいたのが、久松丸である。久松丸は母の実家である黒田家に引き取られ、後、赤松義祐の居城置塩城で養育された。

その久松丸を直家は手に入れようと考えた。

「赤松義祐どのへ、この手紙をな」

直家が手紙を家臣に託した。

「ほう。浦上家の嫡流は久松丸であるか。なるほど、浦上宗景を倒す旗印にするわけだな」

赤松義祐がうなずいた。

直家が浦上宗景と敵対したとの話は、すでに備前はおろか、播磨にも届いていた。

これも直家の手であった。あえて対立すると明らかにすることで、浦上宗景に恨みを持つ者の合力を得やすくしたのである。とくに、赤松義祐は、己を播磨守護としてくれた室津浦上家を滅ぼした宗景を恨んでいた。

「承知した」

直家の手紙を受けて、赤松義祐は久松丸を石山へと送った。

「父上、祖父さまの仇を討ちましょうぞ。この宇喜多直家、久松丸どのに与力いたす」

九歳の久松丸を直家は同格として扱った。当主として遇された久松丸は喜んで直家にすべてを話した。

「よし、準備はととのった。戦いの烽火《のろし》をあげる」

直家は戦いを開始した。

「浦上家嫡流は久松丸どのなり。簒奪者《さんだつしや》宗景を討つべし」

久松丸を名分とした檄文を、直家は備前、美作、播磨の諸将へと撒《ま》いた。

直家の策略は当たった。どう言い換えようとも、浦上の嫡流は宗景ではなく政宗なのである。したがって、嫡孫久松丸が室津浦上家の跡取りであると同時に、浦上村宗の正しき跡継ぎであった。

浦上宗景の圧力に屈していた国人たちにとって、久松丸が大義名分となった。

「ふざけたまねを。すでに室津浦上は滅び、儂が唯一の浦上家当主である。久松丸も宇喜多とともに討ち果たしてくれる。陣触れを出せ」

重臣たちも今度は止められなかった。着々と手を打ってくる直家を放置しておくわけにはいかなくなったのだ。

「兵を率いて天神山へ集まれ」

宗景の命に従ったのは、従来の臣がほとんどで、播磨や美作、備前の国人は少なかった。

「なにをしている。この十日までに来なければ、敵と見なし、滅ぼすぞ」

激怒した宗景の言葉にも、状況は変わらなかった。

足下の揺らぎに浦上家は、兵を宇喜多に向けるどころではなくなった。

「本家に逆らう賊め」

まず直家は、宗景に味方した国人領主の館を攻めた。

「ご援軍を」

もともと国人領主の動員できる兵は少ない。数千をこえる宇喜多勢の猛攻に耐えられるはずもなく、いくつかの館が陥落した。

「おのれ」

浦上の軍勢が駆けつけたときには、すでに宇喜多の兵は別の砦に襲いかかり、そこにはいなかった。

何度かそのようなことを繰り返しているうちに、浦上家の勢力は宇喜多によって侵食されていった。

「久松丸どのは、過去を問われぬ。今、お味方した者には、褒賞を与えられる」

最初に力を見せつけての勧誘である。自力で所領を守れない国人領主たちは、雪崩《なだれ》を打って宇喜多へ降った。

「ふがいない者どもめ。重代の恩を忘れおって」

歯がみした宗景は、負け戦続きに焦った。名分は要るが、力があればそれをこえられる。つまり、勝っている間は、誰もがすり寄ってくる。だが、負け始めると人は潮が引くように去っていく。今の宗景がそうであった。

宗景はどうしても一度勝ちを拾わなければならなかった。

「置塩城を攻める」

久松丸を宇喜多に渡した赤松義祐へ宗景は刃《やいば》を向けることにした。

「別所、赤松に使者を」

宗景は、別所長治《ながはる》、赤松広貞《ひろさだ》にも援助を求め、置塩城へと襲いかかった。

赤松広貞は、西播州《にしばんしゅう》にて勢力を張った政秀の息子である。宗景との戦いに敗れ、浦上の配下となった父政秀の死後、跡を継いでいた。

「宇喜多へ援軍を求めよ」

軍勢を受けて、籠城した義祐が使者を出した。

置塩城は要害である。よく宗景たちの攻撃に耐えた。

「やらせるな」

直家は、ただちに兵を割き、置塩城を助けた。

「もうよかろう」

浦上家の圧迫によって赤松広貞の領地は激減し、兵の数も少ない。また、父を倒した相手の下で働くのだ。気合いの入るはずもない。宇喜多増援の報《しら》せを聞いた広貞が退いた。

他家の争いで、己の兵を損耗《そんもう》するほど無駄なことはなかった。赤松が踵《きびす》を返すのに続いて別所も兵をさげた。

「頼りがいのない」

歯がみをして悔しがった宗景だが、独力では兵が足りず、置塩城攻めをあきらめるしかなかった。

「このうえは、信長さまにおすがりするしかない」

天正三年九月、宗景は信長のもとへ援軍を求めた。

「播州勢に助けさせよ」

長篠《ながしの》の合戦で、武田に圧勝、背後の脅威をなくした信長は、備前唯一の与力である宗景を見捨てなかった。

しかし、出兵を命じられた播州勢の動きは鈍かった。兵を集めはしても、なかなか天神山へと動かなかった。

「信長に同心する者は、叛徒《はんと》として将軍親征をもって討つ」

足利義昭の親書に二の足を踏んだのである。

「そろそろよかろう」

宇喜多直家がついに天神山へと全軍を進めた。

高さおよそ百丈（約三百メートル）の天神山、その尾根に三の丸、大手曲輪、二の丸、本丸、南の丸を連ねた城構えは、攻めるに難《かた》く、守るに易い。

「力押しせずともよい。ゆっくりと攻めあがれ」

直家は、裾野《すその》から絞りあげるようにして攻めていった。

「押し返せ。取り付かせるな」

対して宗景は、上から石を落としたり、火の付いた丸太を投げこむなどして抵抗した。

「なかなか難しいの」

麓《ふもと》の本陣で春家が嘆息した。

「焦るな」

直家が弟を制した。

「矢文を撃ちこめ。返り忠を促す文を、昼夜問わずにだ」

返り忠とは寝返りのことだ。直家は、何百という矢文を放った。

落ち目になった浦上宗景に付き従って籠城した譜代の者たちといえども、さすがに毎日のように手元に落ちてくる勧誘の手紙を無視できなかった。

「矢文は見つけ次第焼け。なかを見るな」

宗景が命じても、矢文が多すぎ、完全に防ぐことはできなかった。

「織田の兵はまだか。ならば、毛利へ」

焦《じ》れた宗景はついに、毛利にまで援軍を求めた。

「織田の先手に貸す兵はなし」

毛利は宗景の願いを一蹴した。

「そろそろか」

城内の様子を窺っていた直家は、腰をあげた。

「一気に攻める。手向かう者は倒せ。宗景の首を取った者には、十分な褒賞を与える」

「おう」

進まない戦いに倦《う》んでいた兵たちが気勢をあげた。

「出陣」

直家の軍配が翻った。

「来おったな」

城の上から見下ろした宗景も、その動きから宇喜多勢が本気であると覚った。

「天神山城は落ちぬ。皆、宇喜多の兵を殺せ」

宗景の鼓舞は、浸透しなかった。

籠城の条件は援軍である。野で戦えば勝てないからこそ城に籠もっているのだ。攻めている敵の背後を脅かしてくれる味方がいなければ、いつまで経っても勝利は来ない。

「もう少しで、信長さまの兵が来る。小寺も、別所も兵を率いて天神山へ向かっておるはずじゃ」

名前をあげて宗景は味方が来ると言い張ったが、誰も信じていなかった。

「龍野からここまで一日もかかるまい」

「京からでも五日は要らぬぞ。宇喜多の兵が来てから、もう十日ではきかぬわ」

負け戦の気配は、確実に足軽から将までを蝕《むしば》んでいた。

「えい、えい、えい」

対して攻めかかる宇喜多の兵は、大声をあげながら近づいていった。

「よし、最後の矢文を撃ちこめ」

残していた矢文を直家は使った。

「狼煙《のろし》があがるまでに返り忠をした者のみ認める」

直家は裏切るなら今のうちだと宣言したのだ。

「合図を」

十分矢文がしみ通るのを待って、本陣の脇に設けた台から直家は狼煙をあげさせた。

天神山の周囲は、平地である。遮るものもなく、海からの風にのって、煙があがった。

「狼煙だ……」

一瞬、城兵の抵抗が弱まった。

「火をつけよ」

城中にいた家老格の明石飛騨守行雄《あかしひだのかみゆきかつ》が、配下に城への放火を命じた。

「飛騨守どの裏切り」

たちまち城の要所が燃えだした。

明石飛騨守の裏切りは、一門をあげてのものであった。多くの兵が刃を味方に向けた。

浦上六人衆として家中で重きをおかれていた明石飛騨守だったが、直家の妹を娶っている伊賀久隆と縁戚という関係で、ひそかに宇喜多と通じていた。

「なんだと」

宗景も絶句した。

「延原弾正《のぶはらだんじよう》どの、池土佐守《いけとさのかみ》どのも寝返られましてございまする」

裏切りの炎はたちまち浦上家を飲みこんだ。

「ええい、謀叛人どもを許すな」

「はっ」

宗景に忠誠を誓っている日笠利左衛門《りざえもん》らが、勇んで出て行ったが、混乱のなかで、誰が敵か味方かわからず、戸惑うしかなかった。

「門が破られたぞ」

悲痛な声が響いた。

「おのれ……」

唇を嚙《か》み破った宗景が、決断した。

「城を捨てる。ついて参れ」

宗景が走り出した。

「お供を」

一門の浦上景行《かげゆき》、日笠頼房らが続いた。

「殿が逃げた」

宗景の顔は足軽の端まで知られている。あっという間に逃亡の話は拡がった。

「わあぁ」

大将がいなくなった城が、もつはずもなく、天神山城の抵抗は終わった。

「主《あるじ》なき城の虚《むな》しさよな」

直家が呟いた。

「あの日、砥石山もそうなった。そして今、天神山を吾がそうした。島村を討ち、浦上を追った。祖父《じい》さま、父上さま、ついに備前は宇喜多のものになりましたぞ」

一歩一歩踏みしめるようにして、直家が天神山城へ続く山坂を登った。

「お待ちいたしておりました」

明石飛騨守が膝を突いて出迎えた。

「手柄であった。これからも頼むぞ」

「はっ」

直家のねぎらいに、寝返った将たちが頭を下げた。

「天神山のなれの果てか」

浦上家の兵たちの死体が地を覆うように転がっているなかを、直家は歩いた。

すでに火はおさまりつつあったが、山の上にそびえ、備前平野を睥睨《へいげい》していた城の面影はなくなっていた。

「追っ手を」

春家が進言した。

「うむ。兵を割き、播磨への国境を閉じろ」

「承知」

指示をしに春家が離れていった。

「殿」

花房助兵衛が直家を促した。

「わかった」

うなずいて直家が、参集している一同を見回した。

「勝《か》ち鬨《どき》をあげよ」

直家が命じた。

「えい、えい、おう」

手にしていた得物を天へと突きあげて、一同が勝ち鬨をあげた。

勝ち鬨が、備前の空に伝わっていくのと逆に、直家の興奮は冷めていた。

「やっと祖父の仇討ちが終わったというのに……」

興奮する家臣たちを横目に直家は一人、城主の間へと入った。

「宗景を逃がしたからかの」

直家は自問した。

「違うな。もう宗景は死んだも同然だ」

所領と居城を失った戦国大名ほど哀れな者はなかった。命からがら逃げ出して、そのまま市井で朽《く》ちていくか、侵攻の名分として使われるのを覚悟で、他家を頼るかしかない。

頼られた他家が善意で、復権などはかってくれるはずはなかった。戦には金がかかる。弓矢鉄砲の金、兵を動かす兵糧代、一度軍勢を動かすだけで、大量の金が失われていく。そのうえ、自家の兵をすり減らすことになる。下手すれば、忠誠厚い譜代の将を死なせるかもしれないのだ。

当然、援助する大名は、見合うだけのものを要求する。うまく所領と居城を取り返せても、そのほとんどを援助してくれた大名に奪われたうえ、末代まで家臣扱いされ、戦場ではいつも先手として盾代わりに使われる。

一度滅びた家が、宇喜多のように復権できるのは、稀《まれ》であった。

京の足利将軍の耳に届くほどの名声を誇った宇喜多能家は、その名声を妬んだ浦上宗景と島村豊後守の手で謀殺された。

「仇を討ち、ふたたび宇喜多の旗を備前の空にかかげる」

まだ六歳だった直家は、父興家とともに城を脱したが、それからずっと復讐と家の再興を果たすために生きてきた。

そして、直接祖父を殺した島村豊後守を討ち果たしたのは、永禄二年（一五五九）、直家三十一歳のときであった。

それからさらに十六年かけて、ようやく浦上宗景を直家は滅ぼした。直家四十七歳、じつに祖父能家が非業《ひごう》の死を遂げてから四十一年の歳月が過ぎていた。この日のため、仇の前に膝を屈し、頭を下げる日々に耐えた。

「長すぎたな」

やっと祖父の妄執から解放された直家は、戦国武将として天下を望むには遅すぎることをあらためて知った。

第六章　継承の末

一

浦上家を潰し、ほぼ備前《びぜん》の全土を手に入れた直家は、あらたな目標を立てた。

「八郎に宇喜多家を譲る」

直家は、己《おのれ》の限界を覚った。

「備前一国を手にするのに三十年以上かかった。これでは、天下を望むどころの話ではない。西には毛利、東には織田がある。南は海であり、北は織田と毛利の戦いの場。とても領地を拡げるだけの隙間《すきま》はない。なにより備前は小さい」

備前一国は五十万石にも満たない。また、四方のどこへ兵を出しても、強大な勢力とぶつかる。なんとか一戦して勝っても、後が続かなかった。

「どうにかして生き残る。乱世は終わるだろう」

群雄割拠《ぐんゆうかっきょ》の時代の終焉《しゅうえん》が来たことを直家は理解していた。

「将軍家をお迎えした」

天正《てんしょう》四年（一五七六）四月、河内から逃げ出した足利義昭が、毛利家を頼って、備《びん》後国鞆《ごのくにとも》に入った。

直家は、浦上宗景を追いやった後、毛利家との同盟に忠実であった。

「将軍家のご命《めい》である」

足利義昭という名分を得た毛利家は、周辺の諸将を手足のように使った。

天正五年には、直家にも龍野城の赤松広秀《ひろひで》を討つようにと指示が出された。

赤松広秀は、宇喜多直家の娘婿である。信長に抵抗していたが、近年、羽柴秀吉の勧誘を受け、織田方へと転じていた。このように姻戚《いんせき》、一族といえども立場を分けることは、乱世では当たり前のことであった。

「面倒な」

力関係からいって、同盟というより臣従である。直家は言われるままに龍野城を攻めた。

龍野は、播磨《はりま》の西で、備前との国境に近い。三月、直家は備前と美作《みまさか》の兵を集合させ、龍野城へと侵攻した。

龍野城は鶏籠山《けいろうざん》の頂にあり、難攻不落の城であった。

「無理押しはするなよ」

直家は、家臣たちに逸《はや》るなと厳命した。

「ここは、宇喜多の兵が命をかける場所ではない」

宇喜多家の結束は堅い。直家がようやく乙子城の城主となったときから、ともに飢え、ともに戦い、ともに喜んできたのだ。他家の家臣を謀略で寝返らせてきた直家であったが、譜代の家臣たちに裏切られたことはなかった。

四月、小早川隆景の兵と本願寺の僧兵が援軍としてやって来た。

「麦刈りをしてくれるように」

城に籠《こ》もって出て来ない赤松広秀を誘い出そうと、小早川隆景が直家へ告げた。

麦刈りとは、まだ実る前の麦を刈り取ってしまうことで、敵方の食糧を危機に陥れる策である。

「承知」

引き受けた直家は、龍野城からよく見える畑を選んで、兵たちに刈り取らせた。

「もったいないことだ」

戸川正利らがぼやいた。

「もう少しで喰《く》えるものを」

かつて宇喜多家は所領の割に多くの家臣を抱えており、満足に食事もできない時期があった。そのころの苦労を忘れまいと、今でも宇喜多家では一ヵ月に二度、断食をしてその分の兵糧を戦時用に蓄えている。一廉《ひとかど》の武将として他国に知られるようになった戸川正利や、花房助兵衛らも、空腹の辛さをよく知っていた。

それでも龍野城から赤松広秀は出て来なかった。

「龍野を守れ」

信長が播磨の諸将へ出兵を命じた。

まず、龍野に近い小寺家が動こうとした。といっても小寺の兵が龍野へ向かうには、途中にある三木《みき》氏の支配する英賀《あが》を通らなければならない。

英賀は本願寺の熱心な信徒である三木通秋《みちあき》の本拠地であり、織田を嫌い、毛利方に付いていた。

「広秀が出て来ぬのならば、小寺を叩《たた》くまで」

小早川隆景と直家は、龍野城の包囲に兵を残して、英賀へと出陣した。

姫路を進発した小寺軍と、宇喜多、小早川の連合軍は、英賀城の北で激突した。

「かかれ」

兵数で優《まさ》るうえ、浄土真宗の英賀御堂があることからわかるように、信長と敵対している本願寺門徒の多い場所である。播磨に名高い軍師黒田官兵衛孝高といえども、地の利、数の利をもつ連合軍には勝てず、押し返された。

「藤吉郎、そなたが行け」

五月、信長は直属の家臣である羽柴秀吉に播磨行きを命じた。

秀吉は、まず手始めに、播州《ばんしゅう》、備前の諸将へ、所領安堵《あんど》の起請文《きしょうもん》を送りつけた。なかでも小寺政職の家老であった姫路城主黒田官兵衛を優遇し、兄弟とまで呼んで、懐中に取りこんだ。

もちろん、毛利も黙って見てはいなかった。備前、美作の国人領主たちに、城の普請や兵糧の備蓄などを命じて、信長との戦いの準備に入った。

毛利方の一人として直家も、播磨との国境へ兵を張りつかせていた。

村上水軍の援護を受けられる播磨での戦いは、毛利方に有利であった。播磨まで進出してきた織田の兵を、何度も押し返した。

対して、海のない美作での状況は、よくなかった。

羽柴秀吉は、美作での影響力をいまだに持つ尼子勢を前面に使った。旧主の登場、さらに毎日届く秀吉からの勧誘、播磨の国人領主たちの多くが降った。

秀吉は、国人領主たちから人質を取り、裏切らないようにすると、天正五年十月、京を発し、佐用へと兵を進めた。

佐用には、織田に対抗する毛利方の将が籠もる城がいくつかあった。

まず秀吉は、竹中重治《たけなかしげはる》に兵を与え、別働隊として福原城《ふくはら》を襲わせた。西播磨で勢力を張る毛利方の将赤松政範《まさのり》の妹婿であった高倉山《たかくらやま》城主福原助就《すけなり》が、竹中重治らを迎撃した。多くの犠牲を払いながらも、竹中重治率いる別働隊は福原助就らを城へと追い返した。追われて籠城《ろうじょう》した福原助就は、多勢に無勢で、援軍の望みも薄かったにもかかわらずよく守ったが、一ヵ月ほどで矢玉尽き、落城した。

一方、本隊を率いる秀吉は、赤松政範の籠もる上月城を攻めた。

上月城は、千種川《ちくさ》、佐用川に挟まれた山城である。上月城には、支城を合わせて七千余りの兵がいた。

秀吉は兵を大手側と搦め手《からて》側に分け、河を渡り始めた。赤松政範は兵を出して、渡河中の秀吉勢を攻めたてた。かろうじて搦め手側は撃退したが、大手側でしくじった。機を見て秀吉軍の横腹に突っこむはずだった一族の赤松義則《よしのり》が、大軍を目の前にして怖《お》じ気《け》づき、支城を放棄して下がってしまったのだ。この支城は、上月城を見下ろす仁位山《にいやま》への関所でもあり、重要な拠点であった。仁位山を失った上月城は、その守りなどを遠目ながら秀吉方に見られ、大いに不利となった。

「このままではいかぬ」

赤松政範が焦った。

「もともと我らは毛利、織田のどちらにも与《くみ》しておらなかった。それを宇喜多直家どのが、毛利方へつくよう兵馬をもって圧したゆえ、織田と敵対したのだ。宇喜多には、我が城を救う義理がある」

間道を使って上月城から救援を求める使者が、直家のもとへと走った。

「広維《ひろつな》に三千の兵を預ける。上月城を助けよ」

直家は、宇喜多広維に出兵を命じた。

宇喜多の名を冠している広維は、赤松政範の妹婿である。先年、上月城が直家の前に屈したとき、赤松政範から差し出された人質であった。その広維に宇喜多の姓を与えたうえで、直家は援軍として出した。

羽柴秀吉と会って、意気投合した直家だったが、状況は友誼《ゆうぎ》で動かせるほど甘いものではなかった。たしかに織田家は強く、都を押さえてもいる。だが、まだ毛利から宇喜多を守れるほど近くまで手を伸ばしてはいない。秀吉と話ができるほど近いとはいえ、とても毛利を裏切って、織田に与するわけにはいかなかった。

「表裏者《ひょうりもの》との誹《そし》りは、生き残ってきた、との証《あかし》である。いずれ手を組むまでは裏を見せていなければならぬ。とはいえ、直接吾が対峙《たいじ》しては後々に響く。その点広維は、宇喜多の名を冠しているが、赤松の一族じゃ。一族の情にほだされたなど、あとでいくらでも言いわけはできる」

直家の手配は、先を見こしてのものでもあった。

十一月三十日、宇喜多勢の接近を知った秀吉が自ら出陣、両軍は赤松山西で激突した。

「放て」

鉄砲の数では、秀吉方が圧倒していた。

「怖れるな」

広維も兵を鼓舞し、突撃を繰り返した。

一度目の合戦は日が暮れたことで終わった。

「回りこんで、宇喜多の背後を突け」

秀吉は兵の一部を割き、宇喜多勢を挟み撃ちにしようとした。

「させるか」

気づいた広維が、迂回《うかい》している秀吉の兵へと向かった。

「かかった」

手を叩いて秀吉が喜んだ。広維は、秀吉の策にのせられた。別働隊は広維の軍を誘い出すための陽動であった。

「全軍、行け」

秀吉が軍配を振った。

「しまった」

広維が気づいたときは遅かった。広維らは挟み撃ちにされた。

「留まれ、返せ」

命に応じて身体《からだ》を振り返らせた宇喜多の兵の態勢が整わぬところへ、秀吉の兵が襲いかかった。

「支えよ、支えよ」

一度崩れた陣形を立て直すのは、天下の名将といえども難しい。しばらくのあいだは抵抗した宇喜多勢だったが、後手に回ってはどうしようもなかった。

広維の叫びもむなしく、宇喜多勢は潰走《かいそう》し始めた。

「やむを得ぬ。上月城へ合流する。皆の者続け」

義兄を助けるために出てきた広維は、このまま備前へ引くをいさぎよしとしなかった。

広維が先頭に立って、秀吉軍へと槍《やり》を付けた。

決死となった将の前に立つ愚かさを、足軽たちはよく知っていた。足軽たちは生きて帰っていくらなのだ。手柄を立てても死んでしまえば、何一つもらえない。足軽たちが退いたことで、三間（約五・四メートル）ほど隙間ができた。

「今ぞ」

駆けだした広維に十名ほどの将と、百ほどの足軽がついていった。

「深追いするな」

国境へ向かって敗走する宇喜多勢を追う兵たちを秀吉が止めた。

今の目標は上月城である。宇喜多勢を追って備前へと進むわけにはいかなかった。

蹴散らしたとはいえ、秀吉軍の被害も大きかった。山中鹿之助が率いていた尼子の残党勢、堀尾《ほりお》吉晴《よしはる》の織田兵の二つがほぼ壊滅した。

「さすがは宇喜多どのの兵じゃの」

本陣へ戻った秀吉が黒田官兵衛に述べた。

「将も兵もなかなかしぶといわ」

秀吉が感嘆した。

足軽の多くは、戦のたびに領地から徴集される百姓である。勢いの乗っている間はいいが、一度敗色が濃くなると、槍を捨ててさっさと逃げ出す。それが宇喜多勢にはなかった。

「まあ、最後は背中を向けたが、なかなかに強情であった」

「なにかと噂《うわさ》のある御仁《ごじん》ではございますが……」

黒田官兵衛も、直家には痛い目に遭っていた。

「噂などどうでもいい。儂とて、いろいろ言われておるからな」

足軽よりも下、小者から身を起こし、城一つを持つ身分にまであがった秀吉である。いろいろなところでやっかみを受けていた。

「儂はの、この眼で見たことを信じる。直家どのは、表裏のある御仁ではない」

「会われたことが……」

「ある。数年前にな」

直家が上京して将軍足利義昭に目通りしたことは知られていた。しかし、秀吉と会ったことまでは拡まっていなかった。

「宗景とは器が違う」

「そこまで買っておられるか」

秀吉の言葉に黒田官兵衛が驚いた。

「宇喜多直家どのを味方にできるかどうかで、中国制覇の可否が決まるといっても過言ではないだろう」

「誘いまするか」

黒田官兵衛が訊《き》いた。

「すでに誘ってある。ただ、今信長さまにつけば、宇喜多は孤立する。それはまずい」

「はい」

軍師でもある黒田官兵衛も同意した。

今、宇喜多直家が信長方を表すれば、どうなるかは火を見るよりも明らかであった。たちまち毛利の侵略を受け、滅亡する。滅ばずとも、備中は失うことになる。そして宇喜多の所領が減っただけ、毛利が巨大になるのだ。

「直家どのと我らが直接境を接するようになれば、いくらでも援軍を送ることができる。そのためには、この上月城をなんとしてでも落とさねばならぬ」

秀吉が決意を表した。

翌日、信長からの援軍として高山右近《たかやまうこん》、福富平左衛門《ふくとみへいざえもん》らが到着した。

「よし、上月城を攻めよ」

上月城も十分な準備をすませていた。何重にも堀切を設け、一気に攻められないようにしていた。秀吉はまず堀切を埋め、ついに上月城と繋《つな》がる太平山《おおひらやま》を落とした。ここは仁位山よりも城に近く、鉄砲や弓も届く高台であった。

「まずい。太平山を奪い返せ」

赤松政範は、夜襲を掛けた。

必死の上月城勢は、夜陰にまぎれて秀吉の本陣まで肉迫、放火に成功した。

「夜襲ぞ。押し返せ」

そのまま攻める上月城勢と秀吉軍が激戦を繰り広げた。一夜にして両軍二千をこえる犠牲者を出したが、どちらも決め手に欠けた。

「地の利我らにあらず」

秀吉の与力として付けられた谷大膳《たにだいぜん》が、被害の大きさに一度撤退して態勢を立て直すべきだと進言した。

「ここで退けば、織田与しやすしとして、今は味方している播磨の諸将が、離反しかねない」

秀吉は拒否した。

「堅城といえども籠もっている限り、補給は続かぬ。こちらの矢玉が尽きるより、あちらが先になくなるはず」

強攻策を秀吉は取った。

十二月三日、秀吉は上月城を見下ろす太平山、仁位山から鉄砲を撃ちかけさせ、下からは梯子《はしご》を掛けて城壁を登らせる総攻撃に入った。

「ここが切所《せつしょ》ぞ」

赤松政範が声を張りあげた。

「備前の刀の切れ味、その身で味わえ」

宇喜多広維が、侵入してきた秀吉軍の兵を迎え撃った。

しかし、数が違った。そのうえ広維率いる援軍の崩壊を見たばかりである。

「死にたくない」

織田方へ降伏する者、寝返って城門を開く者が出て、勝負は一気についた。

「これまでか」

敗退を覚った赤松政範が天を仰いだ。

「ときを稼ぎますゆえ」

傷だらけになった宇喜多広維が、義兄赤松政範を促した。

「すまぬな」

一礼して赤松政範が、本殿へと踵《きびす》を返した。

「自害なさるまで、一人たりとも通さぬ」

宇喜多広維ら数十名が最後の抵抗と暴れた。

それも長くは続かなかった。一人一人討たれ、ついに全滅し、上月城が落ちた。

「天晴《あっぱ》れである」

秀吉が宇喜多広維らの敢闘を讃え、その遺骸をていねいに葬った。

「頼みましたぞ」

「お任せあれ」

戦の後、上月城は山中鹿之助に預けられ、織田方の中国攻略のくさびとして、備前、美作の両国に睨《にら》みをきかせることとなった。

二

落城の報《しら》せは三日の夜、直家のもとへもたらされた。

「そうか」

直家は、うなずくと忠家、春家の二人を呼んだ。

「上月が落ちた」

「…………」

二人の弟が沈黙した。

「赤松政範どのは奮闘の後、自害された」

「強いの。織田は」

春家が口を開いた。

「いいや」

忠家が首を振った。

「毛利が弱いのだ」

「なにをいうか」

毛利と何度も戦ってきた宇喜多は、その強さをよく知っている。春家が忠家の言葉に驚いたのも無理はなかった。

「そのとおりだ」

直家が同意した。

「なぜじゃ」

「援軍を出さなかったであろう。上月城へ織田方が攻めこむのは、早くからわかっていたことだ。本国の安芸から兵を動かすだけの余裕はあった。いや、攻城が始まってからでも、備中の兵ならば、十分間に合ったはず」

冷静な口調で直家が言った。

「合戦の様子を聞けば、あと五千でも兵がいれば、織田方は敗退していたはず」

「ならば、兄者が兵を出せば……」

「毛利が動くかどうかもわからぬのに、これ以上無理ができるか。出した三千と合わせれば八千にもなる。この宇喜多の動員できる兵のほぼ四半分だぞ。勝ったところで、領地が増えるわけでもない。どうやって兵たちに報いるというのだ。いや、勝っても、半分の兵は死傷して、後々戦えまい。国力を大きく減じることになる。毛利が五千でも出すなら、儂《わし》は一万でも行かせたが、一人傷を負うのは御免《ごめん》じゃ」

小さく直家が首を振った。

「では……」

「うむ。毛利は赤松政範どのを見殺しにしたのだ」

「馬鹿な、上月城を奪われては、毛利が困ろう」

春家が抗弁した。

「上月城など問題ではないのだろうよ。織田を本国近くまで引き寄せて、一気に叩くつもりなのか、背後で火をあげるつもりなのか」

「背後で火をあげる……どういうことぞ」

直家の話に、春家が首をかしげた。

「今織田方である播磨の将の誰かが、機を見て裏切るのだろうな」

「そんなことができるのか。備中まで織田が兵を伸ばすということは、美作までその領地となったのだぞ。そこで一人二人が叛旗《はんき》を翻したところで、援軍は来ぬし、補給も続くまい。敵中に孤立じゃ、あっという間に潰されよう」

忠家が否定した。

「本願寺のことを忘れてはおらぬか」

「あっ」

冷静に言う直家に忠家が息を呑《の》んだ。

「摂津《せっつ》石山にある本願寺。百万という信徒を抱え、鉄砲も数万挺持っている。また、摂津や播磨の諸将のなかには、熱心な門徒も多い。織田の兵数万が備中へ来たならば、摂津は手薄になろう。そのとき、石山本願寺が攻勢に出ればどうなる。あわてて織田の兵は戻ろうとするだろう。しかし、その途上で行きは味方だった播磨の将が敵に回っていれば……そして背後から毛利の兵が襲いかかれば……」

「うううむうう」

忠家が唸《うな》った。

「一気に摂津まで毛利の影響力は及ぶことになる」

「そのために上月城は見捨てられた」

春家が念を押すように言った。

「そして、上月の次は石山城だ」

直家が言った。

「ありえん。この石山城を失えば、備前はすべて織田のものとなる。いかに毛利といえども、それは……」

大きな声を春家があげた。

「ないと言えるか」

「…………」

目の前で上月城が見捨てられたばかりなのだ。春家が黙った。

「この話は、我らだけで止めておく。今の段階で織田へつくわけにはいかぬ。上月城が落ちたとはいえ、播磨がどう転ぶかわからぬからな」

「承知」

「わかった」

二人の弟が首肯した。


弟たちと別れた直家は、福のもとへと向かった。

「お出でなさいませ」

すでに深更を過ぎていたが、福は起きていた。

「八郎は」

福の隣に腰を下ろしながら、吾《わ》が幼名を継がせた息子の様子を直家が訊いた。

「すでに休ませましてございまする」

「そうか」

直家は、一人息子の八郎を溺愛《できあい》していた。

「どれ、寝顔を見てくるとしよう」

八郎の部屋は福の寝室の隣にある。八郎はそこで乳母とともに寝ていた。

「……殿」

そっと板戸を開けた直家に、乳母が気づいて身を起こした。

「よい」

小声で、起きるなと命じてから、直家がそっと八郎へ近づいた。

「よく寝ておるわ」

直家がほほえんだ。直家は飽きずに息子の寝顔を見続けた。

「あまり見ておられまするると、起きてしまいまする」

福が直家の袖《そで》を軽く引いた。

「そうだの」

直家が、八郎から離れた。

「次は容《よう》じゃ」

福を連れて、直家はもう一つ向こうの部屋へと行った。

容とは、天正元年に福が生んだ娘である。福によく似て、美しい容姿をしていた。他の娘には冷たい直家には珍しく、容をかわいがっていた。心をかわした女との間にできた子は別格だった。

夜具に戻った直家は、福に手を伸ばした。

「なにかございましたか」

福が問うた。

「よくわかったな」

「殿は、なにかあったとき、無言で手を私の胸乳《むなち》へ伸ばされますゆえ」

身を寄せながら、福が答えた。

「……女は恐ろしいな。男を見抜く」

そう言いながら、直家は福の乳を摑《つか》んだ。

「上月城が落ちたわ」

「……っ」

福が身を固くした。

「では、織田がそこまで兵を送れるようになったな」

「この備前まで」

直家が福の夜着を剝《は》いだ。

三人の子を産んだ福の身体には、みっしりと肉がつき、まさに女盛りを見せつけていた。

「殿……」

あえぎとも恐れとも取れる声で、福が直家を呼んだ。福も直家同様滅びを経験していた。

「安心せい。宇喜多は負けぬ。いや、この儂が潰させぬわ」

ぐっと直家が、福の股《また》に身体を押しつけた。

「ああっ」

大きく震えて福が直家にしがみついた。

「お恥ずかしいところを」

少しして荒い息をおさめた福が、頬《ほお》を染めた。

「いや」

直家が己の腹をさすった。

「どうかなされましたので」

後始末をしていた福が、直家の顔を見た。

「たいしたことではない。少し、腹が張っておるだけじゃ。いろいろと気苦労が続くからであろう」

直家が首を振った。

「お大事のお身体でございまする。どうぞ、無理はなさいませぬよう」

福が気遣《きづか》った。

「無理をせねば生き残れぬ」

股間を福のするがままにしながら、直家は大の字になった。

「儂の無理が、八郎の先を作ると思えば、さしたる苦労ではないわ」

直家が述べた。

祖父、父ともに直家を生かすために、命を懸けてくれたのだ。すでに泉下《せんか》の人となった祖父や父に恩を返すことはできない。ならば、八郎に祖父や父と同じことをしてやる。それが直家の使命であり、生き甲斐《いがい》となっていた。

「殿」

後始末を終えた福が、直家にすがりついた。


上月城を落とした秀吉は、一度報告のために安土《あづち》へと去った。

「貴殿の力で上月城を取り返されたし」

毛利からの求めという命に、直家は応じざるを得なかった。

「そうか、山中鹿之助が城を離れたか」

上月城を見張らせていた家臣からの報告に直家が手を打った。

尼子家の再興に執念を燃やす山中鹿之助が、京にいた尼子勝久を迎えるため、城を離れたと知った直家が動いた。

「城の修復もまだである。今のうちに攻めよ」

天正六年正月、真壁彦九郎《まかべひこくろう》に五百の兵を付けて、直家が奇襲をさせた。

城の破れから攻め入った真壁以下五百は、あっさりと城兵を追い出し、城の占拠に成功した。しかし、急報を受けた山中鹿之助が千余りの兵を率いて近づいてきていることを知った真壁彦九郎は、さっさと城を放棄して逃げ出してしまった。

「備前の兵に肝《きも》はないのでござるかの」

小早川隆景から痛烈な皮肉の手紙を突きつけられて、直家はやむなく第二陣を出した。

「兄の恥を雪《そそ》げ」

真壁彦九郎の弟次郎四郎《じろうしろう》に三千の兵を預けて上月へ向かわせた。

「ござんなれ」

しかし、宇喜多軍の動きは、山中鹿之助に察知されていた。上月城から半里（約二キロメートル）ほどの地点で陣を張った宇喜多軍を、山中鹿之助が八百の兵とともに夜襲した。

油断していた宇喜多軍は、混乱のうちに次郎四郎以下二百の兵を失い、潰走した。

「ええい、ふがいない」

直家は、ついに重臣の岡越前守《えちぜんのかみ》、長船紀伊守《きいのかみ》をつかわした。

宇喜多でも知られた勇将と五千の兵の猛攻に、上月城は耐えきれず、山中鹿之助以下が城を捨てて姫路まで退いた。

こうして上月城は、ふたたび毛利方の手に戻った。

「上月を取り戻せ」

三月、今度は信長の命を受けた秀吉が二万一千の大軍をもって、進軍してきた。

「やるか」

上月城には、宇喜多家の家臣ではなく、地元の国人領主であった上月十郎《じゅうろう》を入れてある。見捨てれば、播磨、備前、美作で宇喜多に与している国人領主たちの離反を招きかねなかった。

直家も石山城や支城の守備を除くほぼ全軍の二万五千を率いて、上月城の救援に出た。

しかし、直家と秀吉の決戦はおこなわれなかった。

宇喜多軍が上月城へ入る前に、落城してしまったのだ。上月十郎は、城を堅固にし、自ら弓矢を撃つなど、戦意旺盛であったが、家中の裏切りにあったのである。

黒田官兵衛の籠絡《ろうらく》を受けた家臣によって、背後から射られ負傷した上月十郎は城を出て近臣とともに、秀吉の本陣へ突撃を敢行、あえなく討ち死にした。

「兵を返せ」

上月城救援の名目がなくなっては、兵を出す意味はない。直家は、ただちに全軍を引きあげさせた。


戦の最中といえども、商人の動きは止まらない。いや、稼ぎどきであった。兵糧だけでなく、矢玉、鎧《よろい》修理のための皮など、戦場ほどものは要《い》った。危険を顧みず、儲《もう》けを狙う商人たちが、勝っている秀吉の本陣である姫路へと集まっていた。

「酒はどうじゃ。甘露ぞ、甘露」

「京の女を抱いていかんか」

酒や女を売る見世《みせ》も増え、姫路は活況を呈していた。

「見事な」

そんな商人のなかに弥吉が紛れていた。

「これだけ兵がいると、略奪、無銭飲食、喧嘩沙汰《けんかざた》があるものでございますが、織田の兵はまったくその気配がない。あやしいのは、皆、地の者ばかり」

弥吉が感心した。

織田の兵は、足軽の端にいたるまで、お仕着せの胴丸、槍を渡されているのに対し、国人領主の兵たちは、ばらばらであった。ために、すぐに見分けがついた。

「宇喜多の兵でさえ、食糧の略奪はするというに」

かつての困窮《こんきゅう》の反動か、戦場での食糧調達を宇喜多兵は平気でおこなっていた。また、直家もこれは咎《とが》めなかった。

数日滞在した弥吉は、姫路城下の変化に気づいた。

「地元の兵が減っている」

あれほどいた国人領主の兵たちの姿が消えていた。

「これはお報せせねば」

弥吉が姫路を発《た》った。

報告を聞いた直家が、唸った。

「始まったようだな」

「なにがでございましょう」

うなずく直家に、弥吉が問うた。

「毛利の策略よ。見ておれ、数日以内に、播磨で国人領主の謀叛《むほん》が起こる。それに合わせて毛利が動く」

直家の言うとおりになった。

三月二十四日に加古川《かこがわ》城でおこなわれた軍議に、別所長治が参加しなかった。だけでなく、その四日後、別所長治は、三木城へ籠城《ろうじよう》し、織田へ対抗する姿勢をあからさまにした。

もっとも早く西播磨で信長へ与した別所長治の裏切りは、野口《のぐち》城、淡河《おうご》城、志方《しかた》城、高砂《たかさご》城など、東播磨の諸城の同調を呼んだ。

「吉川元春さま、小早川隆景さま、上月へ向けて進発」

四月上旬、石山城にいた直家のもとへ、一報が入った。

「兵数は」

「三万五千とのこと」

「本気のようじゃな」

報告に直家が言った。

毛利の本軍が動いたのだ。備中、美作の国人領主たちも従わざるを得なくなる。三万五千だった毛利の軍勢は上月へ着くころには五万にふくれあがっていた。

「宇喜多どのには秀吉が軍への抑えをお願いする」

小早川隆景から、石山城へも出兵の要請が来た。

「承った」

使者にそう応えて、直家は忠家を呼んだ。

「おまえに五千の兵を与える。千種川沿いの高台を占拠し、秀吉どのの軍勢に備えよ」

「兄者は」

「このあと、秀吉どのと手を組むのだ。儂が出て、万一戦にでもなったならば、あとまずかろう。儂は病気になる。そなたが代理で行ってくれ」

直家が語った。

「よいのか、兄者。毛利が本腰を入れて上月まで来たのだ。ここで敵対しては、宇喜多がもたぬぞ」

知謀に優れる忠家が、懸念を表した。

「だからこそ、宇喜多を高く売れるのだ」

「…………」

忠家が絶句した。

「秀吉どのにとって、今はまさに四面楚歌だ。味方であった東播磨の諸将が寝返っただけでなく、毛利の本軍まで出てきた。どれほど味方が欲しいかわかるであろう」

「しかし、今裏切っては、五万の敵のなかに孤立するぞ」

瀬戸内海は毛利方の村上水軍によって押さえられている。海からの援軍も望めなかった。

「寝返るのは今ではない」

小さく直家が笑った。

「さすがにこの度は、上月城ももつまい。上月が落ちれば、尼子の残党どもも終わる。美作以西で、秀吉どのに味方する者がいなくなるのだ。そのときこそな」

「では、この度の戦では」

「もし秀吉どのの軍勢と戦うならば、適当なところで兵を退け。数に劣っておるのだ。文句は言われまい。もし、攻めてきたのが秀吉どの以外の播磨勢ならば、遠慮は要らぬ。後々のためにも、痛い目に遭わせてやれ」

「承知」

直家の指示に忠家が首肯した。

上月城は毛利の兵によって完全に包囲された。

「救援を請う」

山中鹿之助からの急報を受けて、秀吉はとりあえず一万の軍勢を上月へ向かわせたが、すでに毛利の陣形はできあがっており、城へ入れなかった。

「兵をお願いいたしまする」

数は大きな勝敗の要因である。秀吉は信長へ増援を願った。

信長は嫡男信忠《のぶただ》を将として二万の兵を出したが、毛利撃退の手柄が秀吉のものとなるのを嫌った織田方の将が、加古川で動きを止めてしまった。

しかし、毛利も秀吉の軍勢へ攻撃をしかけず、ただ上月城を囲んでいるだけであった。

刻が過ぎるにつれて、秀吉の状況は悪化する。背後の三木城を別働隊で攻めさせていても、まったく揺るぎもしない。さらに毛利の優勢を覚った西播磨の国人領主の離反も始まった。

「らちがあかぬ」

信長は、一度兵を退き、まず三木城を落として、後顧の憂《うれ》いを断つ策に出た。

「城を明け渡して、こちらに合流されたし」

命を受けた秀吉は、使者を上月城へ使わして、山中鹿之助に撤退を勧めた。

「ようやく得た尼子の城でござる。ここを捨てるわけには参りませぬ」

山中鹿之助が拒んだ。

一時は出雲、美作、伯耆《ほうき》、備中《びっちゅう》に勢力を張り、毛利家とも互角に戦った尼子家であったが、今は見る影もなくなっていた。

上月城へ尼子勝久を迎え、近隣の旧臣たちへ呼びかけても、二千ほどしか集まらなかった。それだけ尼子の影響力が消えた証拠であった。

もし、ここで上月城を失って撤退すれば、二度と尼子の名前で旗を揚げることはできなくなる。山中鹿之助は、上月城にこだわった。

「機はまた来る」

何度となく秀吉は説得したが、山中鹿之助は動かなかった。

「いたしかたなし」

六月二十四日夜半、闇に紛れて秀吉は上月城を捨てて、播磨へと退いていった。

「あれは」

忠家が千種川の対岸に動くものを見つけた。

「追え」

宇喜多勢が追撃したのは、中村一氏《なかむらかずうじ》の軍勢であった。

「逃がすな」

戦の物音で毛利本軍も秀吉の撤退に気づき、追撃戦に入った。

「本陣には近づくなよ」

兵たちに忠家は徹底し、軍勢の速度を落とした。

逃げだそうとした兵ほど脆《もろ》いものはない。たちまち秀吉軍は毛利の本軍によって蹂《じゅう》躙《りん》された。

秀吉の本陣まで肉迫されたが、そこへ播磨から別所重棟《しげむね》らの援軍が到着し、かろうじて秀吉軍は戦場を離脱することができた。

援軍を失った上月城は孤立した。それでも上月城は十日がんばった。

「もはやこれまでである」

矢玉と兵糧が底をついたことを知った尼子勝久が嘆息した。

「最後まで尼子に従ってくれた者どもを無駄死にさせるわけにはいかぬ」

「殿だけでもお逃げくださいませ。殿さえご無事なら、尼子は……」

山中鹿之助が尼子勝久を口説《くど》いた。

「いいや。兵を死なせて将が生き残って、つぎに誰が従ってくれようか」

尼子勝久は、首を振った。

「城兵の命を許されたし」

軍使を派遣して、尼子勝久は降伏を願い出た。

「城中にいる尼子の名を継ぐ者すべての切腹と引き替えに、城兵を助ける」

毛利からの返答は厳しいものであった。尼子勝久、弟の通久《みちひさ》、嫡男の豊若丸《とよわかまる》の死を求めてきた。

「受けられませぬ。このような無道は」

幼い豊若丸の首まで要求した毛利に、山中鹿之助が激怒した。

「戦の責は将が負うものである。また勝ち負けは武家の常でもある。鹿之助、儂の命運はここに尽きるが、尼子の名はまだ生きている。堪《た》え忍んで、今一度尼子の名をあげてくれ。それが、京の寺で安寧《あんねい》な日々を過ごしていた儂を、戦場へ引きずり出したそなたのつぐないじゃ」

ともに切腹するという山中鹿之助を尼子勝久は説得した。

「……承知いたしましてございまする」

死にゆく主君の恨み言に、山中鹿之助は首肯するしかなかった。

山中鹿之助へ新たな命《めい》をくだした後、尼子勝久は、毛利の要求を受け入れて自害した。旧臣たちが、号泣するなか、まだ元服前の豊若丸も、父勝久とともに自害した。

こうして上月城は開城し、尼子の旧臣たちは命を助けられた。

「山中鹿之助は、本営へ連行する」

ただ一人解放されなかった山中鹿之助は、備中高松の毛利本陣へ向かう途中、護送していた毛利の将河村新左衛門《かわむらしんざえもん》に斬りつけられたあと、福間元明《ふくまもとあき》によって首を討たれた。

生涯を尼子の再興に費やした勇将の最期は、戦場ですらなかった。天正六年七月のことであった。

三

病気を装って戦《いくさ》に出なかった直家のもとへ、将軍足利義昭の親書が届いたのは、まだ上月城が落城する前の五月であった。

「毛利へ人質を出すように」

将軍の親書となれば、さからうことはできなかった。

かといって直家に人質として差し出せるのは、嫡男の八郎か、養子の桃寿丸しかいなかった。

「八郎は、いずれ織田への人質として出すことになる」

宇喜多正嫡の血を引くただ一人の子として八郎の人質としての価値は高い。やむを得ないとはいえ、信長へ反抗し続けた宇喜多が、膝《ひざ》を屈するときの切り札なのだ。なにより、いずれ毛利と敵対するつもりの直家には、八郎を渡すつもりなどなかった。また、養子の桃寿丸は蒲柳《ほりゅう》の質で、とても人質としての生活に耐えられるとは思えなかった。

「それがしの息子を」

春家が嫡男基家《もといえ》を差し出すと言った。

「いや、基家はすでに一手の将として、軍勢を預かる身。人質にはふさわしくない」

直家が首を振った。

「ならば、わたくしのせがれを」

重臣の戸川平右衛門正利が名乗り出てくれた。戸川正利は、忠家、春家の乳母の息子という関係もあり、宇喜多譜代として重きをなしていた。

「戸川の子なれば、毛利も納得しようが……よいのか」

「宇喜多の家があってこその、吾でございまする。お気になさらず」

「すまぬ」

詫びた直家は、上月城の合戦が終わったのち、戸川正利の次男孫六《まごろく》を人質として差し出すことにした。

上月城が落ちて二日後、病が癒《い》えたと称して直家は、孫六を連れて、上月城に滞陣している吉川元春、小早川隆景のもとへ戦勝祝いに向かった。

「この度はおめでとうございまする」

祝いを言う直家へ、吉川元春が冷たい目を向けた。

「病を得ておられたと聞いたが、戦が終わるを待っていたようによくなるとは。宇喜多どのはなにかに祟《たた》られておるのでは。将として戦いの場に出られぬ呪詛《じゅそ》でも受けたとか」

吉川元春が皮肉を言った。吉川元春は先年、毛利と宇喜多が結んだ同盟に最後まで反対していた。今でも直家を表裏者《ひょうりもの》と呼んで、毛嫌いしている。

「おかげさまをもちまして、なんとか本復いたしました」

直家は眉《まゆ》一つ動かすことなく応えた。

「顔色が優れぬようだが、無理をしてはよろしくないぞ」

小早川隆景が直家をいたわった。

「お気遣い感謝いたしまする」

一礼して、直家が孫六を紹介した。

「この者は、我が宇喜多の宿老戸川正利の次男、孫六にございまする。この度、毛利さまのお世話となりまする」

「戸川正利どのの子息ならば、天晴れなもののふとなろう」

宇喜多家との窓口になっている小早川隆景が、うなずいた。

「なぜ貴殿の息子ではないのだ」

吉川元春が問うた。

「わたくしの体調が余りよくございませぬ。いつ、この世と別れることになるか。そのとき、宇喜多をまとめるのは吾が子八郎しかおりませぬ。もし、備前が割れるようなことになれば、織田の兵が一気に侵攻して参りましょう」

「…………」

直家の言葉に理はあった。吉川元春が黙った。

織田が西進するのに、備前と美作は避けて通れない。毛利にとって宇喜多は、織田の兵をすり減らしてくれる盾なのだ。宇喜多が備前を押さえているのは、直家の力があるからである。もし、直家が死んで、そこに跡継ぎがなければ、備前、美作の国人のなかには、織田になびく者も出かねなかった。もし、備前が半分に割れれば、たちまち織田の兵は安芸《あき》まで来る。

「さあ、もう、戻られよ」

小早川隆景に勧められて、直家は孫六を残し、陣を去った。

上月落城の影響は大きかった。まず、播磨から美作へ抜ける街道を扼《やく》する長水城《ちょうすい》の宇野下総守政頼《うのしもうさのかみまさより》が、毛利に寝返った。周辺の国人領主たちも続々と続いた。

「殿」

八月の末、播磨に出ていた弥吉が一人の男を連れて石山城へ戻ってきた。

「お人払いを」

最初に家臣となってくれた弥吉を直家は信用していた。人払いを願う弥吉に直家は応じた。

「こちらは、玲珠膏《れいしゆこう》の売り手で仁吉《にきち》どのでございまする」

「……玲珠膏……黒田か」

すぐに覚った直家が、すっと眼を細めた。

姫路城主黒田官兵衛孝高は、武家であると同時に眼病の妙薬玲珠膏の製造販売をもおこなっていた。

「初めてお目通りを願いまする。黒田官兵衛が家人、仁吉と申しまする」

仁吉が名乗った。

「商いでおつきあいのある福岡の阿部善定さまにお願いをいたしまして、弥吉さまをご紹介いただきましてございまする」

阿部善定は備前福岡の豪商であった。浪々の身でその日喰いかねていた宇喜多興家、直家の親子を引き取り、面倒を見てくれた。もっともその善定はすでに亡くなっているが、跡を継いだ息子との交流は続いていた。また、近江の地侍であった黒田家が、その地を追われて逃げたのも福岡であり、そのころから阿部家とのかかわりはあった。

「阿部どのの紹介とあらば、無下にはできぬな」

直家が用件を聞こうと言った。

「お味方を……」

「無茶を言うな」

話しかけた使者を直家が遮《さえぎ》った。

「一度押さえこんだ播磨を維持さえできなかったのだぞ。まだ上月城が織田の手にあったなら、宇喜多が毛利と戦うとき、そこから援軍なりを送れたであろう。その上月を失った今、儂が動けると思うのか。軍師として名高い黒田どのはどうやら、評判倒れであったようだ」

直家が立ちあがった。

「弥吉」

追い返せと直家が目で命じた。

「お待ちくださいませ」

仁吉が落ち着いた声で止めた。

「…………」

冷たい目で直家が見下ろした。

「一度吾《わ》が主《あるじ》とお会いいただけませぬか」

「黒田どのとか」

直家が確認した。

「わたくしごときでは、真意を伝えられませぬ。どうぞ」

深く仁吉が頭を下げた。

「ふむ」

少し直家が思案した。

「吾が動きは、毛利によって見張られておる。その儂が、密かに黒田どのと会ったなどと知れてみろ。上月の周辺に集まっている五万の軍勢が、石山へ来るぞ」

「そのときは、吾が主を寝返らせるように手を打っていたとなされば」

「ふっ」

仁吉の返答を聞いて、直家が表情を緩めた。

「さすがだな。しかし、よいのか、織田にその報が流れることになるぞ」

「けっこうでございまする。主と羽柴さまの仲は、そのくらいで揺らぎませぬ」

堂々と仁吉が胸を張った。

「わかった。日取りはお任せしよう」

「ありがとう存じまする。では、早速、主に」

仁吉が去っていった。

「羽柴どのはよいが、信長さまはどう思われるかの」

実弟と戦い、義弟浅井長政に裏切られた信長は、猜疑心《さいぎしん》が強かった。

「勝たれれば、うやむやになりましょう」

直家の呟《つぶや》きに、弥吉が応えた。

その場から直家は、小早川隆景へ向けて使者を出した。

「黒田官兵衛どのを、勧誘いたしたく」

「よろしかろう」

返答は許可であった。

「あっさりしすぎているな」

快諾に直家が警戒した。

黒田官兵衛は、播磨でもっとも早く織田方についた武将である。播磨以西侵攻軍の大将である羽柴秀吉の与力としてつけられ、その活躍は知られていた。毛利方へ与えた損害も大きい。

いわば織田方へ完全に漬かっているのだ。それが裏切るなどまずありえなかった。

「少し気を付けねばならぬな。小早川隆景、なにをするかわからぬ」

直家が難しい顔をした。

稀代《きたい》の謀将毛利元就の血をもっともよく引いたと言われる小早川隆景は、毛利家の軍師でもあった。武では兄である吉川元春に及ばずとも、その知謀は数万の軍勢に匹敵する。

「元春のように感情を露《あらわ》にしてくれると読みやすいのだが」

あれほど毛利に逆らった宇喜多を、あっさりと受け入れた小早川隆景には裏があると直家は十分な警戒をしていた。

「気を付けぬと、こちらが踊らされることになる」

織田の知将、毛利の謀将の二人を相手に生き残りをはからなければならない。

直家は緊張した。

黒田官兵衛との会談は、長水城近くでおこなわれた。黒田官兵衛の居城姫路と直家の所領のほぼ中間になる長水は、どちらからも出向きやすい位置にあった。

「お初にお目にかかる」

直家の到着を黒田官兵衛が待っていた。

「宇喜多和泉守直家でござる」

二人は人払いをして会談に入った。

「いかがでござろう。織田の力はご存じのはず」

口火を切ったのは、黒田官兵衛であった。

「かの武田を滅ぼすだけの力を持っておるのでございますぞ」

黒田官兵衛が言ったのは、天正三年五月、三河国設楽原《みかわのくにしたらがはら》で信長と武田勝頼《かつより》の間でおこなわれた合戦のことであった。

最強といわれた武田軍を、信長と徳川家康《とくがわいえやす》の連合軍が、数千挺《ちょう》の鉄砲をもって粉砕した。

「お見事であった。鉄砲をあのように運用されたのは、信長さまが初めてである」

すなおに直家は称賛した。

「鉄砲の数も、織田家は五千をこえて所持しておりまする。もちろん、数度の合戦に困らぬだけの硝石と玉も」

「それはすさまじいの」

直家は感嘆した。

どれほど鉄砲が強かろうとも、火薬と玉がなければ、意味がなかった。鉛を溶かして作れる玉はまだしも、火薬の原料となる硝石は、日本で産出せず、南蛮からの輸入に頼るしかなかった。その硝石を織田は十分に確保していると黒田官兵衛は告げた。

「だが、今のままでは難しいのは、貴殿もおわかりであろう」

「……はい」

黒田官兵衛も認めた。

「かつて羽柴どのとお目にかかったときに、少しお話をした。そのときのことを儂は忘れておりませぬ。そうお伝え願おう」

「では……」

言われた黒田官兵衛の顔色がよくなった。

「確実な話は、お互いにできますまい。羽柴どのが後顧の憂いを断たれたとき、宇喜多は動きましょう」

味方するとは明言せず、匂わせるだけで直家は、黒田官兵衛と別れた。

「小早川どのへ、報告せねばの」

人質を取られている。直家は、黒田官兵衛の説得が不調に終わったことを報せた。

「いや、お手柄であった」

失敗したと告げた直家を小早川隆景が褒めた。

「嫌な予感しかせぬわ」

黒田官兵衛の身に起こるであろう不幸を思って、小さく直家は嘆息した。

その二ヵ月後、織田方に激震が走った。

摂津一国を領しているに等しい荒木《あらき》村重《むらしげ》が織田と縁を切り、毛利方として居城に籠城したのであった。

「馬鹿な」

さすがの直家も驚愕《きょうがく》した。

「もう少しものの見える男と思っていたが」

荒木村重は、摂津播磨の将のなかで、いち早く信長へ与《くみ》した将である。池田《いけだ》家の宿老でしかなかった村重を摂津衆筆頭にすえるほど信長の信頼も厚かった。

その村重が寝返った。

もちろん、村重の配下であった中川清秀《なかがわきよひで》、高山右近なども織田に敵対した。

「最初に信長さまに近づいたのだ。機を見るに敏であるのはわかっていたが、今回ばかりは、あきれるわ」

「これで織田の目はなくなったのではないか」

春家が述べた。

「いいや」

直家が首を振った。

「少し遅かったな」

「遅かったとは……」

春家が問うた。

「武田が滅びる前ならば、これで信長は終わったろう。しかし、武田はなくなり、織田の背後は固い同盟の徳川が守っている。今の織田は摂津にすべての力を傾けられる」

「だが、本願寺は手強いぞ。それに荒木村重も勇将だ。三木城の別所長治も強い。羽柴どのも一度播磨から退かれるのではないか。織田に与すると言う前でよかった」

難しい顔で春家が口にした。

「それは確かだな」

首を縦に振って直家が苦笑した。

「このまま毛利とともに、播磨へと手を伸ばすのがよいと思うぞ。さすれば、宇喜多の力は倍増する」

興奮した顔で春家が言った。

「いいや。毛利はだめだ」

冷静な顔で直家が告げた。

「毛利には天下を狙《ねら》うだけの気概がない。織田との戦いでもこちらから京へ攻めあがろうとはせぬ。あるていど領国近くまで織田が来るのを待っている。これでは、織田にとどめを刺すことなどできぬ。敵の領国を奪い取っていくことで、力を削ぎ滅ぼしていく。織田がそうして勢力を伸ばしてきたのに、毛利は攻められてから、反撃をしていく。この差は大きすぎる。上月城を失い、播磨で敵対する国人が増えたといったところで、織田の本領土は少しも減っていない。むしろ増え続けている。織田は、西にだけ手を伸ばしているわけではない。播磨で負けても他で勝てば、織田は大きくなる。大きくなって播磨へ押し寄せてくるのだぞ」

直家は続けた。

「何度も言うが、宇喜多は天下を狙えぬ。儂の代でも八郎の代でもな。儂はここまで来るのにときをかけすぎた。そして八郎が一廉の武将となるころには、天下の行方《ゆくえ》は決まっておろう。もう、数ヵ国ていどの大名が京を狙う世は終わった」

淡々と直家は語った。

「兄者」

春家が泣きそうな顔をした。

「これから先は天下人に膝を屈して生きて行くしかなくなろう」

「その天下人が織田信長さまだと」

忠家が確認した。

「儂はそう見た。織田は信長さまを頂点とした一枚岩である。対して毛利は三枚に分かれている。なにより、本家と吉川、小早川の差がなさ過ぎる」

「一つにまとまっておるではござらぬか」

「十年先もか」

問う春家へ、逆に直家が訊いた。

「吉川元春と小早川隆景は、ともに毛利本家の出だ。だが、その次はどうなる。次代の当主が、今のように毛利本家に仕え続けられるか。血が薄くなれば、繋がりも弱くなる。そこに反間の計略を仕掛けられれば……」

「ううむ」

春家が唸《うな》った。

「対して織田は、一門にさほど力を与えていない。また、譜代の家臣と新参者の分け隔てをしない。これは、嫡流を心柱として家をまとめ、力ある者を引きあげるのに最適だ。これを続けていける間、織田は伸び続けよう。ゆえに儂は宇喜多の家を織田に託したいと思う」

直家が告げた。

「問題は、どの時期に織田へ旗を変えるかだの。兄者」

「うむ。忠家の言うとおりよ。それをまちがえば、宇喜多は滅びる。早すぎれば、毛利に潰され、遅すぎると信長さまに味方と認められぬ」

思案のしどころだと、直家は腕を組んだ。

直家の葛藤《かっとう》を置き去りにして、状況は変化した。

「愚かな」

荒木村重の説得に向かった黒田官兵衛が、有岡城《ありおか》に入ったまま出て来なくなった。

「話をしただけで、もとにもどるならば、反乱などせんわ。黒田どのともあろう御仁が甘い。結果捕えられるなど情けなし」

石山城で直家は嘆息した。

「黒田どのも我らに与力されたぞ」

有岡城から、荒木村重が公表した。それに合わせるように黒田官兵衛の主筋である御着城《ごちゃく》の小寺政職も織田から毛利へと乗り換えた。

「小寺政職が、黒田さまを有岡へ向かわせたとか」

姫路で商いをしている弥吉からの連絡があった。

「儂と黒田どのを黙って会わせたのは、これが狙いか」

小早川隆景の狙いに直家は息を呑んだ。裏切りを常とする直家と会談した。これだけで黒田に疑いはかかる。それを小早川隆景は利用した。

織田をもっとも買っていた黒田官兵衛が、信長を見限ったとなれば、情勢は一気に毛利へと傾く。

「だが、羽柴どのを理解していない。羽柴どのは、譜代の臣を持たぬ。ゆえに、一度懐に入れた者を最後まで信じなければならぬのだ」

直家は独りごちた。

崩壊するかと思われた播磨戦線を秀吉は、維持して見せた。有岡城の対応を信長に任せて、秀吉は三木城に籠もる別所長治をまず襲った。

「鼠一匹出すな」

秀吉は周囲に砦を築き、三木城を完全に封鎖、兵糧攻めに入った。

三木城は、播磨と摂津、美作を結ぶ重要な拠点である。これが落ちれば、有岡城の荒木村重への援助が難しくなる。また、瀬戸内海を把握していた村上水軍が、九鬼《くき》水軍によって敗れたのも毛利にとって痛かった。船を利用しての兵糧輸送ができなくなった。

「なんとしてでも三木を救え」

天正七年（一五七九）九月、兵糧の欠乏に苦しむ三木城を救うべく、毛利が出兵したが、これも撃退された。

それにも直家は病を言い立てて参加しなかった。

「そろそろかの」

直家は三木城の命運が尽きたと読み、落ちる前に腰をあげた。

「備前、美作、備中の安堵状をいただけるなら、お味方つかまつる」

使者を送り、秀吉に打診した。

「助かる」

歓喜した秀吉は、ただちに安堵状を信長へ求めた。

「ならぬ。一度臣従をしておきながら、寝返った宇喜多は許さぬ」

信長が激怒した。

かつて直家は信長の仲介で足利義昭と会い、和泉守の叙任を斡旋してもらった。そのあと、直家は毛利と和をなした。これを信長は裏切りと断じた。

「やれ、仕方なし。まずは、実績を作らねばな」

まず直家は、家中の者を石山城へ集め、織田につくことを告げた。

「この状況ででございますか」

「せめて上月城を織田が取り戻してからにしては」

花房助兵衛、岡平内らが驚愕《きょうがく》した。

「そうなれば、宇喜多など一顧《いっこ》だにもされぬぞ。苦境にあって味方してこそ、のちのちの褒賞も大きい」

「ではございましょうが、今、織田は、摂津と播磨の火消しに手一杯で、とても備前まで手が回りませぬ。織田が来るまでに我らが滅ぼされては……」

戸川正利が危惧《きぐ》を表した。

「有岡は年内もつまい」

直家が言った。

「有岡は惣構《そうがま》えを誇る堅城だ。惣構えは城下丸ごとを取りこむ。商家や職人もいるゆえ、日常のまま籠城できる。しかし、それも有岡を守る支城があってこそ、生きる」

荒木村重に従って、織田に叛旗を翻した高槻《たかつき》城の高山右近、茨木《いばらき》城の中川清秀、大《お》和田《わだ》城の安部仁右衛門《あべじんえもん》らは、信長の勧誘に応じ、開城していた。

「支城が落ちれば、有岡へ物資を運ぶ道が閉ざされる。庶民をも抱えこむ惣構えは、兵糧の道が断たれれば弱い。兵はまだいい。庶民たちがもたぬ。庶民たちが動揺すれば、城中は不穏となり、疑心暗鬼になる」

家臣たちを直家は見た。

「なにより、荒木村重が頼りにしたであろう毛利、石山本願寺がともに、援軍を出していない。もう、一年だぞ。籠城は援軍あって初めて成りたつ。援軍が来ないと考え出した兵は弱いぞ。そのうち、織田へ返り忠する者が出て、有岡城は開城する。有岡が落ちれば、三木ももたぬ。なにせ、毛利が必死で助けようとしなかった有岡という証しがあるのだからな」

直家が予測を述べた。

「それに毛利は、我らが敵になっても、全力を挙げて攻めては来まい。ここで多くの兵を失うのは、織田との決戦に差し支える」

「なるほど」

忠家がわざとらしく納得の声をあげた。

「このまま毛利についていても、援軍は出してもらえぬ。毛利は、宇喜多を織田への壁としか考えておらぬ。たとえ宇喜多が織田を撃退したとしても、我らに褒賞は与えられまい。よいところ、現状維持であろうな。対して織田は、功績に報いてきた実績がある。羽柴秀吉どのを見よ。足軽から大名ぞ。どうせ命を賭けて戦うならば、少しでも実入りのあるほうが、やる気にもなろう」

直家が笑った。

「そうだ」

最初に戸川正利が同意の声をあげてくれた。

次男の孫六を毛利に人質として差し出している戸川正利の賛成は大きかった。宇喜多が毛利に反抗すれば、まちがいなく孫六の命はない。それをわかっていての同意は、広間にいた者全部を飲みこんだ。

「毛利なにするものぞ」

「宇喜多に負けはない」

大広間が沸騰した。

「皆の者、感謝する」

興奮が収まるのを待って、直家が言った。

「ついては、秀吉どのに、八郎を差し出す」

「おおっ」

「なんと」

ふたたび大広間が騒がしくなった。

直家が年老いてから生まれた八郎を目のなかに入れても痛くないほどかわいがっていることを、家中の誰もが知っていた。

「戦の準備をいたせ」

直家が、家臣一同へ解散を命じた。

「春家、忠家、ついて参れ」

弟二人を誘って、直家が居室へと向かった。

「なにかの、兄者」

居室に座ったまま、無言でいる直家へ春家が問うた。

「病のようだ」

直家が口を開いた。

「なにを」

「どうしたと言われるか」

二人の弟が驚愕した。

「少し前から、腹が痛むと思っておった。水にでもあたったかと気にしていなかったのだが、一向によくならぬ。どころか、最近は食も進まぬ」

小さく直家は首を振った。

「薬師《くすし》を呼ばれたか」

忠家が訊いた。

「いいや。かかわる者は少ないほうがいい。人の口に戸は立てられぬ。この乱世に、当主が病だなどと知れてみろ。たちまち、周囲から食い散らかされるぞ」

「しかし、兄者はすでに病を言い立てて戦に出ておらぬではないか」

春家が首をかしげた。

「あれは、戦いを避けるための策略と世間は見ておる。だが、城に医者が出入りし始めれば、そうはいかぬ」

「いつからじゃ」

告げた直家へ、忠家が質問した。

「黒田官兵衛どのと会う少し前からじゃ」

すなおに直家が答えた。

「馬鹿な。その後も小早川と会ったりしていたではないか」

調子が悪いのに出歩くなど論外であった。

「嘘を誠にせねばならぬからの。病気として戦に出ない儂が、人とは会う。他人はどう思う。病は嘘で、戦に出ないのはなにか裏があるはずだと考えよう。なにせ、儂は表裏者だからな」

淡々と直家が言った。

「もっとも、小早川には見抜かれていたようだがな」

「なぜ小早川は、そのことを明らかにせぬのだ」

　春家が尋ねた。

「まだ宇喜多は味方だったからであろう。敵対すれば、さっと噂を流してくれよう」

　平然と直家が言った。

「まずいのでは」

「小早川の信用と、宇喜多の悪名、勝つのはこちらだ。乱世ぞ。人を信じては生きていけぬ」

　危惧する忠家へ、直家が笑った。

「それを踏まえた上で、頼む。今後、宇喜多の軍勢は忠家に任せる。春家、よく補佐してやってくれ」

「兄者はどうする」

「儂は、織田との交渉だけをおこなう」

　直家が宣した。

「ともに、宇喜多を残すためによ。頼むぞ」

　強い目で直家は、二人の弟を見つめた。

「詫《わ》び状《じょう》を書いてくれ」

一度目の帰順を断られた直家は、秀吉の助言に従い、信長宛の詫び状と今後は忠誠に励む旨の誓書をしたためた。

四

「西国進発の魁《さきがけ》、将《まさに》成らんと約せり」

直家の言葉にようやく信長が矛をおさめた。天正七年十月、直家は、甥《おい》の基家を使者として播磨に出陣していた信長の嫡男信忠のもとへ使わし、臣従を誓った。

また直家は病をおして三木を訪ね、秀吉と直接会って、信長への取りなしの労に謝意を表した。

「よくぞ、思いきってくださった」

秀吉が直接直家の手を取って、感謝した。

「かつての誓い、ようやく果たせることとなり申したわ」

直家も感激した。

何度か矛を合わせた恨みなど、二人とも口にしなかった。秀吉にすれば、別所長治、荒木村重の二の舞を避けたい。直家とすれば、今さら毛利へすり寄ることもできない。

両者の利害は一致していた。

「そういえば、貴殿は男子を得られたそうじゃの」

うらやましそうに秀吉が言った。

「おかげで嫡男をもうけましてござる」

誇らしげに直家が答えた。

「たしか、ご養子どのもおられたの。どうじゃ、一人儂にくれぬか」

「八郎は、跡取りにござる。差しあげるわけにはまいりませぬ。かともうして養子の桃寿丸は、身体が弱くござって、武将として満足な働きもできますまい。いかがでござろう。次に男子が産まれたら、かならず差しあげるということでは」

秀吉の希望に、直家は提案した。

「きっとぞ。約したからの」

強く秀吉が言った。

「そうなれば、儂と直家どのの絆《きずな》は強くなる」

「しかしながら……毛利への人質に出しております者のことが。まだ幼いだけに哀れで」

喜ぶ秀吉に、直家が暗い顔を見せた。

「人質か……なんとかなるやも知れぬ」

秀吉が口にした。

「安芸安国寺《あんこくじ》に恵瓊《えけい》という僧侶がおられる。六年前に、将軍さまが堺へ移られたとき、儂と朝山日乗《あさやまにちじよう》禅師でお迎えにあがったことがあった。そのとき、毛利方から将軍の説得に来られた御仁じゃ。京の東福寺《とうふくじ》で修行していただけあって、なかなかによく天下を見られる。たしか今南禅寺《なんぜんじ》の住持として、京におられるはずじゃ」

「お願いしてよろしいか」

「任されい」

直家の頼みに、秀吉が胸を叩いた。

その言葉どおり、秀吉の願いを受けた安国寺恵瓊によって、戸川孫六は無事宇喜多へと帰された。

その後も直家は秀吉と手紙をやりとりするなどして、交流を深めていった。

宇喜多が織田につくのと、ときをあわせるように有岡城が陥落した。

「総大将が逃げ出していては、戦になるまい」

有岡城の戦いの結果は、信長から直接直家のもとへと報された。

本願寺、毛利を頼みとして信長に叛旗を翻した荒木村重は、一年経っても現れない援軍に絶望した。九月、周囲の支城を失い、兵糧などの補給も途絶え、抗戦の難しくなった有岡城を捨てて、荒木村重は息子の籠もる尼崎城《あまがさき》へと脱した。

守将を失ってしまえば、籠城は終わる。城は無事でも人がもたない。城中から織田の誘いにのる者が続出、十月十九日、有岡城は降伏した。

よほど荒木村重の裏切りが腹立たしかったのか、信長は捕らえた荒木方の将の家族を尼崎城の前で見せしめとして磔《はりつけ》にしたり、串刺しにしたりした。

「一つまちがえば、石山で同じことがおこなわれたわ。有岡が落ちる前に、味方しておいてよかった」

苛烈な信長の処断に、宇喜多の家中はほっと胸をなで下ろした。

「これで三木城も落ちる」

直家が断じたように、翌年一月、城中の食糧を失い、馬や死人まで口にするようになった三木城は、城主一族の自決をもって他の者を助けるとの織田の出した条件を受け入れて開城した。

有岡城に続いて三木城も陥落した。

西播磨で信長に反していた国人領主たちの顔色はなくなった。

すでに宇喜多が織田に与したことは、備前、備中、美作、播磨に知れていた。あわてて織田へ誼《よしみ》をつうじようとした国人領主たちもいたが、遅かった。

「討ち果たせ」

冷徹な信長の命に、秀吉は寝返った小寺、宇野などの諸将を攻め落としていった。

織田の勢いが増すにつれて、毛利も腰をあげた。

「宇喜多を討つ」

まず吉川元春が、美作の宇喜多方の城へと攻めかかった。

直家の命で城の増強をすませていたが、多勢に無勢、また毛利へ通じる国人領主なども出て、たちまち宇喜多方の城はいくつも落とされた。

「兄者が出ずとも……」

体調を案じた忠家が止めた。

「国人領主どもの動揺を抑えねばならぬ」

難しい顔で直家が首を振った。美作や備中の国人たちにとって、信長の軍勢は上月城さえ守れなかった弱兵にしか見えないのだ。国人領主にとっては、今日生き残ることが肝要であり、天下の行方など関係ない。今までは宇喜多直家の実力に膝を屈していただけで、毛利が来れば、そちらに従うのは当然のことであった。だからといって放置はできない。国人領主たちの離反を止めるには直家の武名が要った。もし、直家が病で動けないとわかれば、美作と備中は一日で毛利になびく。直家は無理をしてでも健在振りを見せなければならなかった。

「追い返せ」

直家は花房助兵衛、戸川正利などを率いて金川まで進発、備中祝山城《いわいやま》の奪還をはかった。宇喜多きっての猛将たちの活躍で、祝山城の周囲の小城はたちまち陥落した。一応の武名を見せた直家は、荒神山城《こうじんやま》へ花房助兵衛を置いて、吉川元春への対応を任せ、石山城へと戻った。

この無理が、直家の病状を悪化させた。

だが、直家が回復する間は与えられなかった。今度は小早川隆景が石山城へと攻めてきた。

「お任せを」

戸川正利の嫡男逵安《みちやす》が兵を率いて辛川《からかわ》村で待ち構えた。伏兵を巧みに使った戸川逵安の活躍で、小早川勢は駆逐された。

これ以降、宇喜多勢は休む間もなく毛利と国境を巡って戦い続けた。

天正十年が明けた。

「ううむう」

腹にできた腫瘍のせいで、直家は食事も満足に取れず、戦場へ向かうどころか、夜具の上で起きあがることも難しくなっていた。

「父上」

「殿」

八郎と福がつききりで看病したが、直家の病状は悪化の一途をたどった。発熱と下血が続き、小柄ながら肉の張った武将らしい身体付きは見るかげもなくやせこけていた。

「八郎……」

手を伸ばして直家は愛息の膝を撫《な》でた。

「心配せずともよい。吾が家は続く」

直家はほほえんだ。

満足に動けない直家だが、弥吉を通じて天下の趨勢《すうせい》をしっかりと把握していた。直家が信長について以降、織田の進撃はすさまじかった。わずか二年のあいだに、石山本願寺を落とし、加賀《かが》の一向一揆《いっこういっき》を鎮圧したのを皮切りに、因幡《いなば》、但馬《たじま》、淡路《あわじ》を平定していた。

「そろそろ、八郎の初陣をせねばならぬな」

「はい。わたくしの姿を父上さまにも見ていただきたく存じあげまする」

八郎が強い声で応えた。

「見たいの。そのためには、八郎も武術を学ばねばならぬぞ。さあ、稽古《けいこ》に行け」

「励みまする」

大きく八郎がうなずいた。

「福」

八郎を下がらせて直家が妻の顔を見た。

「残念だが、儂は八郎の元服を見られまい。戦に追われ、ゆっくりと八郎の相手ができなかったことが無念だ」

ようやく跡継ぎを得たころから、宇喜多は織田と毛利の間で揺れ動き、直家は席を温める暇もないほど東奔西走の日々を過ごしてきた。

「そのような気弱なことを」

否定しようとする福へ、直家が首を振った。

「もう息をするのも辛いわ。そう長くはない」

直家が力なく息をついた。

「桃寿丸に三浦の名跡を立てさせてやれなかったことを詫びよう」

「いいえ。いいえ。わたくしたち親子は殿のお情けがあったおかげで助けられましてございまする。お礼を申しあげることはあっても、お詫びを受け取ることはできませぬ」

福が言い返した。

「家のことは忠家に任せておけばいい。桃寿丸と八郎のことは羽柴どのにお願いしてある。悪いようにはなされまい」

毛利が織田と対立している限り、織田は宇喜多を捨てられないと直家は読んでいた。

「そなたは、自儘《じまま》にいたすがいい」

「……殿」

泣きそうな顔で福が直家の手を握った。

「暖かいな」

直家が握り返した。

「襟《えり》を……」

「はい」

握っていない左手だけで、福が器用に襟元を寛《くつろ》がせた。豊かな乳房が、直家の目に映った。三人の子を産んだだけに、乳首は少し黒ずみ、大きくなっていた。

「母の乳房か」

じっと直家は見つめた。

直家は母のことをほとんどもう覚えていなかった。子供のころの思い出といえば、父と二人で喰《く》うや喰わずの苦労をしたことばかりが浮かんだ。

「やめておこう。そなたは吾にとって女。母の代わりではない」

触れることなく直家は、福に身繕いをするように言った。

「家臣どもを呼んでくれ」

「……はい」

福が首肯した。

毛利と対峙している者を除いた重臣たちが直家のもとへ集まった。

「殿」

岡平内が呼びかけた。

「春家、起こしてくれるように」

直家は弟へ命じた。

「…………」

背後に回って春家が直家を夜具の上へ座らせた。

「まともに飯を食えなかったころから、皆、よく今まで儂についてきてくれた」

直家はまず礼を述べた。

「羽柴どのより、今年中に毛利と雌雄を決するとの報せをもらっておる。織田の勢いは強い。毛利もまちがいなく、織田の前に膝を屈するであろう。さすれば、宇喜多にも相応の褒賞はあるはずじゃ。皆の苦労にもようやく報いてやれる」

「…………」

静かに聞いている家臣たちへ直家は続けた。

「残念だが、その役目は儂ではなく八郎がすることになろう。儂に仕えてくれたように八郎にも忠誠を尽くしてくれい」

直家が頼んだ。

「殿」

家臣たちが感極まった声を出した。

「儂の供など要らぬ。その気があるならば生きて、八郎のために働いてくれ」

殉死を禁じて直家は家臣たちとの対面を終わらせた。

「兄者よ」

下手な慰めを忠家は口にしなかった。

「六郎、七郎」

直家は、家臣たちが去った後、残った弟二人を幼名で呼んだ。

「八郎はまだ幼い。宇喜多の家は、そなたたちに任せる。今後はなにごとをなすにも羽柴どのの指示を仰げ」

「承知いたした」

春家が首肯した。

「あと、誰がなにを言おうが、決して二人は互いの手を離すな。宇喜多は一枚岩である限り、強い。毛利のように別家させてやらぬのはそのためだ。頼む。二人で八郎を支えてやってくれ」

「わかっております」

「心配なさるな」

二人がうなずいた。

「なあ、儂は祖父和泉守能家さまでさえできなかった備前一国の主となった。だが、儂はやはり祖父に及ばなかった」

ゆっくりと直家が語った。

「祖父能家さまには、儂という孫がいた。だが、儂は八郎の子を見ることなく死なねばならぬ」

悔しそうに直家が述べた。

「……兄者」

直家が嘆息した。

「人は武将としての名よりも、長い寿命がよいのかも知れぬ」

「死にたくない。死にたくないの」

血を吐くような声で、直家が言った。

「今になってわかったわ。父が死の間際に、子が夢だと言ったことが。夢は見るだけなのだ。決して触ることなどできぬ。宇喜多家の先を八郎に託す。夢でしかない。だが、夢は現実ではないのだ。宇喜多を織田の天下のもとで確固たる地位に就ける。儂がしたかった。己の手でなしたかった。宇喜多の再興を儂に託すしかなかった父の無念さを今になって思い知った。ああ、死にたくはない」

直家の父興家は、宇喜多家の再興を託して死んだ。それと同じことを直家は、しなければならなくなっていた。

「落ち着け、兄者」

春家がなだめた。

「だが、もうどうしようもない。死は避けられぬ」

直家がいつもの雰囲気に戻った。

「儂が死んだことを秘すな。隠すなど儂らしすぎる。隠せば誰もが、儂の死に毛利がつけこまぬようにとの策と納得するだろう。それよりあからさまにしたほうが、裏を読もうとする者には牽制《けんせい》となる。あの直家がすんなり死ぬなどありえぬとな」

「わかった。もういい。兄者」

しゃべり続ける直家を忠家が抑えた。

「少し疲れた。儂は眠る」

直家が目を閉じた。

「そうされい」

「近いうちに見舞いに参る」

二人の弟が去っていった。

「そう焦るな。間もなく行ってくれるわ。舅《しゅうと》どの、島村豊後、金光与次郎、三村家親」

口の端をゆがめて、直家は独りごちた。

一度滅びを知った直家は、生き残るためにあらゆる手立てを取った。婚姻を結んでは裏切り、同盟をしては寝返り、臣従さえも破った。しかし、これは独力で生き残るのが難しい小名の誰もがやったことである。直家は恥じることなく生涯の終焉《しゅうえん》を迎えた。

天正十年一月九日、大量に下血し、そのまま意識を失った直家は二度と目覚めなかった。

享年五十四歳、六歳で家を失ってから四十八年、休むことなく乱世を足掻《あが》き続けた武将の最期は戦場ではなく、妻や息子に看取られての平穏なものであった。

終章

当主の死に呆然とするだけの間を宇喜多には与えられなかった。

毛利の攻勢が、激しくなっていたからである。直接毛利と対峙《たいじ》していた花房助兵衛などは、城に張りついて身動き取れない有様であった。

「毛利の水軍、児島《こじま》に上陸」

喪も明けない一月末、石山城に激震が走った。

児島は瀬戸内海を使った交易の拠点であり、宇喜多家にとって失うことのできないところであった。

「ただちに兵を」

直家の遺命にしたがって、忠家が兵を率いて迎撃に出向いた。

両軍の合戦は児島を少し離れた八浜《はちはま》でおこなわれた。少数ながら奮闘した宇喜多軍ではあったが、春家の息子基家が毛利方の鉄砲によって死亡するなど、大敗を喫した。

「羽柴さまへ援軍を」

石山城から急使が出た。

姫路にいた羽柴秀吉は、八浜の敗戦を聞いて、出陣の準備にかかった。

「固く城を守り、軽挙妄動を慎むべし」

秀吉は、宇喜多の家老職である岡、長船、戸川らへあてて指示を出した。まだ八郎は当主として信長の許しを得ていなかったからである。

「軍を編制し、救援に出向く。と同時に淡路より水軍を児島へ派遣する」

「おおっ」

水軍の加勢は、宇喜多勢を励ました。

船の敵と戦うのは難しい。とくに児島の周辺は砂浜が多く、身を隠す場所もない。船の上から弓や鉄砲を放たれれば、被害が大きくなった。

毛利に属している村上水軍は、小早《こばや》という小さな船を自在に操って、俊敏に動く。陸から狙ったところで、さして効果はあがらなかった。だが、その瀬戸内無敵を誇った村上水軍も、織田の鉄甲船の前に敗れ去った。火矢を受け付けず、鉄砲も弾く鉄で覆われた鉄甲船を主力とする織田の水軍は、村上水軍を一蹴した。

だが、すぐに兵を出すことはできなかった。毛利との決戦に繋《つな》がる緒戦である。なにより織田信長の四男で秀吉の養子となっている秀勝《ひでかつ》の初陣を兼ねていた。織田としては負けるわけにはいかなかった。

三月十五日、ようやく軍勢を調えた秀吉が石山城へ入った。

「初めてお目にかかる。羽柴筑前守秀吉でござる」

「宇喜多八郎にございまする」

大広間で二人は対面した。信長の直臣と臣従を誓った地方大名、格としては宇喜多が上になるが、二人は大広間の上座で隣同士に座していた。

「よき顔じゃ。直家どのがご自慢なされただけのことはある」

「父がわたくしのことを」

「そうでござる。直家どのは常々言っておられたわ。儂《わし》にはよき息子が二人おると」

問う八郎へ、秀吉がうなずいた。

「貴殿が、桃寿丸どのか」

少し下がったところで控えている桃寿丸へ、秀吉が声をかけた。

「宇喜多桃寿丸にございまする」

桃寿丸が頭を下げた。

「備中の名門三浦家の嫡流だそうだの。いずれ、名をあげていただくことになろう」

「かたじけなく存じまする」

秀吉の言葉に桃寿丸が礼を言った。

「福どの」

上座の隅に控えていた福へ、秀吉が顔を向けた。

「はい」

「お二人とも、この秀吉の子としてよろしいか」

「なんと」

福が歓喜した。

秀吉の子となるというのは、信長の息子秀勝と兄弟になることでもある。つまり、信長の子と同格になるのだ。

「じつはの。直家どのと次に男の子が生まれれば、儂の子としてくれるという約束をしていたのだ。しかし、直家どのは子をなす前にみまかられてしまった。ならば、残っておるお子をいただいても問題はなかろう。ああ、心配せずとも、宇喜多の家は八郎どのに継いでいただく。桃寿丸どのには三浦家を再興してもらうぞ」

「よしなにお願い申しあげまする」

説明を受けた福が平伏した。どちらにせよ宇喜多は秀吉に頼らなければならないのだ。

八郎の身上を決めて二日後、羽柴秀勝を大将とする織田、宇喜多連合軍が、児島に築かれた毛利方の諸城へ襲いかかった。

織田と毛利の直接対決の始まりであった。

児島から毛利の勢力を追いおとした秀吉は、石山城を本陣として、備中の攻略にかかった。

代わって八郎は、重臣たちとともに安土へ行き、信長に目通りを願った。

「備前、美作、備中の三国、和泉守同様にいたせ」

信長が八郎の継承を許した。

「以後は藤吉郎の下へつけ」

こうして宇喜多は秀吉の与力となった。

といったところで、十一歳と元服さえしていない八郎に軍勢を率いることなどはできない。叔父である忠家や重臣の戸川正利改め秀安、花房助兵衛らが、代理として出陣した。

備中の諸城を落とし、いよいよ毛利と織田の決戦が近づいた天正十年六月、秀吉の陣中に衝撃が走った。

「織田信長さま、明智日向守光秀《あけちひゅうがのかみみつひで》の謀叛《むほん》により、京本能寺《ほんのうじ》においてご生害」

備中高松城を包囲していた秀吉の本陣に急報が飛びこんだ。

「馬鹿な」

愕然《がくぜん》とした秀吉だったが、すぐに動き出した。

「毛利と和をなし、上様の仇を討つ」

秀吉は安国寺恵瓊に和睦の手配を頼んでいる間に、諸将を集めた。

「明智日向守謀叛、京におわす上様を襲った。しかし、上様は無事に脱せられ、摂津にご避難。我らはただちにとって返し、上様のもとへ参集、逆賊を討つ」

信長が死んだとなれば、味方となっている備中、備前、播磨の国人に裏切られる。

秀吉は信長が助かったと偽った。

「ご懸念なくお戻したまえ。決して毛利に後を慕わせはいたしませせぬ」

宇喜多の陣代として、軍議に出ていた忠家が宣した。

「任せる」

毛利との和睦をすませて秀吉は、京へと兵を返した。

信長を討ち、天下に手をかけた明智光秀と、弔い合戦を名分とした秀吉の軍勢は、山城《やましろ》と摂津の国境、山崎《やまざき》で衝突、あっさりと秀吉が勝った。

信長の後継者として名乗りをあげた秀吉の台頭はすさまじかった。

織田家の筆頭宿老であった柴田《しばた》勝家《かついえ》を始めとする旧臣たちを征討、さらに徳川家康を押さえこんだ。

天正十三年には、ついに関白と位人臣《くらいじんしん》を極め、天皇家より新しい姓の豊臣《とよとみ》を賜った。

同年、八郎は豊臣秀吉を烏帽子親として元服、その偏諱《へんき》をもらい宇喜多秀家《ひでいえ》と名乗った。また、前田《まえだ》利家《としいえ》の娘で秀吉の養女となった豪姫《ごうひめ》との婚約もなり、秀家は豊臣の重鎮としての将来が決まった。

唯一の傷はこの前年、元服して三浦家勝《いえかつ》と称していた秀家の異父兄桃寿丸が、秀吉の命で上京していたとき、大地震による家屋倒壊で圧死したことであった。

長男を亡くした母福の悲嘆は、秀家の出世によって癒《いや》された。天正十五年、秀家は豊臣の姓を許され、少将《しょうしょう》に任官した。その後、従四位侍従、参議と官位をあげ、天正十八年の小田原《おだわら》攻めでは、東征する宇喜多勢が後陽成《ごようぜい》天皇叡覧《えいらん》の誉れを受けた。さらに文禄《ぶんろく》の役《えき》では大将として朝鮮へ渡海、晋州《しんしゅう》城の攻略をするなどの手柄を立て、官位も権中納言《ごんちゅうなごん》まで昇った。

勇猛でならした直家の弟春家が、朝鮮の役で得た傷の悪化で死去するなどの不幸もあったが、宇喜多はますます秀吉の寵愛《ちょうあい》を受け、隆盛となっていった。

秀家は国内においても秀吉の発給する文書に添え書きをするなど、関白の娘婿として重要な地位を与えられた。


しかし、これも秀吉が他界するまでであった。

慶長《けいちょう》三年（一五九八）八月十八日、古来稀《まれ》なる大出世を遂げた豊臣秀吉が死んだ。その後を秀吉の一子秀頼《ひでより》が嗣《つ》いだとはいえ、まだ六歳と幼く、政は前田利家、徳川家康ら五大老が担うことになった。

その五大老に、宇喜多秀家は二十七歳の若さで就任した。

わずか二十七歳で、戦国の名将徳川家康、上杉景勝《かげかつ》、毛利輝元らと肩を並べることとなった秀家は有頂天になった。

父直家の代から宇喜多家を支えてきた宿老たちの意見も、秀家は聞かなくなっていった。また、直家が恒例としてきた失食も秀家が家を継いでから中止されていた。失食とは、家臣たちを養いかねていた直家が、月に二度ほど食事を抜き、その分を兵糧として蓄えた故事である。主君家臣が、空腹に耐え、一夜を過ごすことで、ともに苦労し、強い絆《きずな》を作る。直家は、領土が増え、食事の不安がなくなってからも、死ぬまで続けていた。これのおかげで直家一代の間は、どのような危機に陥ろうとも、譜代の家臣たちの離反はなかった。いわば宇喜多家の基礎となった重要な行事であった。

それを秀家はあっさりとやめた。

「豊臣家の内政も重要でございましょうが、宇喜多家のことも少しはお考えいただきたい」

「吾は故太閤殿下の娘婿である。いわば豊臣の一門。一門が本家のため、いや天下のために尽くすは当然である。また、宇喜多の内政については長船綱直《つななお》と中村次郎兵衛《じろべえ》に任せてある。心配は無用じゃ」

叔父忠家の諫言《かんげん》も秀家は聞かなかった。

直家亡き後、長く宇喜多家を支えてきた忠家だったが、この後はほぼ隠遁《いんとん》状態に入り、宇喜多のことにかかわろうとしなくなった。当然、忠家の子詮家《あきいえ》、大膳らは秀家へ不満を持ち、不仲となった。

忠家の離脱で、秀家を抑えるだけの人物は宇喜多家からいなくなった。

豊臣の一門であり、さらに五大老として天下の政《まつりごと》に加わる。秀家に怖いものなどなかった。

やがて家中にたまったわだかまりは、中村次郎兵衛と戸川逵安の争いとして噴出した。

中村次郎兵衛は、豪姫の輿入《こしい》れに伴って前田家からついてきた者で、秀家のお気に入りとなり、いきなり家老職に抜擢《ばってき》されていた。一方、戸川逵安は、岳父であった岡平内の死を受けて、家老職に就任した譜代の重臣であるが、なぜか、五歳歳下の秀家とそりが合わず、家老就任二年の文禄三年（一五九四）に罷免《ひめん》されていた。

始まりは、どこにでもあるもめ事であった。

新参者でありながら専横に振る舞う中村次郎兵衛に、戸川逵安が嚙《か》みついた。ただ、秀家が対応をまちがった。

長く宇喜多に尽くした譜代へ無礼をした中村次郎兵衛を叱《しか》り、戸川逵安を宥《なだ》める。これが最良の解決策であったにもかかわらず、秀家は逆をした。いや、それ以上の失敗をおかした。

慶長四年（一五九九）、宇喜多秀家は、そりの合わぬ戸川逵安を謀殺しようとした。殺されかけた戸川逵安は、宇喜多秀家の従兄弟詮家に助けを求め、その屋敷に逃げこんだ。

かばう詮家に戸川逵安を引き渡すように求めた秀家だったが拒まれたことに怒り、兵を出す寸前までいった。

苦労知らずの二代目主君とその取り巻き、直家の時代から苦労を重ねてきた譜代の重臣の対立は、宇喜多家を二つに割る騒動に発展した。

大坂城下で起こった宇喜多騒動は、徳川家康が調停にはいったことで治まった。しかし、結果は悲惨なものであった。

戸川逵安二万五千六百石、岡越前守二万三千三百三十石、花房正成《まさなり》一万四千八百六十石、宇喜多詮家二万四千七十九石など、譜代の重臣、一門が秀家のもとから去った。

家中でも有数の兵を抱える重臣、戦国を生き抜いてきた戦巧者《いくさ》の多くを失い、宇喜多家の力は大きく減じた。

その騒動の余波も消え去らぬ慶長五年（一六〇〇）九月十五日、かねてから秀吉の次の天下を狙っていた徳川家康と、秀頼を奉じて豊臣家を存続させようとする石田《いしだ》三《みつ》成《なり》らが美濃国関ヶ原《みののくにせきがはら》で激突した。

家康方十万、三成方八万ともいわれる大軍同士が、払暁《ふつぎょう》から刃《やいば》を交わした。しかし、三成方に属していた小早川秀秋《ひであき》や吉川広家《ひろいえ》らが内応、戦いは一日かからずして終わった。

多くの大名が日和見《ひよりみ》をして戦わないか、家康側へ寝返るかしたなかにありながら、宇喜多勢は最後まで戦意を失わず、直家以来の武名を見せつけた。だが、数の差には勝てず敗退、秀家は命からがら戦場を脱した。

このとき、戸川逵安、宇喜多詮家などは、徳川方として参戦し、手柄を立てた。関ヶ原の結果、宇喜多家は改易、戸川逵安、宇喜多詮家改め坂崎直盛《さかざきなおもり》らは徳川の大名として領地を与えられた。

なんとか薩摩《さつま》まで逃げた秀家だったが、家康の手が島津《しまづ》家に及ぶのを見て、自首した。三成軍の副将として奮戦、徳川に最大の被害を与えた秀家は、すでに処刑されている石田三成、安国寺恵瓊らの後を追うはずだったが、妻豪姫の実家加賀前田家の嘆願により、罪一等を減じられ、八丈島《はちじょうじま》へ遠島となった。

八丈島へ流された秀家は、名を浮田久福《うきたひさふく》と変え、前田家などからの合力で、慎ましく生き延びた。

流人《るにん》として五十五年の長きを無為に過ごした秀家は、ついに赦免の日を迎えることなく、明暦《めいれき》元年（一六五五）、遠く備前を思いながら八丈島で没した。

享年八十四歳。関ヶ原で戦ったどの武将よりも長生きであった。関ヶ原で家康についた加藤、福島、小早川などが徳川によって絶やされたことに比して、島で娶《めと》った妻との間にできた子に看取られての最期は、穏やかなものであったといえるのかもしれない。

滅びた家の再興に人生をかけた宇喜多直家の想いは、切望した跡継ぎの浅慮によって、その死後わずか十八年で潰えた。

しかし、直家の血筋は、四百年のときをこえて今に続いている。

解説

井家上隆幸

小生の故郷は美作津山《みまさかつやま》で、岡山まで六〇キロを津山線（津山から因美線《いんびせん》となって鳥取に至る）で一時間二十分か。東京から岡山まで七三三キロを新幹線で三時間強だから、小生が住んでいた一九五〇年代には、旭川《あさひがわ》を境にして政治経済文化風俗、すべてにおいて南厚北薄、「美作は備前《びぜん》に二十年遅れ」といっていた。この南北格差は、美作には歴史上一貫した安定勢力が出現せず、戦国の終わりまで赤松《あかまつ》・尼子《あまこ》・浦上《うらがみ》・毛《もう》利《り》・宇喜多《うきた》ら周辺の大勢力の草刈場だったことに由縁《ゆえん》するという。しかも小生は戦時中昭和十五年（一九四〇）、小学校一年生で、鈴木朱雀／絵・矢野雉彦『山中鹿介《やまなかしかのすけ》』（講談社の絵本１５５）や小学国語読本巻九の「三日月の影」で「願わくば我に七難八苦をあたえたまえ」と三日月に祈る少年武士を知った。毛利氏を相手に尼子氏再興の戦いを挑むこと三度、織田《おだ》信長《のぶなが》に与《くみ》した鹿介は天正《てんしょう》六年（一五七八）、羽柴《はしば》秀吉《ひでよし》軍の先鋒《せんぽう》となって上月城《こうづきじょう》に籠城《ろうじょう》、小早川《こばやかわ》隆景《たかかげ》・吉川《きっかわ》元春《もとはる》率いる毛利三万の大軍と戦い、信長に見捨てられて降伏。囚《とら》われの身となった鹿介は、備後国鞆《びんごのくにとも》に送られる途中備《びっ》中国高梁《ちゅうのくにたかはし》で斬殺される――。

上月城は備前・美作・播磨《はりま》の国境《くにざかい》、いまの兵庫県佐用郡佐用町《さようぐんさようちょう》（旧・上月町）にあった。上月は姫路《ひめじ》と新見《にいみ》を結ぶ姫新線《きしんせん》で姫路から十二駅め、そこから岡山県に入って美作土居《どい》・美作江見《えみ》・楢原《ならはら》・林野《はやしの》と続きそれから五駅めが津山。その上月城を目指して小早川・吉川は因幡《いなば》から、播磨からは秀吉が、備前からは毛利と結んだ宇喜多直家《なおいえ》が進攻してくるのだ。このあと、直家は毛利から織田に寝返り、配下の島村盛実《しまむらもりざね》の手で祖父能家《よしいえ》を自害に追い込み、父興家《おきいえ》と自分をどん底に落とした主君浦上宗景《むねかげ》を追放し、備前・美作および播磨・備中の一部まで支配下においた。その石高実に五十七万石。

応仁《おうにん》元年（一四六七）五月、八代将軍足利義政《あしかがよしまさ》の後継をめぐって管領細川勝元《かんれいほそかわかつもと》と侍所頭人山名持豊《さむらいどころとうにんやまなもちとよ》（宗全《そうぜん》）ら有力守護大名は、一族兄弟別れて血みどろの抗争をくりひろげた。日本全土に拡がり、十年後の文明《ぶんめい》九年（一四七七）十一月終結する戦乱（応仁・文明の乱）は、永禄《えいろく》十一年（一五六八）九月、織田信長が足利義昭《よしあき》を奉じて入京するまで九十年にわたる〈戦国時代〉の起点となった。群雄割拠した乱世は、「下剋上《げこくじょう》」の時代。身分は低くとも才覚と実力次第では一国の主に成り上がれた。謀略、暗殺、騙《だま》し討ち――目的のためには手段を選ばぬ悪強い成り上がり者を、人は「夜間音もなく飛び、小動物を捕食する」（『大辞林』）梟《ふくろう》になぞらえて〈梟雄《きょうゆう》〉と呼んだ。

なかでも堀越公方《ほりこしくぼう》の子茶々丸《ちゃちゃまる》を自害させ伊豆《いず》一国を平定、小田原城《おだわらじょう》を奪い三浦《みうら》氏を滅ぼして相模国《さがみのくに》を併合し乱世の幕を開けた、出自《しゅつじ》は謎《なぞ》の北条早雲《ほうじょうそううん》。一介の油売り商人から身を起こし、主君土岐頼芸《ときよりなり》を追放して美濃国《みののくに》を奪った斎藤道三《さいとうどうさん》。出自もわからぬのに畿内《きない》に覇をとなえ、旧主家三好《みよし》氏を暗殺、十三代将軍義輝《よしてる》を殺し、東大寺大仏殿を焼き払い、織田信長が「人が一つとして成せぬことを三つも成した男」と評した松《まつ》永久秀《ながひさひで》は、戦国の〈三大梟雄〉として歴史に残る。ところが、天文《てんぶん》から天正にかけて五十四年を「謀略」と「毒殺」で駆け抜け、備前・美作・播磨・備中の一部を手中にする戦国大名に成り上がった宇喜多直家を、その死から四十四年後の寛永《かんえい》三年（一六二六）に、儒学者小瀬甫庵《おぜほあん》が上梓《じょうし》した『太閤記』（岩波文庫。秀吉伝記の底本とされている）は「知力があり、損得に敏感」、道三、久秀と並ぶ〈悪人〉と評した。浦上宗景、中山備中守《なかやまびっちゅうのかみ》、後藤勝基《ごとうかつもと》を謀殺。「義を露《つゆ》ほども知らず」。出雲《いずも》の尼子経久《つねひさ》・安《あ》芸《き》の毛利元就《もとなり》とともに中国地方の〈三大謀将〉とも。

備前・美作は、織田・毛利・尼子ら強大な勢力に脅《おびや》かされ、赤松・浦上ら国内の中小領主も侮《あなど》れない「境目の地」。四方みな敵とあっては遠交近攻あるいは遠攻近交、合従連衡《がっしょうれんこう》は兵家の習い。直家が得意としたといわれる〈謀略・暗殺・騙し討ち〉は、他の戦国大名も大同小異であるのに、天下布武《ふぶ》の野望などかけらももたず、宇喜多の家が生き残るためには不可避の道と、ひたすら宇喜多の血を絶やさぬために備前・美作の領有に命をかけた宇喜多直家はなぜ、〈悪人〉〈謀将〉〈梟雄〉と謗《そし》られる?

　播磨・備前・美作の守護大名赤松氏の守護代浦上氏に仕え、備前国邑久郡豊原庄《おくぐんとよはらのしょう》(現・岡山県瀬戸内市《せとうちし》邑久町豊原)の砥石城《といしじょう》を領した宇喜多能家は、家督《かとく》を興家に譲って隠居、中風を患《わずら》っていたが、天文三年(一五三四)六月、かねて不仲の浦上の家臣で長沼庄高取《ながぬまのしょうたかとり》城主島村盛実らの夜襲をうける。衆寡《しゅうか》敵せず、もはやこれまでと覚悟した能家は、六歳の孫・八郎《はちろう》に宇喜多の家名再興を託《たく》し、かつての戦いの記憶でいざとなると体が硬直してしまう興家とともに城から落とす——。

　本書、『梟の系譜　宇喜多四代』(底本、講談社、平成二十四・十二)は、サブタイトルこそ「宇喜多四代」だが、上田秀人は、父とともに乞食《こじき》同然に身を落とした六歳から、知略のありたけを尽くして祖父の仇《あだ》を討つまでの直家の〈四十一年〉を疾風《しっぷう》の如《ごと》く駆け抜ける。

安芸の山間に身を起こし、安芸・備後・周防《すおう》・長門《ながと》・石見《いわみ》、西中国全域に覇を唱えた毛利元就は、隆元《たかもと》・元春・隆景、三人の息子に向かって、「これほどにくだりはてたる世の中に候《そうろう》……はかりごと多きは勝ち、少なきは負け候と申す兵書のことば候……能も芸も慰みも、道だても本路だても、何もかもいらず候、ひとえにひとえに武略、計略、調略かたの事までにて候」と断言してはばからなかったが、直家もまたしかり。

父の願いを一身に背負い、備前福岡《ふくおか》の豪商・阿部《あべ》善定《よしさだ》の元に身を隠した八郎は、体を鍛《きた》え、阿部の大番頭・庄兵衛《しょうべえ》に戦《いくさ》の勝負を決める金の扱いや人の扱いを学びながら、仮元服の時をむかえ、名を直家と改める。そして天文十三年（一五四四）、元服して浦上氏に復帰、宗景から知行三百貫と邑久郡乙子城《おとこじょう》を与えられ、居都荘《いとのしょう》（岡山市東区）の代官であり沼亀山城《ぬまかめやまじょう》を本拠としていた中山備中守信正《のぶまさ》の娘を妻とする。だが、宗景の命《めい》により信正を酒に酔わせて謀殺。さらに備中から美作に進出した三村家《みむらいえ》親《ちか》を、阿波《あわ》細川《ほそかわ》氏の浪人遠藤《えんどう》兄弟を使って鉄砲《てっぽう》で暗殺。また姻戚《いんせき》関係にあった金川《かながわ》城主松田元輝《まつだもとてる》・元賢《もとかた》父子、岡山城主金光宗高《かねみつむねたか》らを没落させ、その所領を自己の知行にするなどして勢力を拡大、浦上家随一《ずいいち》の実力者となった直家は、永禄《えいろく》十二年（一五六九）、織田信長や西播磨の赤松政秀《まさひで》と結んで浦上宗景に反旗を翻《ひるがえ》すが、信長から派遣された池田勝正《いけだかつまさ》・別所安治《べつしよやすはる》らは織田軍の越前《えちぜん》進攻のため引揚げ、龍野城《たつのじよう》の赤松政秀は降伏。孤立無援の直家は、身を捨ててこそ浮かぶ瀬もあれと大博打《おおばくち》、宗景に降伏、特に助命され帰参を許される。

直家は、かつて美作高田城《たかだ》主三浦貞勝《みうらさだかつ》に嫁ぎ桃寿丸《とうじゆまる》をもうけたが貞勝が三村家親に攻められ自刃したため、桃寿丸とともに落ち延び、直家と再婚したお福《ふく》（あるいは「大方殿」あるいは「円融院《えんゆういん》」）との間に、元亀《げんき》三年（一五七二）次男秀家をもうける。天正二年（一五七四）、直家は浦上宗景の兄政宗の孫久松丸《ひさまつまる》を擁《よう》して宗景に反旗を翻した。直家の事前の謀略に備前や美作の宗景配下の離反相次ぎ、さらに毛利氏と結び軍事面の不利を覆《くつがえ》して宗景を播磨国《はりまのくに》に追い備中の一部・美作の一部にまで支配域を拡大。だが、依然として備前には旧浦上家の勢力が残っており、その小規模な蜂《ほう》起《き》に悩ませられる。

天正五年（一五七七）、羽柴秀吉の中国攻めの出陣に呼応し浦上残党は一斉《いっせい》蜂起、幸島《こうじま》を占拠するが、これを機に直家は備前や播磨に潜《ひそ》む旧浦上勢力を放逐《ほうちく》。さらに美作鷲山《わしやま》城主星賀《ほしが》光重《みつしげ》を討って宗景の領主復帰の野望を砕き、宇喜多家の支配権を確立。次いで天正七年（一五七九）、織田方に内応したとして娘が嫁いだ東美作の後藤勝基《ごとうかつもと》を討った後、直家自身も毛利と手を切り信長に臣従。以後、美作・備前各地を転戦して毛利氏と合戦をくりかえす。そして天正九年（一五八一）二月十四日、岡山城で病死する。死因は「尻はす」という、出血を伴う悪性の腫瘍《しゆよう》であったという（公式な忌《き》日《じつ》は翌年一月九日とされている）。

〈戦国時代〉の終点は永禄十一年（一五六八）九月だが、ここから明智《あけち》光秀《みつひで》が本能《ほんのう》寺《じ》に信長を襲い（天正十年／一五八二）、その光秀を豊臣秀吉が討って天下人にのしあがり、文禄《ぶんろく》元年（一五九二）・慶長《けいちよう》二年（一五九七）二度の朝鮮出兵をへて慶長三年（一五九八）八月秀吉の死、慶長五年（一六〇〇）九月関《せき》ヶ原《はら》の戦い、慶長八年（一六〇三）二月徳川家康《とくがわいえやす》征夷大将軍《せいいたいしようぐん》となって慶長十九年（一六一四）十月大坂城を攻撃（大坂冬の陣）、翌慶長二十年（一六一五）四月大坂夏の陣、豊臣氏滅亡——と、この間ざっと百四十年。

織田信長、北条早雲、足利義昭、斎藤道三、今川義元《いまがわよしもと》、武田信玄《たけだしんげん》、上杉謙信《うえすぎけんしん》、松永久秀、木下藤吉郎《きのしたとうきちろう》、徳川家康、毛利元就、尼子晴久、小早川隆景、吉川元春——と挙げれば、「天下布武」など夢想もせぬ本編の主人公宇喜多直家の生き様は「破格」という語がふさわしい。松永久秀は「日本一の正直者ゆえ義理や人情という嘘《うそ》はつきませぬ。裏切られるは弱いから裏切られる。裏切られたくなければ常に強くあればよろしい」と信長にいったというが、敵は裏切るが、国人《こくじん》は裏切らないという〈梟雄〉らしからぬ爽《さわ》やかさをもった直家はまさにしかり。そこに直家に経済を通じて武将たちの動きを見ることを教えた阿部善定の大番頭・庄兵衛に「まれに見る武将となられるだろうが」「お幸せな生涯ではなかろうよ」といわせて、死の床にあって父のいった「子が夢だ」ということばを半ば錯乱の体《てい》でくりかえす直家の悲劇的な一生を語って、上田秀人の筆は毫《ごう》も揺がない。

なお、父の所領をほぼそのまま継いだ秀家は、備中東部から美作・備前を領有する大大名となり、毛利家の監視役を務め、前田利家《まえだとしいえ》の娘で秀吉の養女豪姫《ごうひめ》を正室とし、文禄の役と慶長の役、二度の朝鮮出兵を大将あるいは監軍として戦い、帰国して五大老の一人に任ぜられ、天下分け目の関ヶ原では副将として、西軍最大の一万七千人を率いて戦うが敗北。薩摩《さつま》に逃げのびて死罪を免《まぬか》れ駿河国《するがのくに》久能山《くのうざん》に幽閉され、八丈島《はちじょうじま》へ配流《はいる》されて明暦《めいれき》元年（一六五五）十一月、八十四歳で死去しているが、〈梟の系譜〉には連ならぬその人生については、ぜひとも筆を執っていただきたいと、作家にお願いしたい。

本書は二〇一二年十一月に小社より刊行されました。

|著者|上田秀人　1959年大阪府生まれ。大阪歯科大学卒。'97年小説CLUB新人賞佳作。歴史知識に裏打ちされた骨太の作風で注目を集める。講談社文庫の「奥右筆秘帳」シリーズ（全十二巻）は、「この時代小説がすごい！」（宝島社刊）で、2009年版、2014年版と二度にわたり文庫シリーズ第一位に輝き、第3回歴史時代作家クラブ賞シリーズ賞も受賞、抜群の人気を集める。「百万石の留守居役」は初めて外様の藩を舞台にした新シリーズ。このほか「禁裏付雅帳」（徳間文庫）、「御広敷用人大奥記録」（光文社文庫）、「闕所物奉行裏帳合」（中公文庫）、「表御番医師診療禄」（角川文庫）、「町奉行内与力奮闘記」（幻冬舎時代小説文庫）などのシリーズがある。歴史小説にも取り組み、『孤闘　立花宗茂』（中公文庫）で第16回中山義秀文学賞を受賞、『天主信長』（講談社文庫）では別案を〈裏〉版として書下ろし、異例の二冊で文庫化。
上田秀人公式HP「如流水の庵」 http://www.ueda-hideto.jp/

梟《ふくろう》の系譜《けいふ》　宇喜多《うきた》四代《よんだい》
上田秀人《うえだひでと》

講談社文庫
定価はカバーに
表示してあります

2015年11月13日第1刷発行

発行者——鈴木　哲
発行所——株式会社　講談社
東京都文京区音羽2-12-21　〒112-8001
電話　出版（03）5395-3510
　　　販売（03）5395-5817
　　　業務（03）5395-3615
Printed in Japan

デザイン—菊地信義
製版———凸版印刷株式会社
印刷———凸版印刷株式会社
製本———株式会社大進堂

ISBN978-4-06-293257-8

講談社文庫刊行の辞

二十一世紀の到来を目睫に望みながら、われわれはいま、人類史上かつて例を見ない巨大な転換期をむかえようとしている。

世界も、日本も、激動の予兆に対する期待とおののきを内に蔵して、未知の時代に歩み入ろうとしている。このときにあたり、創業の人野間清治の「ナショナル・エデュケイター」への志を現代に甦らせようと意図して、われわれはここに古今の文芸作品はいうまでもなく、ひろく人文・社会・自然の諸科学から東西の名著を網羅する、新しい綜合文庫の発刊を決意した。

激動の転換期はまた断絶の時代である。われわれは戦後二十五年間の出版文化のありかたへの深い反省をこめて、この断絶の時代にあえて人間的な持続を求めようとする。いたずらに浮薄な商業主義のあだ花を追い求めることなく、長期にわたって良書に生命をあたえようとつとめるところにしか、今後の出版文化の真の繁栄はあり得ないと信じるからである。

同時にわれわれはこの綜合文庫の刊行を通じて、人文・社会・自然の諸科学が、結局人間の学にほかならないことを立証しようと願っている。かつて知識とは、「汝自身を知る」ことにつきていた。現代社会の瑣末な情報の氾濫のなかから、力強い知識の源泉を掘り起し、技術文明のただなかに、生きた人間の姿を復活させること。それこそわれわれの切なる希求である。

われわれは権威に盲従せず、俗流に媚びることなく、渾然一体となって日本の「草の根」をかたちづくる若く新しい世代の人々に、心をこめてこの新しい綜合文庫をおくり届けたい。それは知識の泉であるとともに感受性のふるさとであり、もっとも有機的に組織され、社会に開かれた万人のための大学をめざしている。大方の支援と協力を衷心より切望してやまない。

一九七一年七月

野間省一

講談社文芸文庫

島田雅彦
ミイラになるまで
島田雅彦初期短篇集
解説＝青山七恵　年譜＝佐藤康智
しJ2
978-4-06-290293-9

釧路湿原で、男の死体と奇妙な自死日記が発見された――表題作ほか、著者が二十代で発表した傑作短篇七作品。尖鋭な批評精神で時代を攪乱し続ける島田文学の源流。

梅崎春生
悪酒の時代　猫のことなど
―梅崎春生随筆集―
解説＝外岡秀俊　年譜＝編集部
うB4
978-4-06-290290-8

多くの作家や読者に愛されながらも、戦時の記憶から逃れられず、酒に溺れた梅崎。戦後派の鋭い視線と自由な精神、底に流れるユーモアが冴える珠玉の名随筆六五篇。

塚本邦雄
珠玉百歌仙
解説＝島内景二
つE7
978-4-06-290291-5

斉明天皇から、兼好、森鷗外まで、約十二世紀にわたる名歌百十二首を年代順に厳選。前衛歌人であり、類稀な審美眼をもつ名アンソロジストの面目躍如たる詞華集。

講談社文庫　目録

宇江佐真理　富子すきすき
浦賀和宏　眠りの牢獄
浦賀和宏　記憶の果て(上)(下)
浦賀和宏　時の鳥籠(上)(下)
浦賀和宏　頭蓋骨の中の楽園(上)(下)
上野哲也　ニライカナイの空で
上野哲也　五五五文字の巡礼〈魏志倭人伝トーク 地理篇〉
魚住　昭　渡邉恒雄 メディアと権力
魚住　昭　野中広務 差別と権力
氏家幹人　江戸老人旗本夜話
氏家幹人　江戸の性談〈男たちの秘密〉
氏家幹人　江戸の怪奇譚
内田春菊　愛だからいいのよ
内田春菊　ほんとに建つのかな
内田春菊　あなたも奔放な女と呼ばれよう
魚住直子　非・バランス
魚住直子　超・ハーモニー
魚住直子　未・フレンズ
魚住直子　ピンクの神様

植松晃士　おブスの言い訳
内田也哉子　ペーパームービー
上田秀人　密封〈奥右筆秘帳〉
上田秀人　国禁〈奥右筆秘帳〉
上田秀人　侵蝕〈奥右筆秘帳〉
上田秀人　継承〈奥右筆秘帳〉
上田秀人　簒《さん》奪《だつ》〈奥右筆秘帳〉
上田秀人　秘闘〈奥右筆秘帳〉
上田秀人　隠密〈奥右筆秘帳〉
上田秀人　刃傷〈奥右筆秘帳〉
上田秀人　召《めし》抱《かかえ》〈奥右筆秘帳〉
上田秀人　墨《ぼっ》痕《こん》〈奥右筆秘帳〉
上田秀人　天下〈奥右筆秘帳〉
上田秀人　決戦〈奥右筆秘帳〉
上田秀人　軍師の挑戦〈上田秀人初期作品集〉
上田秀人　天主信長〈表〉〈我こそ天下なり〉
上田秀人　天主信長〈裏〉〈天を望むなかれ〉
上田秀人　波乱〈百万石の留守居役(一)〉
上田秀人　思惑〈百万石の留守居役(二)〉

上田秀人　新参〈百万石の留守居役(三)〉
上田秀人　遺臣〈百万石の留守居役(四)〉
上田秀人　密約〈百万石の留守居役(五)〉
内田　樹　下流志向〈学ばない子どもたち 働かない若者たち〉
内田　樹／釈　徹宗　現代霊性論
上橋菜穂子　獣の奏者〈I闘蛇編〉
上橋菜穂子　獣の奏者〈II王獣編〉
上橋菜穂子　獣の奏者〈III探求編〉
上橋菜穂子　獣の奏者〈IV完結編〉
上橋菜穂子　獣の奏者〈外伝 刹那〉
上橋菜穂子原作／武本糸会漫画　コミック 獣の奏者 I
上橋菜穂子原作／武本糸会漫画　コミック 獣の奏者 II
上橋菜穂子原作／武本糸会漫画　コミック 獣の奏者 III
上橋菜穂子原作／武本糸会漫画　コミック 獣の奏者 IV
上田紀行　ダライ・ラマとの対話
上田紀行　スリランカの悪魔祓い
ヴァシィ章絵　ワーホリ任侠伝
内澤旬子　おやじがき〈絶滅危惧種中年男性図鑑〉
We are 宇宙兄弟！編　宇宙小説

2015年9月15日現在